U0452083

失落的卫星
深入中亚大陆的旅程

刘子超 / 著

文匯出版社

新经典文化股份有限公司
www.readinglife.com
出　品

"我们要改变……改变……"维克多·崔唱道。但要向何处去,我们没弄明白。

——S.A.阿列克谢耶维奇《二手时间》

那个一直活在你想象中的事物,突然变成了有形世界的一部分——不管你和它之间相隔多少山脊、河流和炙烤的土路——从此以后,它都永远属于你。

——弗雷娅·斯塔克《刺客的山谷》

目录

序幕　大巴扎、流放者和塔季扬娜 /1

第一部　吉尔吉斯斯坦
边城浮世绘 /17

滞留者 /43

天山游记 /56

加加林疗养院 /73

邓小平大道与苏莱曼圣山 /82

第二部　塔吉克斯坦
西进亚历山大城 /97

杜尚别复调 /109

从帕米尔公路到瓦罕山谷 /135

世界尽头 /158

第三部　乌兹别克斯坦
寻找乌兹别克的失落之心 /181

不安的山谷 /197

通向撒马尔罕的金色之路 /210

布哈拉的博弈与离散 /225

困守咸海的人 /243

第四部　土库曼斯坦

土库曼的礼物 /265

第五部　哈萨克斯坦

突厥斯坦的小人物 /281

草原核爆 /298

七河之地 /322

最后的游牧 /334

尾声　扎尔肯特：进步前哨站 /343

致谢 /357

附录　一份清单 /361

瓦罕山谷，一座古堡遗迹

阿拉木图,绿色大巴扎

绿色大巴扎,马肉摊位

比什凯克，背景为天山

乔尔蓬阿塔，银色列宁像

阿拉木图，天山－阿拉套

阿尔金－阿拉善山谷的晴日

天山深处的阿尔金－阿拉善山谷

游牧天山的吉尔吉斯人

伊塞克湖，军事疗养院食堂

伊塞克湖，军事疗养院内参加暑期疗养的儿童

杜尚别，国家博物馆

苦盏，锡尔河畔

瓦罕山谷，一座公元 6 世纪的佛塔遗迹

瓦罕山谷，兰加尔

帕米尔高原,布伦库里

帕米尔高原，布伦库里

帕米尔公路

帕米尔公路上的补给站

瓦罕山谷，兰加尔的瓦罕女孩

序幕
大巴扎、流放者和塔季扬娜

1

2010年夏天,我以记者的身份去了一次霍尔果斯。那是中国通往哈萨克斯坦的口岸城市,有一种边境地带特有的繁忙和混杂。在国门附近,我看到等待通关的货运卡车排起长龙,远方横亘着冰雪覆盖的天山。

我问一个正在抽烟的中国司机,他的目的地是哪里。他说,阿拉木图。他的口气让我感到阿拉木图是一个遥远的地方,一个必须长途跋涉才能抵达的地方。有那么一瞬间,我很想跳上卡车,随他一起穿越边境,前往阿拉木图——眼前的雪山变成一种致命的诱惑。

司机告诉我,阿拉木图又叫"苹果城"。我的脑海中顿时浮现出一座遍植苹果树的城市:在金色的阳光下,苹果泛着清新的光泽,好像少女的脸庞。这几乎成为一种明信片般的印象,以至于六年后,当我走出阿拉木图机场,立刻开始下意识地寻找苹果树。

没有苹果树。

我只看到一排排白杨，掩映着苏联时代的建筑。我打了一辆出租车，进入规划整齐的市区。司机是鞑靼人，只会讲俄语，不会讲哈萨克语。尽管后者是哈萨克斯坦的官方语言，但是能讲的人非常之少。即便是哈萨克人，熟练掌握本族语言的也不到人口的一半。

苏联解体后，中亚诸国大都推行"去俄化"教育，尤以乌兹别克斯坦和土库曼斯坦为甚。但是哈萨克斯坦选择了并不激进的道路，因为纳扎尔巴耶夫总统本人并不是强硬的民族主义者。

在苏联时代，纳扎尔巴耶夫从钢铁厂的技术人员一路攀升，一度有望接任戈尔巴乔夫，成为苏共的总书记。在所有的加盟共和国中，他态度最为强烈地反对苏联解体。然而，正是在阿拉木图，1991年冬天的一场会议，决定了苏联的命运：曾经庞大的帝国，一夜之间化为乌有。

在阿拉木图，街道是横平竖直的。壮丽的外伊犁阿拉套天山就在城市的边缘。夏日的阳光下，山体呈现墨色，沟壑清晰可见，只有山尖还保留着一丝积雪。1854年，哥萨克骑兵在这里建立堡垒，开启了现代阿拉木图的历史。1911年，一场大地震抹平了城市。眼前的一切几乎都是此后重建的，因此不可避免地带有苏联的印记。

一辆老式公交车缓缓驶过，上面坐着哈萨克人、鞑靼人、俄罗斯人，还有被斯大林迁徙至中亚的朝鲜人。他们都说俄语，他们都面无表情，就像外面相当空旷的街道。

1997年，纳扎尔巴耶夫将首都从阿拉木图迁至中部的阿斯塔纳，如今的努尔苏丹。从此，阿拉木图稍稍远离了能源经济带来的喧嚣。这座城市当然也在发展，只不过步调缓和了许多，街上看不到太多扎眼的豪车。或许正因如此，我对阿拉木图的喜爱远超过阿斯塔纳。

绿色大巴扎曾经是这座城市的中心，现在仍然保留着一个游牧国家的灵魂。走过一个个贩卖水果和干果的摊贩，我看到堆积如山的物产，其中也包括哈萨克斯坦引以为傲的苹果。一个哈萨克小贩削了一块苹果给我，我并不意外地发现，味道和阿克苏糖心苹果差不多——这两个地方相距并不遥远，共享着类似的土壤和光照。

另一块区域全是卖鲜肉的，从牛羊肉到马肉、猪肉，无所不有。这也表明，阿拉木图依然是一个信仰和习俗混杂的地方。哈萨克人是温和的穆斯林，自然吃牛羊肉。但他们也是草原游牧民、突厥化的蒙古人，所以也爱吃马肉。钩子上挂着整条马腿，肉案上摆着粗大的马脊骨。一个戴着帽子的哈萨克少女，正用尖锐的剔刀，剔下脊骨上的瘦肉。

在这里，卖肉的摊贩有着清晰的族群区分：卖牛羊肉的是哈萨克人或者鞑靼人，卖马肉的是哈萨克人，只有俄罗斯人才会卖猪肉——他们的祖先是顿河流域的哥萨克、探险家、匪徒、逃跑的农奴，或是被发配至此的囚犯。一个小贩的脸上带着一丝德国人的傲慢神色，他的祖先大概来自伏尔加河中游——叶卡捷琳娜大帝开发那里时，将他们从德国黑森地区招募而来。我还看到了仍然在卖泡菜的朝鲜女人，尽管她们早就忘记了母语。

在奶制品区，除了奶酪，自然少不了"库米思"，又称"马奶酒"。作为哈萨克的国民饮料，库米思一度风靡整个沙俄——那是帝国征服中亚后，随着鞑靼商人传入的。当时，这种异域饮料被认为拥有近乎神奇的疗效。

1901年，身患结核病的契诃夫在伏尔加河上蜜月旅行，医生开出的药方正是库米思。于是,在蒸汽轮船上,大作家一边为他的小说做笔记,一边啜饮着发酵的马奶饮料。

2

马奶酒很酸,带有轻微的酒精度。我喝不太惯,而且喝酒也为时尚早。在大巴扎门口,我买了一杯格瓦斯,感到自己的确置身中亚。走出绿色大巴扎,经过巨大的中央清真寺,我踏上高尔基大街。街边种着梧桐树,停着苏联时代的小汽车,看上去平淡无奇。我试图寻找的七河旅馆早已荡然无存,甚至没有留下一丝痕迹。很少有人知道,在这条街上曾经住过苏联历史上最危险的流放者——托洛茨基。

1928年1月,一个寒冷的清晨,在党内斗争中落败的托洛茨基被人从莫斯科的公寓中揪出来,发配至阿拉木图。那时,阿拉木图不过是帝国疆域上的一个遥远的小点——没有自来水,没有电,没有柏油路。

城市破败不堪,房子形同废墟。街上没有汽车,也很少有人行走。整个冬天,积雪都不会融化,到处是白茫茫的一片。托洛茨基的妻子娜塔莉亚去了一趟大巴扎,她在日记中写道:"哈萨克人坐在摊位前,一边晒着太阳,一边抓着身上的跳蚤。"

苏联的生活原本严苛,莫斯科之外更是如此。托洛茨基很快发现,在阿拉木图很难买到蔬菜和肉,面包也越来越稀有。正是他本人提出了"消灭富农"的政策,如今只好自食其果。在随后的农业集体化运动中,哈萨克人被迫放弃游牧生活,一百多万人最终死于饥饿。

对托洛茨基来说,阿拉木图唯一的好处是远离权力斗争。春天到来时,草原上开满红色的罂粟花。托洛茨基会带上他的狗,进行长达十天的狩猎旅行。他称这样的旅行是"重返蒙昧"之旅。不旅行的时候,他会坐在书桌前,从早上八点工作到晚上十点。为了糊口,他为莫斯科的出版社翻译马克思的著作,同时开始撰写自传《我的生平》。

邮差是个瘸腿。每周三次,他骑着马,送来成捆的信件、书籍和报纸。信件大多来自苏联各地的支持者,经过当局审查后,才获准送达。随着斯大林权力的稳固,信件变得越来越少。最终,托洛茨基与外界的联系几乎完全中断。他在阿拉木图生活了一年,随后被当局驱逐出境,此后再也没能踏上苏联的土地。

哈萨克斯坦国家博物馆位于一片怡人的绿荫中,然而参观者稀少。博物馆的馆藏还算丰富,从远古时代的文物到国家独立后的成就,所有解说词似乎都指向同一个内容:这就是哈萨克斯坦;这就是哈萨克民族。

然而,作为现代意义上的民族国家,哈萨克是俄国十月革命后才产生的概念。当时,苏联把西方的民族国家理论应用到中亚这片民族观念尚处于前现代状态的土地上。哈萨克斯坦,连同其他四个斯坦国一起,诞生于这样的背景下。

长久以来,这片土地就是游牧民族的牧场,并没有所谓的"领土"观念。领土,不过是联系牧民们各个季节性牧场的一条"道路"。对游牧民族来说,占有领土没有意义,因为他们所要求的只是在一年当中的固定时间行走这条道路的权利——只有当通行权遭到剥夺时,战争才会发生。

17世纪中叶，蒙古准噶尔汗国剥夺了哈萨克草原上三个小国的通行权。其中，小玉兹向俄国请求保护，大玉兹和中玉兹则求助于清帝国。18世纪时，乾隆皇帝出兵剿灭了准噶尔汗国，顺势将今天的新疆地区纳入版图。大玉兹所在的"七河地区"成为清廷势力范围的一部分，其中就包括今天的阿拉木图。鸦片战争后，清王朝逐渐衰落，俄国势力取而代之，最终将整个哈萨克斯坦收入囊中。

对俄国人来说，征服中亚的真正意义在于开辟一条进军英属印度的通路。19世纪初，印度和沙皇俄国之间相距三千公里；征服中亚后，两国仅距三十公里。

与其他斯坦国相比，哈萨克斯坦距离印度最远，其战略重要性最弱。然而，这里环境严酷，不亚于西伯利亚，因此成为沙皇发配重刑犯的理想场所。

1854年，陀思妥耶夫斯基被发配至哈萨克斯坦东部的塞米伊。他刚在西伯利亚的鄂木斯克服刑四年，因此即便是这样闭塞的边疆小镇，也令他欣喜。因为他终于可以摘掉镣铐，同时获准阅读《圣经》之外的书籍。

陀思妥耶夫斯基的兄弟从莫斯科寄来最新的文学作品，其中一本叫作《童年》的小说引起了陀思妥耶夫斯基的注意。他写信询问作者的情况，想知道这位署名"L.T."的作家究竟是不是昙花一现。

"我想他一定写得非常少，"他在信中说，"但也许我错了。"

多年之后，陀思妥耶夫斯基才知道自己确实错了。这位 L.T. 就是列夫·托尔斯泰。

哈萨克斯坦的流放生活为陀思妥耶夫斯基提供了日后写作的诸

多经验。也正是在这里,他第一次体验到爱的激情和折磨。那位醉酒军官的妻子玛丽娅·德米特里耶夫娜,后来成为陀思妥耶夫斯基的第一任妻子,也是《罪与罚》中索尼娅后妈的原型。

在这里,陀思妥耶夫斯基还结识了地理学家彼得·谢苗诺夫——俄国乃至整个欧洲的天山研究第一人。他写出《天山游记》,成为了解哈萨克斯坦的重要文献。在地理学界,这本书是如此重要,以至人们更习惯将谢苗诺夫称为"天山斯基"。

很多年后,当托洛茨基流放阿拉木图时,他的随身行囊中就有这本《天山游记》。

3

塔季扬娜的公寓位于阿拉木图南郊,紧邻总统公园,窗外就是高耸起伏的天山。公寓楼是赫鲁晓夫时代的遗产,像一个巨大的蜂巢,能容纳近千户家庭。在这里,你很容易感到自己的渺小。

我是通过网络认识塔季扬娜的。在广告中,塔季扬娜写道,她是一套两卧室公寓的房东,其中一间卧室对外出租。

公寓楼沉重、昏暗,开门的塔季扬娜穿着一件同样昏暗的灰色外套。她有一头淡黄色的头发,留到齐肩长度,衬托出白皙的面颊。她说一口夹杂俄文的英语,随着时间的推移,口音也越来越重,就像一条路况越来越差的公路。她有俄罗斯、波兰、乌克兰血统,但她看起来完全是一个苏联人。

房间的布置同样属于那个已逝的年代:干净却廉价的地板、实用而笨重的家具。窗台上摆着一只玻璃花瓶，里面插着一朵红色的塑料玫瑰花。餐桌上放着三只绿苹果。塔季扬娜告诉我，那是给我吃的。

我们坐下来喝茶。塔季扬娜拿出晒干的紫色花瓣，掺进红茶里。烧水壶冒出白色的蒸汽，汽车呼啸而过的声音从窗外传入，好像山谷中遥远的回音。

塔季扬娜出生在阿拉木图，父母是俄罗斯人。年轻时，她在俄罗斯的叶卡捷琳堡完成学业，随后回到阿拉木图，从事矿业勘探。她离过两次婚。第一任丈夫是俄罗斯人，喜欢喝酒。第二任丈夫是鞑靼人，早先是一名新闻记者，后来逐渐升为哈萨克宣传部的官员。凭借丈夫的资历，他们分到了这套公寓。不过几年后，鞑靼丈夫另觅新欢，成立了新的家庭。

到了90年代，塔季扬娜对矿业勘探工作感到厌倦，那时她已经四十岁。国家和婚姻的双重解体，让生活充满了不确定。她开始自学英语，作为一种对抗。

每天晚上，她一杯又一杯地喝着红茶，背诵着那些陌生的语法和单词。像她那一代的苏联人，能说英语的少之又少，可她竟然凭借自学掌握了这门语言。如今，她独自一人生活，养了一条狗。她把一间卧室拿出来日租，只是为了认识几个新朋友。她早已放弃对长久关系的奢望，而满足于和我这样的匆匆过客，进行不深不浅的交谈。

塔季扬娜既不抽烟，也不喝酒，晚饭几乎都在小餐馆解决。每天早晚，她牵着狗去总统公园散步。公园里绿树成荫，天山近在眼前，如同话剧舞台的背景。她问我在阿拉木图有何打算。我告诉她，我想去天山－阿拉套国家公园。出乎我的意料，这座离阿拉木图驱车半小时的山脉,她已经快十年没有去过了。她问我能否同行。当我点头答应时,她几乎雀跃得像个小姑娘。

塔季扬娜立刻开始准备我们第二天的行程。她打电话给司机,商定了包车的价格。她去附近的超市买来面包、火腿、黄瓜和奶酪。第二天清晨,我被厨房飘出来的焦糊味熏醒。我走到门口,发现塔季扬娜正在制作我们野餐要吃的三明治。她已经切好了火腿和奶酪,正在切黄瓜,而糊味来自煎锅里烘烤的面包。

她徒手把烤好的面包片抓起来,被烫到,赶紧扔到旁边的盘子里。等面包片凉了一些,她就开始制作三明治:一片厚火腿、两片奶酪,摆上四片黄瓜,再盖上另一片面包。她抽出水果刀,想把三明治斜切成两块——桌上到处是面包屑,黄瓜片不听话地跳出来,她又把它们塞回去。三明治做完后,她得意地看着我。我告诉她,这是我第一次目睹"苏联料理"的制作过程。

司机是一个有着浓浓黑眼圈的年轻人,开一辆旧的丰田四驱越野。我们离开塔季扬娜的公寓,穿过洒满阳光的街道,很快就进入山区。

路边开始出现苹果树,其间夹杂着乡村住宅、家庭餐厅和旅店。阿拉木图人喜欢来这些餐厅举行婚礼,中产家庭常常开着私家车来这里共度周末。有时,也有政商界的大人物过来放松,身边带着漂亮的俄罗斯女伴。

山脚下有一座猎鹰农场,铁笼里拴着数只巨鸟,缩着脖子,爪子上戴着铁链。它们原本应该翱翔于天空,或者成为草原上哈萨克猎人的好帮手。不过此刻,它们无精打采地注视着我们,地上是一片片缓缓飞旋的鸟毛。

一个亚洲脸的女人抱着孩子走过来,用俄语告诉我们,这些猎鹰用于参观和展示,傍晚还会有表演。

"她是吉尔吉斯人,"塔季扬娜小声对我说,"吉尔吉斯人的俄语完全没有口音,可是你看他们的脸上,全都有一种野性。"

我想到在中国的史书里,吉尔吉斯叫作"黠戛斯";中国的吉尔吉斯人叫作"柯尔克孜族";李白据说生于碎叶城,就位于今天吉尔吉斯境内的托克马克。

公路沿着溪水蜿蜒而上,路边长满针茅和紫色苜蓿。在海拔更高的地方,松柏绿幽幽地覆盖着山脊,直至褪变成干枯的荒原。溪边的空地上,可以看到哈萨克人的毡房。男主人已经架起烤炉,正把大块羊肉穿到铁扦子上。用不了多久,烤肉的香气就会从那里升起。

塔季扬娜的兴致很好,她频频要求司机停车,好去采摘黄色的树莓。那些树莓有刺,果实很小,味道也酸,不过塔季扬娜说,她喜欢把树莓晒干,用来泡茶。

我们抵达山间的一片丘陵。在一块巨大的碗状岩石上,绿松石色的大阿拉木图湖出现在眼前。湖水被山峦环绕,有一种高原湖泊所特有的静谧。

我们打算向下走到湖边,但很快被一个荷枪实弹的哈萨克士兵拦住。他的脸蛋红扑扑的,有着乡村少年的淳朴,但硬邦邦的制服赋予他一种截然相反的气质。他告诉我们,这里是水源保护地,任何人不准下去。我们只好绕到湖的另一侧,在一片向阳的草地上坐下来。

塔季扬娜从背包里拿出三明治。面包片吸收了黄瓜的水分,变得软塌塌。我咬了一大口,然后赶紧喝一口水吞下去。塔季扬娜满脸期待，问我好吃不好吃，我就说好吃。阳光很暖，草地上泛着植物的清香。湖水好像静止不动，连一片涟漪都无。远处的雪山，笼罩在一片乌云里。

塔季扬娜突然向我讲起家庭琐事。她和两个丈夫各有一个儿子，现在都已成家。大儿子娶了俄罗斯人，生了一个女儿，工作是电脑编程，不过他并不喜欢。他正打算辞职，去吉尔吉斯承包金矿。他说那能挣到很多钱。塔季扬娜劝他别去，因为"吉尔吉斯到处是黑帮，金矿上更是如此"。不过儿子已经下定决心，马上就要启程。

"翻过这座山就是吉尔吉斯斯坦，"塔季扬娜说，"山那边是伊塞克湖，中亚最美的湖，你听说过吗？"

我点点头。

"小儿子六岁时，他的父亲就带着他，从阿拉木图徒步去伊塞克湖。有三个晚上要在山里过夜。"她回忆着往事，"当时，我也给他们做了三明治。"

我紧张地看了一眼手上的三明治："那时哈萨克和吉尔吉斯还属于同一个国家吧？"

"是的，"塔季扬娜点点头，"苏联解体后，这样的旅行已经不可能了。"

吃完三明治，我们回到车上，途经一座苏联时期的天文台。天山天文台曾经是苏联第二大的天文观测点，拥有放大率高达六百倍的天文望远镜。只是从苏联解体后，由于缺乏经费，就渐渐趋于荒废。如今，天文台的大门紧闭，只能透过铁丝网看到一面巨大的雷达反射镜。

"晚上这里能看到很多很多星星。"塔季扬娜说。

我想起上一次看到数不胜数的星星,还是在盛夏的那拉提草原——那也是天山的支脉。

吉尔吉斯斯坦几乎近在咫尺,我们不久就遇到哈萨克斯坦的边防哨所。士兵检查了我们的证件,经过交涉,允许我们再翻过下一座隘口,前往位于天文台西南六公里处的科研站。

这是一片破败的建筑群,在山间的薄雾中就像电影《寂静岭》的外景。我推开一扇虚掩的门,发现竟是当年科研人员的台球室。台球案上盖着塑料布,球杆整齐地挂在墙上,还是当年离去时的样子。

塔季扬娜说她从没来过这儿,不过有一种感觉告诉她,这里还有人居住。我们四处察看,最后在一个小木屋外碰到一个老人。他七十多岁,穿着粗线毛衣,正在修理一辆手推车。一只黑猫从屋里溜出来,诧异地盯着我们,然后转身离去。

老人叫谢尔盖,退休前曾是科研站的工作人员。他厌倦了阿拉木图的喧嚣,宁愿在这里独自生活。他开着一辆破拉达轿车,从阿拉木图买来成袋的土豆、洋葱,带到山上。直到这里被大雪覆盖,他才驾车返回城市。

"有时候,我渴望交流,但更多的时候,我愿意沉浸在自己的世界里。"谢尔盖说,"这里很安静,能让我回忆起很多往事。当年我们都住在这儿,现在只剩下我了。登山的人偶尔会经过这里。"

顺着谢尔盖手指的方向,我隐约看到一条小路通向山顶,仿佛是刀在山体上刻出的一条淡痕。山上布满碎石,最终吞噬了小路。峰顶仍然处在一团黑色的雾气中。

"你们要上去吗?"谢尔盖问。

"我们可以试试,"塔季扬娜回答,"直到无路可走。"

第一部
吉尔吉斯斯坦

边城浮世绘

1

两场革命①的发生之地，就位于曾经的列宁广场，只不过列宁雕像早已被请至他处。同样被"请走"的，还有吉尔吉斯斯坦独立后的前两任总统：第一任总统倒台后成为莫斯科大学的物理学教授；第二任总统则逃至白俄罗斯首都明斯克，被迫过起退休生活。

苏联解体后，列宁广场改名为"阿拉套广场"，名字取自比什凯克郊外的外伊犁阿拉套天山。在这个宜人的夏日黄昏，天山锯齿状的白色山峰清晰可见，仿佛革命大戏散场后未及时撤下的布景。广

---

① 2005 年，吉尔吉斯人出于对时任总统阿卡耶夫的不满，强占总统府，阿卡耶夫逃往国外。此次革命被称为"郁金香革命"。随后，反对派领导人巴基耶夫接任总统。巴基耶夫来自吉尔吉斯南部，上任后大量任用南方派系官员，导致北方派系不满，加之经济危机爆发，以及在处理美国空军基地问题上同时开罪美俄，最终于 2010 年再次被革命推翻。革命爆发后，比什凯克街头出现大规模群众抗议，南部重镇奥什发生了吉尔吉斯族群与乌兹别克族群的冲突。

场中央,吉尔吉斯的民族英雄玛纳斯骑在一匹铜马上,旁边矗立着国旗杆。鲜红的吉尔吉斯国旗,像一团燃烧的火焰,飘荡在深蓝色的空中。

我漫步在玛纳斯雕像周围,望着来往的人群,顺便等待一位未曾谋面的朋友。几天前,我在天山深处徒步,偶然碰到一位英语流利的吉尔吉斯向导。听说我是作家,他执意要我见一下他的朋友:"他叫阿拜·扎尔扎科夫,是一位青年作家,参加过革命活动。"

此刻,站在阿拉套广场上,我试图找到一丝革命的痕迹,但看到的仅是一座天山脚下的暧昧边城。2005年,第一场革命发生时,吉尔吉斯刚刚独立十五年。它在国际版图上的重要性,因为美国入侵阿富汗而大大提升。美国在比什凯克附近建立起一座空军基地,成为军事行动的中转站。吉尔吉斯人充分利用这个机会大发其财。不过,随之而来的贪污腐败,也令这个国家饱受折磨。仅仅五年之后,革命群众第二次赶跑了总统。

"你就是下一个莫言?"一个留着小胡子的吉尔吉斯青年问我。

我一愣,伸出手:"你是下一个艾特玛托夫?"

钦吉斯·艾特玛托夫是我唯一知道的吉尔吉斯作家。

"我是阿拜,"这个人一脸喜庆,"你听出我在开玩笑吧?"

"当然。"

我们的手握在一起,使劲摇了摇——莫言和艾特玛托夫——历史性的时刻。

"走,喝杯酒去!"阿拜说。

我们穿过广场,沿着遍植白杨树的楚河大道,往奥什大巴扎的方向走。我问起阿拜 2010 年的情景，他当时还是中亚美国大学[①]的学生。

在阿拜的记忆中，那是一段革命与血的日子，为他的写作提供了不少灵感。同时也充满了荷尔蒙气息，甚至还有一丝浪漫。

那段时间，他不用去上课，每天游荡在街上，与试图阻挡他们的警察兜圈子。他还在抗议活动中结识了现在的女友——一个头脑聪明、思想开放的比什凯克姑娘。她支持他抗议，也支持他写作。

"她希望我有朝一日能获得诺贝尔文学奖，"阿拜说，"她说，阿拜，你要是得了诺贝尔文学奖，我就可以在颁奖晚宴上跳舞了。"

我笑着问："你有为此努力吗？"

"我已经辞去了工作，试着每天写作。"

我们谈起艾特玛托夫。他既是苏联时代最重要的作家之一，也是吉尔吉斯作家中最接近诺贝尔文学奖的人。2008 年，艾特玛托夫与世长辞，人们在阿拉套广场上为他送葬。如今，广场一侧还伫立着他的铜像。

在阿拜看来，艾特玛托夫是第一代完全融入苏联体制的吉尔吉斯人。他的父亲是共产党的高官，在"大清洗"中遭到处决。他在大学时代学习畜牧业，随后到莫斯科进修文学。1958 年，他在苏联的文学杂志上发表小说《查密莉雅》，描绘了遥远的群山、秋天的草原和草原上的爱情故事。这篇小说让他一举成名,那年他不过三十岁。

我问阿拜是否读过艾特玛托夫。

"当然，艾特玛托夫是每个吉尔吉斯人必须阅读的作家，就像中

[①] 中亚美国大学（American University of Central Asia），建于 1993 年，由美国政府及非营利组织主办，是中亚第一个按照美国模式运行的高等教育组织。

国的鲁迅。"阿拜说，"不过我现在认为，艾特玛托夫的成功是那个时代的产物。"

"怎么讲？"

"在苏联的大家庭里，每个加盟共和国都要有一个作家，能够代表那个民族的文学——这既是苏联体制的要求，也是一种政治需要——艾特玛托夫恰好成为吉尔吉斯文学的代表。"

我们走进一家看上去不错的英式酒吧，由苏联时期的剧院改造。然而，除了我们，顾客只有一个西方男人，带着一位漂亮的吉尔吉斯女伴。我和阿拜坐下来，要了啤酒。这时，我才有机会仔细审视阿拜的面容。

他有一张孩子气的圆脸，肤色苍白，长着一对很大的、颜色接近透明的招风耳。头发软塌塌地耷拉在额头上，发际线很高。他不时狠抓发根，好让头顶的头发形成一个鸡冠似的造型。尽管生于1992年，他的眼角已经长出轻微的鱼尾纹。他告诉我，这是游牧民族的基因特点。

"对我这代吉尔吉斯人来说，苏联就像史前时代，与我们无关。"阿拜说，"从父母那里，我听过不少苏联时代的故事，但却无法激起太多共鸣。"

与父辈不同，阿拜从小受到西方文化的熏陶。他的吉尔吉斯语很差，母语是俄语，但能讲流利的英语和不错的法语。他认为自由和民主是与生俱来的权利，批评政府是作家的义务。对其他中亚邻国，他没有太多兴趣。他认识几个哈萨克作家，仅此而已。

"我以后会去美国，"他对我说，仿佛在陈述一个既成事实，"当然，中国也不错……在吉尔吉斯，如果能卖出两万本书，那几乎就是人手一册了，因为读书的人口就这么多。"

"既然你用俄语写作，是不是可以在俄罗斯发表作品？"我问。

"当然，"阿拜说，"在俄罗斯文学杂志上发表作品很容易，但那不是最好的出路。"

他喝了口啤酒问我："除了契诃夫、托尔斯泰、索尔仁尼琴，你听说过任何当代俄罗斯作家吗？"

"没有。"

"所以就算我在俄罗斯发表作品，那又有什么意义呢？"

说到这里，阿拜停下来看我，仿佛在等着我提出问题。于是，我问他在哪里发表作品。

"我的一篇小说被翻译成了英文，发表在一本美国期刊上。"

我突然想起，在天山碰到的吉尔吉斯向导也对我说过这件事。看得出，在比什凯克的青年文学圈里，此事非同小可，算得上令人瞩目的成就。

我告诉阿拜，我有兴趣读一读他的小说。谁知话音刚落，他就掏出手机，把那篇小说发给了我——速度之快，让我感到其实他早就把这封邮件存在了草稿箱里。

"我想听听你的意见。"阿拜说。

我答应尽快阅读，不过直到快要离开吉尔吉斯斯坦，我才在长途汽车上把小说读完。小说写了一个普通的吉尔吉斯男人，为了养家糊口，不得不去莫斯科打工。在那里，他受尽屈辱，在建筑工地干活，每月把微薄的收入寄回老家。为了赚钱，他把积蓄借给一个放高利贷的同乡，结果血本无归。他回到吉尔吉斯，不甘心失败的命运，再次回到莫斯科。这一次，他当上了夜总会的保安，却失手打死一名寻衅滋事的花花公子。他被判刑入狱十五年，妻子也改嫁他人。这篇小说的名字叫"移民的命运"。

在酒吧里，我问阿拜以后打算写什么。

他眨了眨眼睛："通常，一个作家不会把自己要写的东西告诉另一个作家。因为好主意会被偷走——这种事在文学史上屡见不鲜。不过，我可以告诉你，不要抨击绿色和平，更不要抨击LGBT——这是我的女友说的。她说，阿拜，如果你想获得诺贝尔文学奖，那你就不要抨击绿色和平，更不要抨击LGBT。"

"她确实聪明。"

"艾特玛托夫原本会获得诺贝尔文学奖，但他自己搞砸了。有一次，他在某个欧洲国家演讲，顺口抨击了LGBT，从此西方就不再理他。你知道那届诺贝尔文学奖给了谁吗？高行健！"

我向阿拜保证，以后既不抨击绿色和平，也不抨击LGBT，更不会偷走他的好主意。

于是，阿拜告诉我，他打算写"全球化对吉尔吉斯人的冲击"："苏联解体后，全球化将这个国家的信仰和生活方式冲击得七零八落，成为一片废墟，而我们这代人——后苏联时代的吉尔吉斯人——就在废墟当中，艰难地寻找可以依赖的东西。"

阿拜一口干掉杯中酒，然后问我："你觉得怎么样？"

<h2 style="text-align:center">2</h2>

传说，上帝分配土地时，吉尔吉斯人正在睡觉。等他们一觉醒来，

发现土地已经分完。他们请求上帝多少分给他们一些土地，于是上帝就把自己的后花园给了吉尔吉斯人。

吉尔吉斯人喜欢这个故事，因为这表明他们是上帝（或真主）的宠儿。这个故事也表明，他们对自己的家园非常满意。

他们喜欢告诉我这样的外国旅行者，吉尔吉斯是"中亚的瑞士"。这里既有阿尔卑斯般雄伟的天山，也有明净如眼泪的伊塞克湖，还有向远方延展的大草原，上面点缀着枣红色的骏马和白色的毡房。

不过，考古学家认定，吉尔吉斯人的传统家园并不在这里。公元9世纪以前，他们的祖先还在西伯利亚的叶尼塞河沿岸游牧。后来的几个世纪里，他们才一路漫游到位于中亚的新家园。

当时的中亚一片混乱，不同的族群和势力彼此征战。弱小的吉尔吉斯人不得不一直生活在各路强权的阴影下。他们的焦虑与抗争构成了《玛纳斯》的主体。这部史诗比希腊的《荷马史诗》和印度的《摩诃婆罗多》都要长，有二十多万行。史诗的主人公就是吉尔吉斯的民族英雄玛纳斯。史诗中，玛纳斯和他的儿孙带领着吉尔吉斯人，不断反抗一个又一个敌人。

乾隆在位时期，吉尔吉斯人曾经臣服于清朝。当时，清朝军队歼灭了蒙古准噶尔汗国，平定了大小和卓之乱。不过到了19世纪20年代，浩罕汗国的势力开始渗入到楚河河谷和天山地区。游牧的吉尔吉斯人发现，他们被孤立于偏远的天山牧场之间。为了守护通往喀什的商路，浩罕汗国建立起一系列城堡哨所，比什凯克就是边境线上的哨所之一。

浩罕汗国是从乌兹别克人建立的昔班尼王朝中衍变出来的小国，中心位于今天乌兹别克斯坦境内的浩罕。我去过浩罕，参观过浩罕的可汗宫。那是一个并不怎么气派的院落，有着孤立的小国君主所特有的浮夸和局限。可以想象，当时作为前哨站的比什凯克，是一个更为荒凉的地方。

中亚史学家巴托尔德称 18 世纪的中亚正处在"政治、经济和文化的堕落期"。在腐败的伊斯兰毛拉的影响下，整个地区的道德和信仰水平急转直下。此前，西欧国家开辟出全新的海上贸易线路，古老的丝绸之路日趋衰落，整个中亚陷入更深的隔绝与疏离，成为地图上的一个黑洞。

乌兹别克人的统治十分残暴，令吉尔吉斯人无法忍受。与此同时，为了开辟前往印度的通路，俄国在中亚的扩张逐渐加强。19 世纪 60 年代，俄国已经牢牢控制了整个哈萨克草原。与比什凯克一山之隔的阿拉木图，成为俄国的军事堡垒。

1862 年，吉尔吉斯人邀请浩罕的将军赴宴，将其杀死，随后向比什凯克的浩罕驻军发起进攻。由于缺乏现代化武器，吉尔吉斯人选择向阿拉木图的俄国人求助。在俄国重炮的轰击下，比什凯克很快陷落。俄国人顺水推舟地接管了整个楚河地区。正是在俄国和苏联的统治下，荒凉的比什凯克逐渐成为地区的行政中心，在吉尔吉斯独立后成为首都。

在莫斯科飞往比什凯克的飞机上，我意外发现比什凯克的机场代码依然写作 FRU——"伏龙芝"（Frunze）的缩写。这多少道出了如今存在于这个国家内部的冲突。

伏龙芝是比什凯克在苏联时代的旧称。这位布尔什维克将领，出生在今天的比什凯克。他平定了中亚地区反对苏联统治的"巴斯玛奇运动"，让中亚与俄国的捆绑关系又维持了将近七十年。

伏龙芝死后，斯大林将中亚地区分割为五个民族共和国。在他看来，应付五个小共和国，显然比对付一个突厥斯坦自治共和国容易得多。然而，这样的划分方式，也让中亚出现很多切开族群的奇怪界线。吉尔吉斯南部的奥什地区，位于费尔干纳盆地，历史上一直是乌兹别克人的聚居地，却被划入吉尔吉斯斯坦。这为日后的政治动荡和族群分歧埋下了伏笔。

在比什凯克这座城市，全球化的冲击或许还没大到成为问题的地步。这里没有遍布世界各地的国际快餐店，商场里也见不到任何耳熟能详的品牌。某种程度上，比什凯克仍然是一座苏俄城市，有着棋盘一样规划整齐的街道、高大的行道树、雕像众多的公园，以及每个俄国城市都有的芭蕾舞剧院和马戏团。走在街上，我有时会产生一种恍惚感，觉得眼前的街景似曾相识。

然而，苏联已经离去，成为历史的弃儿。独立近三十年来，苏联留下的遗产正在无可奈何地磨损、折旧，甚至渐渐沦为废墟，成为怀旧的对象。所以，阿拜是对的，也是错的。如果说吉尔吉斯人正在废墟上寻找着可以依赖的东西，那废墟也并非全球化冲击的结果。恰恰相反，全球化有意无意地放弃了这里，甚至放弃整个中亚。废墟，只是苏联离去后留下的遗迹。

比什凯克的街道两侧，原本是苏联时代的混凝土排水沟，但由于疏于管理，大都扔满了垃圾。苏联时代的供电系统也处于慢性电力不足状态。夜幕降临后，除了楚河大道，整座城市显得照明不足。坑洼不平的路面，莫名失踪的井盖，让夜间行走变得惊心动魄。在比什凯克的最初几日，我的行程几乎全都沿着楚河大道展开。不过，我知道，我必须走到更远的地方，才能发现这座城市的秘密。

3

  一天傍晚,我决定步行前往一家远离市中心的餐厅。这家传统的吉尔吉斯餐厅开业于1998年。在变幻不定的比什凯克,几乎算得上恒定的存在。我绕过路边的壕沟,穿过柏油开绽的马路,经过有些破败的苏联公寓。一只眼窝潮湿的公狗悻悻地尾随着我,干咳般地叫了几声,然后消失在坑洼的街巷里。

  我想去的餐馆,在马路一侧的小巷里。当我终于找到那里时,发现餐馆没有营业。太阳就要落山,天空呈现出一种兑水威士忌的颜色。这时,我发现就在这家餐馆对面,有一家规模更大、但有些可疑的餐厅。透过窗玻璃,我看到餐厅里摆着几张大圆桌,桌上堆满干果点心,摆着漂亮的茶具。每张桌子旁都坐着衣着古板的吉尔吉斯人,像是家庭聚餐,只是没人开动。我突然意识到,现在是斋月,他们大概在等待日落时分的降临。

  此前,比什凯克并没有给我强烈的宗教感——我没有听到过宣礼声,在市中心也没看到过清真寺。在我所熟悉的楚河大道上,散落着一些追求情调的餐厅,追求时尚的年轻人进进出出。没人在意斋月的问题,随时随地有人进餐。然而,在稍微偏僻的郊区,我却感到迥然不同的气氛:这里有一屋子正在虔诚等待开斋的吉尔吉斯人。

  我走进餐厅,里面有些昏暗。我在门口的一张小桌子旁坐下来。一个年轻的吉尔吉斯姑娘走过来,以标准的美式英语问我要吃点什么。我问她有没有菜单,她转身去找。她穿着白棉布衬衫、淡蓝色牛仔裤,非常瘦,但显得活力十足。她拿着一本菜单走过来,抱歉地告诉我,菜单没有英文,但她愿意给我翻译。

我能看懂菜单,但是出于好奇,我让她帮我翻译。她有一张小巧的瓜子脸,小麦色的皮肤,黑色的眼睛,浓密的眉毛,鼻梁坚挺。然而,从她的五官中,我却难以判断她来自何处。她像吉尔吉斯人,也像维吾尔人,甚至有点像墨西哥人。她年纪不大,但威严十足。她用吉尔吉斯语命令服务员拿来餐具,又用俄语命令另一个服务员去厨房看看,然后用英语向我解释,什么是 laghman,什么是 manty。

我点了拉条子和烤串——我的标配晚餐。她说烤串要等一段时间,我问她有没有酒。

"没有,"她抱歉地一笑,仿佛感到了我的失望,"我们这里不供应酒水。"

我点了一小瓶可乐。她亲自拿过来,为我倒上。她说她叫佐伊,是这家餐厅的老板。餐厅刚刚开业四天,一切还在磨合之中,所以有点混乱。

我一边喝着可乐,一边看着忙前忙后的佐伊。她时而指挥服务员,时而自己上阵。在我看来,她的英语、俄语和吉尔吉斯语全都无懈可击。如果在中国,想必早已成为精英人士。可是,在比什凯克,她却在郊区开着一家刚刚起步的本地餐厅,为我这样偶然进来的外国人讲解什么是拉面,什么是蒸包。

佐伊为我端上拉条子时,我问她是不是吉尔吉斯人。她告诉我,她出生在吉尔吉斯,但在沙特长大,又在美国佛罗里达读了两年大学。

她的母亲是吉尔吉斯人，后来嫁给了一个荷兰男人。

"他是我的继父，在石油公司工作。"佐伊说，"我从小跟着他一起在世界各地生活。"

几年前，佐伊的父母离婚。佐伊带着母亲和未成年的妹妹离开美国，回到比什凯克。她开了这家面向穆斯林家庭、不卖酒精饮料的餐厅——没去争抢楚河大道上的繁华地带——是因为她注意到整个国家渐趋保守的氛围。她的思路看起来颇为正确。刚刚开业不久，餐厅已经口耳相传，涌进大批以家庭为单位的顾客。

这时，餐厅内突然出现一阵骚动。我看到围坐在桌边的人们，纷纷举起双手，开始喃喃祈祷。窗外，太阳已经落山，天色黯淡下来，远处的棚户区露出歪歪扭扭的剪影。祈祷结束后，盛大的晚餐开始了。服务员手忙脚乱地穿梭在大厅里，把一盘盘烤肉和面条端上桌来。

佐伊说，她要去厨房监工。不过，等送走这些客人后，她想请我去楚河大道上的酒吧喝一杯——如果我愿意的话。

"这么说，你自己喝酒？"

"不喝一杯的话，我就没办法把身体的零件装回去。"佐伊说。

4

我们去了一家有户外座位的酒吧，就在楚河大道南侧。有人在我们旁边抽着水烟，一副醉生梦死的样子。佐伊点了一杯格鲁吉亚白葡萄酒，轻轻晃着杯子，然后啜饮一小口，脸上露出放松下来的表情。

我问佐伊:"每天都这么神经紧绷?"

她说:"这些天就像打仗一样。"

这是她第一次开餐馆,从里到外都要亲力亲为,还要不断面对"突发事件"。前一天,后厨的食材竟然全都用完了,佐伊不得不向那些已经点菜的顾客道歉。第二天一早,她和厨师一起去市场,买了多一倍的食材回来。这天,餐厅一共招待了两百五十多位客人。如果照这样下去,一个月大概会有六千美元的流水。

我向她祝贺,说这是很好的起步。

"我需要照顾母亲,需要交房租,需要给妹妹交学费。她今年十四岁,在比什凯克念国际学校。她和我同母异父,是我母亲和荷兰继父生的。不过,对我来说,她就像个小天使。每天晚上睡觉前,我都会对她说,你知道我爱你,对不对?她以前会说,姐姐,我也爱你。现在,她只是看我一眼,带着无可奈何的神态——她正在叛逆期。"佐伊笑起来。

我问佐伊,她的生父在哪儿。

佐伊说:"他住在托克马克附近的村子里。我母亲也是那里的人。那时,母亲家里很穷,而父亲是有钱人家的孩子。母亲十八岁时怀上了我,但父亲一家不想让儿子娶一个穷人家的女儿。后来,母亲的家人就找到父亲家里,说这里是伊斯兰国家,他们的女儿已经怀孕,男方不能不负责任。"

佐伊喝了一口葡萄酒:"他们结了婚,不过关系很不好。尤其是父亲得知母亲怀的是女孩后,他坚决要求打胎。母亲不同意,她不顾反对,生下了我。"

三岁那年,佐伊的父母离了婚。母亲带着她来到比什凯克,从此佐伊再也没有见过自己的生父。佐伊十岁时，母亲认识了一个荷兰裔的印尼人，他在中亚的石油公司工作。母亲和他结了婚，成为家庭主妇。一家人先是搬去荷兰，后来又因工作需要搬去沙特。

在沙特的美国军队学校里，佐伊读完了中学，学会一口流利的英语。假期时，一家人会去欧洲度假。她最喜欢西班牙，希望有一天能去那里生活。她也喜欢旅行，去过很多地方，但还没有去过中国。她觉得中国太过神秘，而中国人都是那么努力。

"比什凯克有很多中国人，做生意，承包工程。"佐伊对我说，"但你看上去和他们不太一样。"

"是吗？"

"他们都很实际，很有目标，但你似乎无所事事……你是来寻找什么的吗？还是逃避什么？在餐厅里，我看到你一直在记笔记。或许你是作家？这让我觉得，可以对你说很多话。"

我告诉佐伊，我的确是作家，我的大部分时间都花在了写作上。这些年来，我用自己的方式旅行、写作。

佐伊微微一笑。"我也想过当作家。直到有一天，我和母亲失去了经济来源。"

高中毕业后，佐伊去了佛罗里达大学。大二那年，母亲的第二次婚姻到了无法维系的地步。她和荷兰人离了婚，然后发现她们连房租都交不起，更别提在美国立足。

佐伊退了学，带着母亲和妹妹回到比什凯克。这里的物价水平很低，她们的积蓄还可以维持。那是2011年，革命的狂热还未退却。南部的奥什地区又刚刚发生了吉尔吉斯人与乌兹别克人的族群冲突，造成数百人死亡。一天，佐伊在比什凯克的出租车上被人拦住。一个吉尔吉斯青年拉开车门,愤怒地质问她:是不是乌兹别克人?为什么要跑到这里来?

"因为我的眉毛很浓,像乌兹别克人。"佐伊微微侧过脸,给我看她的眉毛,"实际上,我有吉尔吉斯、维吾尔、塔吉克和土库曼血统。"

借着酒吧外昏暗的灯火,我看着佐伊的脸,寻找着突厥、蒙古和波斯的痕迹。那是一张中亚的民族熔炉塑造出来的面孔,但眼神不是。佐伊眼神中波动的光以及随之细微变化的神态,完全是美国式的。

回到比什凯克后,佐伊在这里继续上学,仍然是英语文学系,可她的英语比学校里的任何一位老师都好。学校让佐伊给其他同学补课,她坚持了一个学期。有一天,上完补习课,天已经黑了。她走在回家的路上,突然想到:不对,我是来花钱上课的,不是来免费教课的!

佐伊说,每个人的一生中都会有恍然大悟的时刻。她恍然大悟时,家里的积蓄刚好捉襟见肘。于是,她决定退学。她先是和一个女朋友合伙,开了一家翻译公司。然而,因为钱的问题,两人发生矛盾,最终分道扬镳。这让佐伊认识到,尽量不要与好朋友做生意,因为那迟早会消耗掉双方的友谊。

回顾过去几年的生活,佐伊发现自己交往的都是年纪大于自己的人。比如,现在餐厅的合伙人是一个哈萨克中年商人。他们至今都算不上朋友,只是看重对方的才能。在阿拉木图,哈萨克商人开了几家成功的餐厅。他想进军吉尔吉斯市场,因而选择佐伊作为合作伙伴。

我问佐伊,是否想过进入一个相对稳定的体制,比如政府。

佐伊说，她的确认识很多吉尔吉斯官员。其中一位高官想让她进入外交部工作，负责与那些让人头痛的美国人打交道，但她拒绝了。

"我始终觉得政治太过肮脏。"佐伊说，"我也不想属于任何体制或派系。在这里，你要么属于北方势力，要么属于南方势力，但我不属于任何地方。"

我问佐伊，在比什凯克是否容易找到倾心交谈的朋友。

她摇摇头。

"更多的情况是，在我说完一句话，表达完一个想法后，对方会怀疑地盯着我问，这话是谁说的？因为他们从没这么想过，也不相信有人会这么想。他们总是需要一个权威来佐证。于是，我经常对他们开玩笑说，这话不是任何人说的，这话是佐伊说的。"

我笑着点点头，但没说话。

"十岁之前，我一直是一个不爱开口说话的孩子。我记得，有一段时间，我无法和任何人交流。母亲把我抱到亲戚朋友面前时，我总是转身就跑，一句话也不想说。后来，我去了沙特，在那样的环境里长大。军队学校就像沙漠里的绿洲。我在那里学会阅读，从此就像发现了不停冒出的泉水。我喜欢阅读，有时候也把自己的想法写到纸上。"

佐伊喝了一口葡萄酒，拂了一下眼角边被风吹乱的头发："我在很多地方生活过，可到哪里都没有归属感。美国不是我的家，沙特不是，吉尔吉斯斯坦也不是。我不属于任何地方。有时候，我甚至觉得自己可能不属于这个星球……你会有这样的感觉吗？"

我告诉她，我一直有这样的感觉。在内心深处，我始终觉得自己流淌着游牧民族的血液——不是草原游牧民族，而是当代游牧民族。这样的人总是不停移动,从世界的一个地方到另一个地方,缺乏归属感,家只不过是当下的落脚之处。对他们来说,旅行不是为了去任何地方,只是为了旅行。最重要的事情是移动。

"当代游牧民族。"佐伊深吸了一口气,"我大概就是这样的人。"

我们喝完酒,晚风正吹着路边的杨树叶,发出哗哗的海浪声。我们离开酒吧,穿过阿拉套广场。路边有很多做生意的小贩,也有很多无所事事的青年。

走过射气球的摊位时,一个胖嘟嘟的小男孩冲我喊道:"叔叔,你要是能打爆六只气球,我就送你一只泰迪熊!"佐伊把男孩的话翻译给我,然后笑起来。

另一个摊位上,一群吉尔吉斯年轻人正围着一只沙袋拳打脚踢,与沙袋连通的音箱,随之发出人的哀嚎。

在沙袋的砰砰声和哀嚎声中,佐伊挑起眉毛:"现在你知道我为什么不喜欢跟这里的年轻人一起玩了吧?"

我发现那种略带讥讽的笑容,完全是美国式的。在比什凯克,这让她与众不同,也令她倍感孤独。

5

来比什凯克之前,我在莫斯科的一家旅馆里,碰到了一位吉尔吉斯姑娘。当时,我不知道她正遭遇不幸。

我花了一个月时间,沿着西伯利亚大铁路,从海参崴到达莫斯科。当我找到这家位于特维尔大街上的旅馆,把行李塞进房间,走到公共厨房，想弄杯袋泡茶喝时，我看到一个亚洲脸的姑娘，正在做白汁鸡肉。

厨房不大，我们聊起来。

姑娘叫阿丽莎，来自比什凯克。我告诉她，我正打算去吉尔吉斯斯坦旅行：比什凯克、伊塞克湖、天山，然后南下奥什。

阿丽莎不理解我为何要去奥什。虽然奥什是吉尔吉斯的第二大城市，但她从来没去过。

"奥什有很多乌兹别克人，"阿丽莎警告我，"那里很危险。"

"比什凯克危险吗？"

"比什凯克都是吉尔吉斯人，很安全。"

我告诉阿丽莎，我之所以要去奥什，是打算从那里出发，沿着吉尔吉斯斯坦和乌兹别克斯坦的狭长边境线，绕过几块飞地，前往塔吉克斯坦。

"你要去塔吉克斯坦？为什么？"

"旅行。"

"塔吉克斯坦有什么？"

"帕米尔高原和瓦罕走廊。"

"有朋友在那边？"

"没有。"

"一个人去？"

"对。"

"塔吉克人都是疯子！你到那儿会被人杀死的！"阿丽莎此刻真的在惊呼了，仿佛旅馆里正有一个塔吉克疯子，挥舞着砍刀冲过来。

"不要去奥什！更不要去什么塔吉克斯坦！"阿丽莎认真地说。

"如果你非去不可，至少找个朋友一起。"

"那会不会把朋友也害了？"

阿丽莎噗嗤一笑，继而怜悯地望着我。从那眼神中，我看出自己大概命在旦夕。阿丽莎认为，只有去欧洲才叫旅行。除了伊塞克湖，她甚至从没想过在自己的国家旅行。她对几个斯坦邻居更是充满隔阂，毫无兴趣。这倒是让我觉得，或许只有外来者，才能超越偏见地观察这片土地。

阿丽莎盛了一份白汁鸡肉，又盛了一份米饭，端到我面前，说是给我吃的。她坐在我对面，依然一副忧心忡忡的样子——我不知道她自己也有烦心事。

阿丽莎说，她有个好朋友住在比什凯克，叫拉克希米。她会跟拉克希米说一下我的事，让她好好关照我。

"拉克希米这个名字怎么听上去像是印度人？印度教中有个女神就叫拉克希米。"我说。

"拉克希米是吉尔吉斯人，但信奉印度教。"阿丽莎说，"她还是素食主义者。"

这是我第一次听说，在吉尔吉斯有人信奉印度教，而且吃素。我一边吃着白汁鸡肉一边想，对于游牧民族来说，如果吃素的话，究竟能吃些什么？

到了比什凯克，我与拉克希米取得联系。她邀请我第二天中午去她家里做客。第二天,我在住所楼下的蛋糕店买了一个十寸的蛋糕，然后打了一辆出租车，前往拉克希米的小区。

那是一片苏联时代的高层住宅区，位于一条还算宽阔、干净的巷子里。巷口停着一辆报废的拉达轿车，漆面锈迹斑斑，像得了皮肤病，车厢里堆满杂物。我在骄阳下寻找着单元入口。和所有苏联时代的住宅区一样，这片住宅区也像一座巨大的迷宫。经过岁月的磨损，单元门牌号已经模糊不清。

我正站在明亮的、满是尘土的院子里不知所措，楼上突然传来一声呼叫。我抬头，看到一个留着黑色长发的姑娘站在阳台上——这片住宅楼全是那样的阳台，从我的位置看上去，就像一排排俄式剧院的包厢。阳光照在那个姑娘的脸上。她不说话，只是微笑着，向我招手。

我上了楼，找到拉克希米家的房门。刚才那位黑头发的姑娘站在门口，脸上带着笑容。房间是一套一室公寓，墙边摆着一张玻璃餐桌，两边各有一把黑色椅子。拉克希米穿着一件紧身的黑色套头衫，一条洗得发白的破洞牛仔裤，光着脚在地板上走。她刚才正在做饭，平底锅里冒出饭菜的热气。现在，她走过去把电磁炉关掉，把蛋糕放进冰箱里。

房间里的家具不多，显得有些空旷，但摆在四处的小装饰，还是多少透露出一点主人的品味。一面墙上挂着一张拉克希米童年时期的黑白照片，梳着童花头，露出两个小酒窝。梳妆台上还有一张拉克希米母亲小时候的照片——同样的发型，同样的神态——可以看出母女二人在童年时期几乎长得一模一样。

房间出乎意料的凉爽，窗户向外敞开着。风轻轻吹动淡紫色的窗帘，阴影随之舞动。我发现窗户旁边有一个小小的神龛，上面摆着香炉，还有象头神迦尼萨的雕塑纪念品。

拉克希米端上饭菜。她特意为我做了鸡肉，自己吃蘑菇炒蛋。此外，我们还共享一盘番茄黄瓜沙拉和一些朝鲜泡菜。

为了打破僵局，我率先谈起阿丽莎，谈起我们在莫斯科旅馆的相遇，以及阿丽莎说去奥什有多危险，去塔吉克斯坦会被杀。拉克希米笑得眯起眼睛，眼角露出两条很深的鱼尾纹。她告诉我，其实阿丽莎那时正伤心欲绝。她去莫斯科，是因为丈夫要和她离婚。阿丽莎的丈夫常年在莫斯科打工，认识了别的女人。那个女人怀上了孩子，丈夫便提出离婚。

"阿丽莎还好吗？"我问。

"她还在莫斯科，想在那边找个工作。"拉克希米说，"可能是不甘心放弃她的丈夫，也可能只是不想一个人回来。"

"这种事多吗？听上去有点像小说里的情节。"

"不是小说，"拉克希米说，"这样的事很多很多。吉尔吉斯有三分之一的男人去俄罗斯打工，妻子就留在国内。很多男人在那边认识别的女人，又成了家，之后就不再联系国内的妻子。妻子去俄罗斯找丈夫，发现丈夫早已不在原先的城市。俄罗斯那么大，想在另外的地方重新开始生活，真的太容易了。"

我想起我在俄罗斯旅行时碰到的那些吉尔吉斯人：有出租车司机，有建筑工人，有餐馆服务员，有开小卖部的……也许每个人背后都有类似的故事。

"相比那些突然失踪的丈夫，阿丽莎的丈夫是不是还算好的？至少他没有不辞而别。"

"也不尽然，"拉克希米说，"有的妻子会骗自己，宁愿相信失踪的丈夫是在俄罗斯死了，这会让她们的心里好受一些。就像战争年代，丈夫上了前线，没有回来一样——你感到伤心，但不会感到背叛。对有些女人来说，背叛和抛弃造成的心理创伤，可能更难愈合。"

"可怜的阿丽莎！"

"她会好起来的，我相信这点。昨天我们通了电话，她说她已经好多了。她还问你有没有联系我。"拉克希米下意识地撸起袖子。我发现她的左手腕上戴着两个细细的银镯。

"这是从印度买的吗？"我问。

她抬起手腕看了看，笑着说是的。她告诉我，她去过好几次印度。上一次在瑞诗凯诗待了三个月，学习瑜伽和冥想。

"你真的是印度教徒，还是只是喜欢那种生活方式？"

"我真的是印度教徒，"拉克希米说，"从两岁开始。"

"你的父母也信印度教吗？"

"我母亲信。因为这个，父亲后来和她离婚了。"

年轻时，拉克希米的母亲在莫斯科上大学。有一天，她在图书馆读到一本介绍印度教的书，被其中的哲理深深吸引，埋下了信仰的种子。大学毕业后，她母亲回到比什凯克，在医院工作，认识了一个在报社上班的吉尔吉斯男人。两人相爱，结婚，生下拉克希米。

拉克希米本名叫"艾格丽姆"，在吉尔吉斯语里是"满月"的意思。我后来查到，"艾格丽姆"源自19世纪的一首哈萨克诗歌。诗人用"艾格丽姆"一词形容妻子的美貌。

"那你是怎么变成拉克希米的？"

"两岁那年，比什凯克来了一位印度上师。母亲抱着我去听上师的讲座。大学时代埋下的种子，此时再度发芽。讲座结束后，母亲找到上师，想让我和她一起皈依印度教。上师问了我的名字。母亲回答，艾格丽姆。"

"不，从今天开始，她应该叫拉克希米。"上师说。然后在母女俩的额头上点上吉祥痣。

从此,比什凯克多了两个印度教徒。母亲在家里供奉起印度教的神灵,并且开始吃素。拉克希米的父亲不能理解妻子的行为。在他看来,在吉尔吉斯斯坦信奉印度教,绝对不够理智。更过分的是,妻子不仅自己不吃肉,也拒绝给他做肉。这意味着,他每天下班回家后只能自己下厨,而且也没法带朋友回家做客。对于吉尔吉斯男人来说,这是不可想象的。

拉克希米的母亲非常坚定。她对丈夫说:"你不能理解我,是我们之间的业力所致。如果我阻碍了你的幸福,你就去另寻他人吧。"这话颇有印度气息。一气之下,拉克希米的父亲选择了离婚。

"不过,除了信仰方面的原因,父亲其实很爱母亲。离婚之后,两人仍然是朋友,仍然不时见面,而且都没有再次组建家庭。"

"他们现在在哪儿?"

"十五年后,他们复婚了。现在他们一起生活在伊塞克湖畔的小镇。"

说到这里,拉克希米笑了。父母一生的情感纠葛,听起来充满了浪漫的回响。不过,我内心的好奇还没有完全得到解答。

拉克希米是由母亲带大的,这是否意味着她从小到大都没吃过肉?在印度,或许这不是问题,但吉尔吉斯并不以食物的丰富性著称,更缺乏素食的传统。和其他游牧民族一样,吉尔吉斯人只是把有限的几样菜(全是肉菜)尽量发挥到极致。

"我没吃过肉,"拉克希米笑着回答,"也许两岁前吃过,但完全忘了。"

"这么说,像烤肉、纳仁、抓饭、羊肉包子这些吉尔吉斯食物,你都不知道是什么味道?"

"肯定会闻到。毕竟大街小巷,走过任何一家餐馆,都会有烤肉之类的味道飘出来,然后你就大致明白是这个味道。但我自己从来没尝过。"

我表达了钦佩之情。

拉克希米告诉我,中亚的素食没有我想象的那么少。"比如,比什凯克有很多朝鲜人,是苏联时代从远东地区迁徙过来的。他们的泡菜都是素食。"

午饭后,拉克希米泡了红茶,我们一起分享蛋糕。这是星期五下午,外面非常安静,只有知了不停地叫着。我问拉克希米,会不会耽误了她的工作。她说不会。她在给一个美国艺术家做私人助理。这位艺术家长期住在吉尔吉斯,经常跑到山里写生,不过他目前正在哈萨克斯坦办展。

"等他回来,我才开始工作。"拉克希米说。

这份工作为她带来每月一千美元的收入,而公寓的租金不到两百五十美元。拉克希米正打算买一辆雪佛兰轿车。在我们交谈期间,她接到车商打来的电话。她告诉我,整个吉尔吉斯都没有雪佛兰的官方经销商,买车需要经过一套较为复杂的"运作"。

我问拉克希米是怎么找到这份工作的。

"是我的前男友介绍的,"拉克希米说,"他是一个美国大兵。"

我想到了比什凯克曾经的美军基地——为美军提供配套服务,一度构成这个国家重要的收入来源。很长一段时间里,吉尔吉斯的国民经济就是靠赴俄打工者寄回来的卢布和从美军基地赚取的美元支撑起来的。

我问拉克希米,怎么认识的美国大兵。拉克希米说,要想讲清

楚这些,她必须从最开始讲起:

"我八岁开始学习小提琴,梦想去俄罗斯做一名小提琴演奏家。可是直到十七岁那年,我才意识到自己没有这方面的天赋。意识到这一点时,我没有难过,反而感到巨大的解脱。以前,我总是觉得世界上只有成为演奏家这一条路。放弃之后,我才发现,道路其实有千万条。因为学琴,我没有考上大学。十八岁那年,我去美国空军基地里当餐厅服务员。"

在那里,拉克希米认识了一个二十三岁的美国大兵。接下来的事,拉克希米不说,我也可以猜到。一个身在中亚的美国大男孩,遇到一个不戴头巾、素食主义、会拉小提琴、又有灵性追求的年轻姑娘,他会做什么?

"我们在一起五年,直到他要退役回国。"拉克希米说,"他想让我和他一起去美国,但我拒绝了。"

"为什么?"

"二十二岁那年,我第一次去印度。在玛亚普尔的节日上,我疯狂地爱上了一个有妇之夫。他是澳大利亚籍的孟加拉人。那是我第一次体验到爱一个人的滋味。自从认识他的那一刻起,我就无时无刻不在想他。我发疯似的想见他,但是我们不能约会,甚至不能长时间交谈。因为他已经结婚,而且是带着家人一起来的。"

拉克希米失魂落魄地回到比什凯克。就是在那时,美国大兵说想带她一起回美国。然而,她无法答应他。

"我心里装的全是另外一个男人。"拉克希米说,"我告诉他,我在印度爱上了别的男人。他问我,是不是他做错了什么。可他越是这样追问,我就越不爱他,甚至开始鄙视他。我知道我们的关系没办法维持下去了,因为我无法和一个不再爱的人远走他乡。"

美国大兵一个人回了美国。他们还会联系,像普通朋友那样。有一次,美国大兵说他有一个回来工作的机会。他离开了军队,但仍然在一个为军队服务的公司工作。这个公司承包了比什凯克美军基地的一些项目。他问拉克希米,他是否应该抓住这个机会。

"我知道,如果他回来,我们可能重新开始。我也知道,他期待我给他一个肯定的回答。但我只是说,我真的不知道,这取决于你。于是,他留在了美国。后来有一天,他打电话给我,说他认识的一个艺术家要来吉尔吉斯斯坦,需要一个懂英语的人当助理。他推荐了我。这是我们最近的一次联系。"

"对这件事,你的朋友怎么说?"我问。

"她们说我浪费了大好机会,我应该跟他去美国,我一生的命运都会改变。"拉克希米笑起来,眼角的鱼尾纹再次出现,但很迷人,"我不想被感情束缚,而且我不害怕一个人。"

"有没有交过吉尔吉斯男朋友?"

"交过一个,在一次舞会上认识的。不过那是一个渣男,我不想谈论他。"

拉克希米的语气颇为坚决,我决定不再追问。

我看了下表,五点了。我们已经聊了将近五个小时。阳光从窗外钻进来,照在地板上,象头神缄默在阴影中。我问她是否愿意去哪儿喝一杯。她答应了。

我们很快走出公寓,置身于停着废弃拉达轿车的巷子里。走到巷子的尽头,我们又回到了熟悉的比什凯克。

滞留者

1

楚河河谷位于外伊犁阿拉套的山麓,比什凯克就是楚河河谷中的一座城市。中国人更为熟悉的,或许是河谷中的另一座城市——比什凯克以东七十公里的托克马克,古称"碎叶城"。据说,诗人李白就诞生于此。

在《大唐西域记》中,玄奘大师记载了游历楚河河谷的见闻。当时,唐朝势力还未深入中亚,西域地区仍是突厥人的天下。玄奘大师看到,碎叶城内商胡杂居,种植黄米、小麦、葡萄,人们穿着毛毡制作的衣服。碎叶城以西,还有数十座城市,都役属于突厥管辖。

在碎叶城,玄奘遇到了西突厥的统叶护可汗。可汗刚刚畋游归来,戎马甚盛。他身着绿绫袍,露发一丈许,头上裹着帛练,随行官员多达两百余人,都身着锦袍,围绕左右。可汗的大帐装饰着炫目的金花,官员侍坐两侧,身后站着威严的卫兵。玄奘大师不禁赞叹:"观之虽穹庐之君,亦为尊美矣。"

此时,我乘坐的小巴正经过托克马克。然而,眼前出现的是一座毫无特色的工业城市。路边有一些脏兮兮的小餐馆,挂着像素模糊的食物图片。还有一些物流公司和汽修行——日复一日的油污已将门面侵蚀,夺去它们应有的光彩,和那些餐馆一样,沦为今不如昔的注脚。

走在这条路上,我的脑海中还滚动着另外两个名字:八剌沙衮和虎思斡耳朵。它们分别是喀喇汗国和西辽帝国的首都,其实是同一个地方,都位于托克马克附近。

和很多游牧民族的政权一样,喀喇汗国和西辽帝国的兴起和衰落都像风一样迅速,以至于存亡年代、疆界何在,都成为学界的争论点。它们的成就并不是那么显赫,也缺乏引人瞩目的事件。如今,唯一留下来的遗迹是一座石头宣礼塔,然而其主体部分还是苏联时代修复的。唯一确定的是,西辽帝国吞并了喀喇汗国,最终又被成吉思汗摧毁,从地图上彻底消失。

小巴沿着楚河而行,但大部分时间里,窗外并没有楚河的身影。它逶迤流淌在树林与荒草之间,甚至听不到一点声音。当它终于暴露在窗外的大地上时,我有点意外地发现,河面竟然那样狭窄,最多不过二十米宽。在我的想象中,楚河应该是一条近似于额尔齐斯河或伊犁河那样的大河才对。

我们超过一辆运送马匹的卡车,开始进入峡谷地带。几分钟前生机勃勃的宽阔河谷,毫无过渡地变成了高高耸立的秃山。山脚下有一些毡房,牧马啃着枯黄的蕨类植物。在这里,楚河的河道更窄,变成一条气势汹汹的急流。

在圣彼得堡的亚历山大公园里，我曾看到俄国探险家尼古拉·普尔热瓦尔斯基的雕像。普尔热瓦尔斯基生于白俄罗斯的贵族家庭，曾在华沙军事学院教授地理。从青年时代起，他就立志要前往拉萨探险，然而一生都未能实现。

1888年，普尔热瓦尔斯基在比什凯克附近猎虎，染上致命的斑疹伤寒。他知道自己命不久矣，让人将他抬到天山脚下的小镇卡拉科尔，最后死在那里。在俄国和苏联时代，那座小镇也一直被称为"普尔热瓦尔斯基"。

有一则流传甚广的政治八卦说，斯大林可能是普尔热瓦尔斯基的私生子。这不仅是因为两人高度相似的相貌，也因为普尔热瓦尔斯基是个浪子。不过，没有证据表明普尔热瓦尔斯基去过格鲁吉亚，或者曾在那里拈花惹草。

这位探险家有句名言："我永远不会背叛我的理想，这是我一生的追求。一旦我写完所有必要的东西，我就会回到沙漠……在那里，我将会比在婚姻这座镀金沙龙里幸福得多。"

小巴经过破败的小镇巴雷克奇，两侧出现一排排贩卖熏鱼干的小贩，全是戴着头巾的吉尔吉斯女人。她们皮肤黑黄，和比什凯克的女人大异其趣。我打开车窗，咸鱼味扑面而来。女人们向我招手，笑着，露出亮闪闪的金牙。

巴雷克奇是伊塞克湖的门户。到了这里，山谷突然敞开，像两条胳膊一样，拥抱一片蓝色的高原湖水。小巴沿着伊塞克湖的北岸行驶，沿岸几乎未经开发，遍布树丛和杂草。只有经过村子时，才能看到刷过漆的木屋，戴着白色毡帽的吉尔吉斯人。

随着小巴的颠簸，我的思绪回到了很多年前。我采访过一个中国的地产大亨，他以极限登山和浪漫诗情闻名于地产界。他告诉我，他曾考虑购买伊塞克湖畔的大片土地，开发成面向中国游客的豪华度假区。为此，他邀请不少吉尔吉斯政要来北京商谈，费用由他买单。政要全都被安排住进北京的五星级酒店。他后来发现，房间里的各种酒精饮料很快被一扫而光，每天要补充数次，导致酒水的消费远高于房费。

最终，这位地产大亨放弃了开发伊塞克湖的意向。

伊塞克湖北岸是苏联时代的度假胜地，至今仍有不少怀旧的前苏联公民来这里避暑。在夏季最热的月份，这里常常一房难求。很多时候，度假客们只能寄希望于从站在村口的巴布什卡（俄语"老奶奶"之意）那里租赁民房。

然而，我发现，这里几乎没有真正的旅游业，酒店管理也是一项闻所未闻的事业。西方的旅行指南往往把这里定性为"不来也不会遗憾"的地方。的确，在这里的几天里，我没有看到一个原苏联公民之外的游客。

2

我打算去的小镇叫乔尔蓬阿塔，它是伊塞克湖北岸最大的城镇，看上去同样荒凉。

小巴把我扔在一尊银色的列宁像下。四周散落着松树，根部翻出的泥土，像开裂的伤口。列宁像背后是一片铺着灰色镀锌板的平房，房顶插着卫星电视接收器。作为巨大背景的天山，褶皱清晰可见，峰顶笼罩在一片不祥的乌云中。

我知道，翻过这座山脉，另一侧就是哈萨克斯坦的大阿拉木图湖。在阿拉木图时，我和塔季扬娜一起攀登过另一侧的山峰。我还记得塔季扬娜对我说，苏联时代，她的前夫会带着小儿子去山里徒步、露营（带着她准备的三明治）。他们用三天时间翻过天山，到达伊塞克湖畔的乔尔蓬阿塔。

我在镇上一家临湖的旅馆投宿。旅馆是两层小楼，有红色瓦片搭盖的斜屋顶。从旅馆的房间里看不到湖和山，只能看到庭院的景象。庭院中央是一片种满郁金香的花圃，旁边有两把刷过蓝色油漆的长凳，还有三座带顶棚的木榻，铺着游牧民族的坐毯。老板是一个光头的吉尔吉斯男人，始终斜挎着运动小包。我从他那里买了一瓶两升的冰镇啤酒，看到他把钱塞进小包里。

午后的阳光很强烈，我带上浴巾，穿过一片晾晒着衣服的菜园，向湖边走去。在旅馆的地图上，菜园的位置被标记为天文观测站——那是苏联时代的事了。

伊塞克湖就在那儿，在阳光下轻轻摇晃，像大海一样浩渺。湖岸上铺着细软的沙子，目力所及处是白雪覆盖的天山，仿佛直接从深蓝的湖面上升起来的。湖上有座船屋，湖水泛着涟漪。我踩着一块木板走到船上，但这里没人。一个在岸边晃荡的小男孩似乎跟这里有点关系，我让他去找管事的人。他用俄语大喊一声，给人的感觉好像是船屋失火了。

一个胖胖的女人急匆匆地走出来，手在围裙上擦了擦，有点异样地看着我。我问她这里是餐厅还是酒吧——无论哪种，我都打算坐一会儿。胖胖的女人说，这里是桑拿，下午五点以后才开始营业。

我问了一下价格。一小时两百块人民币。

我回到沙滩上，准备先找个凉快的地方坐下。这时，两个身穿比基尼的女人叫住了我。她们正躺在旁边的沙滩上，屁股底下铺着粉色条纹的浴巾。两人都戴着墨镜，一个红发，一个黑发。

"你，中国人？过来！过来！"红发女人拍着身边的空位。

"你在跟我说话吗？"

"对，对，过来！过来！"

我走过去，坐下来。她们好像没料到我真过来了，喜出望外地挪动屁股，给我更多的空间，然后摘下墨镜，上下打量我。

浴巾上有沙粒和松枝，还有两个喝空的啤酒瓶以及一个喝空的白兰地酒瓶——吉尔吉斯斯坦牌。我怀疑，她俩的热情与这些空瓶不无关系。

借助破碎的英语和俄语，我得知红发的叫娜迪亚，黑发的叫达莎。她们都是出生在乔尔蓬阿塔的俄罗斯人。苏联解体时，两人刚上小学，是同班同学。如今，娜迪亚在镇上卖化妆品，达莎在附近的军用机场上班。

我问她们，家族以前是从俄国哪里来的。她们要么没听懂，要么不知道答案，只是反复对我强调，她们就是乔尔蓬阿塔人——出生在这里，长大在这里。不过，年轻时，她们都去俄罗斯打过工，在同一家餐馆当服务员。她们用了"年轻时"这个词，意指那是几年前的事了。

我问她们去的是哪座城市。

"新西伯利亚。"

"我也去过。"

"是吗？"她们兴致陡增，仿佛在闭塞的乔尔蓬阿塔，这点共同之处非同小可，足以令我们的关系更进一步。

"呲"的一声，娜迪亚拧开我带来的啤酒，用一次性塑料杯为我倒了一杯，然后也给自己倒上。接着，她们跟我聊起新西伯利亚，是那种虽然身处小地方但是见过大世面的口气。我猜她们在新西伯利亚可能过得并不好。当服务员本来就是苦差事，而且新西伯利亚比乔尔蓬阿塔冷得多，冬天漫长到令人绝望。

她们问我，在新西伯利亚时住在哪里。

我像打捞沉船一样，仔细打捞着记忆："好像是列宁大街。"

"我们打工的餐厅就在列宁大街！"达莎惊呼起来。然后她们朝我举起了酒杯。

"既然你俩是俄罗斯人，为什么不留在新西伯利亚呢？"我问。

"我们是俄罗斯人，但我们没有俄罗斯国籍。"娜迪亚说，"我们的护照是吉尔吉斯的。"

"新西伯利亚的房租太贵，后来我们就回来了。"达莎说。

她们告诉我，苏联解体后，这里的俄罗斯人大部分回了俄罗斯，还有一部分搬到比什凯克。如今，整个伊塞克湖地区只剩下不到两千个俄罗斯人。说这话时，她们的口气多少有点奇怪。给我的感觉是，虽然她们出生在这里，却不属于这里，而且阴差阳错地滞留了下来。

我问她们有没有结婚。

达莎没有结婚。娜迪亚早就离婚，独自抚养一个十三岁大的儿子。

"他是特别棒的男子汉。"娜迪亚把这句话重复了三遍，是那种让我务必相信的口吻。能看出，作为一个"滞留"下来的俄罗斯人，儿子是她唯一的希望。

为了证明儿子的确很棒，娜迪亚拿出手机，给我看他的照片。一张照片里，虎头虎脑的儿子正荡舟在伊塞克湖上；另一张照片里，他拿着鱼竿，钓起了一条大鱼。

娜迪亚说，她想让儿子去俄罗斯参军，然后她卖掉这里的房子，跟着儿子搬回去。

"搬到哪里？"

"任何地方都行。"

"这里的房子能卖多少钱？"

她说了一个数字，相当于人民币三万块。

这时，达莎摘下墨镜。我发现她其实精心化过妆。睫毛烫过，涂了睫毛膏，给人一种眼泪随时可能夺眶而出的感觉。她比娜迪亚显得年轻，妆容也更时尚。她为什么没有结婚？

谈起这里的男人，她们的语气顿时充满鄙夷。

"既粗野又俗气。"

"个个都是酒鬼。"

最后她们说："我们喜欢外国人。"

"有外国人来这里吗？"我问。

"很少。"

一阵风吹过湖面，卷来一片褐色的积雨云。一瞬间，没有太多铺垫，雨点就从天而降，湖面上飘起一种近似于口哨的声音。娜迪亚和达莎披上浴巾，招呼我搬家。我们拿起地上的家当，搬到一棵大松树下。天上仍有太阳，雨点在阳光下滴滴分明。

现在，我坐在两个身穿比基尼的俄罗斯女人中间，她们轮流为我倒酒，自己也一杯一杯地干掉。虽然她们嫌弃这里的男人都是酒鬼，可她们自己好像也挺能喝。

"你喝起酒来就像俄罗斯人。"娜迪亚以不可思议的眼神看着我,"我想知道,你的教养是不是像欧洲人?"

"我的教养像中国人。"

"中国人从来不喝醉。"

"是吗?"

"我们这么听说的。"

"中国男人为什么都戴眼镜?"达莎问。

"因为他们工作太辛苦。"我说。

"这里的男人不工作,只会喝伏特加。"

"喝完伏特加就打老婆。"

"中国男人会打老婆吗?"

"不会。"我说,"一般不会。"

她们点点头:"我们喜欢中国人。"

3

一瓶两升的啤酒很快喝完,我觉得到了告辞的时候。不过娜迪亚表示,我们应该换一个地方继续。小镇上有一家专门吃伊塞克湖鱼的餐厅,味道棒极了。作为游客,我难道不应该去尝尝?

见我一脸犹豫,娜迪亚又说:"我们都是正经人家的姑娘,我们不要钱。"

我看着她们抖落浴巾上的沙子和松枝,塞进鼓鼓囊囊的背包。

娜迪亚套上一件奶油色帽衫,达莎穿上一件白色 T 恤,上面印着"我爱布鲁克林"。我们把酒瓶扔进垃圾桶,沿着一条土路,穿过一片平房。雨已经停了,阳光照着洗刷一新的铁皮门,空气中泛着泥土的气息。

我们走到公路上,达莎招手拦车。一辆日本淘汰的二手皇冠停了下来。不是出租车,是顺便赚点钱的黑车。司机是一个年轻的吉尔吉斯男人,达莎用俄语跟他说:"去镇上的那家鱼餐厅。"

我们掠过一片荒地,掠过银色的列宁像。娜迪亚和达莎在后面商量着什么,然后我感到后背被戳了一下。

"我们想先回家换一下衣服。"

"请便。"

在空旷的公路上,皇冠来了个故作潇洒的急转身,就像三流警匪片里那样,轮胎发出吱吱的摩擦声。窗外的景色倒带般地重现。我们又一次掠过银色的列宁像和荒地,然后越开越远,越开越偏。我有点警觉地看着皇冠车拐进一个破败的苏联小区。

那里有两栋灰色的筒子楼,墙皮已经开裂。前面有一个小小的花坛,但明显只是摆设。花坛的水泥台碎了,里面长满杂草。花坛旁边还有一个"儿童游乐园":掉漆的铁滑梯、简易的跷跷板。除此之外,周围空空荡荡。

娜迪亚和达莎让我在车里稍坐,说去去就回。她们下车,朝着一个歪歪扭扭的单元门走去。黄昏在不知不觉中降临,花坛和滑梯投下长长的阴影,周围有一种被遗弃的感觉。我的感觉没错:她们"滞留"在了这里。

看着她们的背影,年轻的吉尔吉斯司机突然用英语对我说:"你带她们吃点好的,她们什么都肯干。"

我一愣，以为自己听错了。"你说什么？"

他微笑着，做了个下流手势。

"多少钱？"

"用不着钱。"

"哦，"我说，"可我没有那方面的想法。"然后为了不显得太过一本正经，又加了一句，"她们不是我的菜。"

"嗯，两个老女人，"司机很理解似的点点头，"那个黑发的好像还行。"

我干燥地笑了一声。过了一会儿，司机"啪"地拧开车灯，仪表盘的白光突然映在他的侧脸上。他不耐烦地看了一下手机，放下车窗。

终于，娜迪亚和达莎从单元门里走出，好像话剧幕间休息后再度登场的演员，带着一脸兴奋。她们重新化了妆，有一种大都市里出门过夜生活的隆重感。路上，司机和她们若无其事地聊天，而她们当然不知道司机跟我说了什么。

我们再次驶过荒地和雕像，然后经过一座纪念卫国战争的小公园。镇上路灯昏黄，一切都已经融入低垂的暮色。

镇中心十分萧条，要去的餐厅有一种乡村客栈的味道。院里的葡萄架上坠着五颜六色的小灯泡，闪烁着。一个长得像中国人的吉尔吉斯女招待，把我们引上二楼的露台。菜单照例只有俄文，我就让娜迪亚和达莎点菜。

"吉尔吉斯斯坦牌的白兰地，非常好。"娜迪亚说。

"比伏特加还好？"

"伏特加不好，白兰地好。"

我说好。

娜迪亚高兴地点了一壶白兰地。

"我们都是正经人家的姑娘,不是为了钱。"她说。

账单过来后,我买了单。看到我买单,她们似乎放下心来。过了会儿,娜迪亚又把长得像中国人的吉尔吉斯女招待叫过来,语速飞快地交代了半天,女招待心领神会地点着头。我们又点了一轮菜,加了三壶白兰地。

院子里,一个小型乐队开始演奏俄罗斯的流行歌曲。达莎让我点首歌,我想了想说,柳拜。很快,《轻轻呼唤我的名字》响了起来。小镇沉浸在一片黑暗中,山峰的背影沉默而巨大。这首歌原本是写给卫国战争中死去的无名战士,此刻听起来却如同乔尔蓬阿塔的挽歌。

娜迪亚和达莎的脸上带着醉意。她们说,这是镇上最好的餐厅,但她们已经很久没来了。苏联时代,这里有很多度假的外国人,现在没人来了。

"没有外国人,没有中国人,只有吉尔吉斯人。"

"俄罗斯人呢?"

"我们不喜欢俄罗斯人,"娜迪亚做了个手势,"那些人鼻孔朝天。"

此时,酒足饭饱的食客们开始三三两两地走到庭院里,随着音乐扭动腰肢。饭点一过,这家餐厅就变身为舞厅。《Papito Chocolata》响了起来。这是一首罗马尼亚女歌手唱的西班牙语歌,却莫名地流行于整个中亚。我在街上、车上、餐馆里不止一次地听到过。

半醉的娜迪亚和达莎在我面前跳起舞来,不仅动作投入,还含情脉脉地对我唱着:"宝贝,宝贝,宝贝,把你的灵魂交给我!"仿佛有一台摄影机正对着她们,而她们是真正的明星。然而白兰地没让我喝醉，反而更清醒地意识到自己身在何处。我多少体会到一丝荒谬。

像中国人的吉尔吉斯女招待走过来，把账单递给我。我看了一眼：一个很大的数字——有点过大了。我突然想起，刚才娜迪亚和女招待的一番"交代"。那些当时不甚明了的俄语单词，现在逐渐串了起来：这是一个局，她俩还是决定从我身上捞一笔——虽然也就是两百块钱，可能还要和吉尔吉斯女招待分账。

我并没有生气，反而有一种水落石出的轻松感。等娜迪亚和达莎重新坐下，我告诉她们账单有问题。是吗？她们看了一眼，说没问题。我要来一支笔，把不该付账的部分圈了出来。她们大概也奇怪，原来我能看懂账单。

出了餐厅，我们走在黑乎乎的小镇上，两侧是伞一样的白杨树。娜迪亚说："再给我们买两瓶啤酒。"在一个小超市里，她们每人拿了两瓶百威，终于感到不虚此行。

"我们喜欢中国人！"她们半醉着说，"我们不为了钱。"

我拦下一辆黑车，看她们坐进去。司机等着我也上来。我对他挥了下手："你们先走。"汽车的光影很快就被小镇的黑暗吞没。

天山游记

1

第二天一早，我离开乔尔蓬阿塔，向卡拉科尔进发。

油腻腻的小巴超载严重，司机六十多岁，戴着白色毡帽，长着一张吉尔吉斯牧民的脸——他骑马的岁月很可能比开车的更长。我身边是一个年纪轻轻的男子，抱着一个花花绿绿的小包裹。直到小包裹里发出一声微弱的呜咽，我才发现里面是个婴儿，可能刚刚出生，甚至还无法睁眼。男子轻轻拍打着小包裹，但脸上看不出任何表情。

窗外是低矮的村子，比乔尔蓬阿塔更荒凉。在村与村之间的过渡地带，可以看到伊塞克湖在空气中闪着蓝光。小巴经过哥萨克村庄阿纳耶沃，它以一位苏联烈士的名字命名。在一场与德国人的惨烈战役中，这位烈士和七百名来自伊塞克湖地区的哥萨克士兵全部阵亡。阿纳耶沃村因此失去了所有的男性人口。小巴掠过一座战争纪念碑，一座古朴的东正教堂，村子寂静得如同一潭死水。我身边的男子在这儿下了车,紧抱着小包裹,里面是阿纳耶沃村未来的希望。

"哥萨克"一词来源于突厥语,意为"自由人",指那些逃亡的农奴和不愿忍受苛捐杂税的人。他们逃往边疆地区,过起游牧生活。大部分哥萨克人信仰东正教,但其生活方式与当地的游牧民族已经难以区分。沙皇俄国的扩张离不开这些不怕死的匪徒。

在《天山游记》里,谢苗诺夫描写过与他随行的哥萨克人。在天山地区考察时,谢苗诺夫无法点燃从瓶子里倒出来的酒精。他发现,原来是哥萨克人偷喝了一半,又掺了一半水,冲淡了酒精。谢苗诺夫写道,为了防止哥萨克人偷喝,必须当着他们的面,把最剧烈的毒药掺入酒精,然后给一只狗喝一点,狗立刻死了。只有用这种办法,才能确保哥萨克人不敢偷喝珍贵的科考材料。

谢苗诺夫主管俄国地理学会长达四十余年。他鼓励人们探索亚洲内陆,受其影响的后辈就包括普尔热瓦尔斯基。三个小时后,小巴抵达了昔日的普尔热瓦尔斯基,如今的卡拉科尔。我意外地发现,这竟是一座规划整齐的小镇,遍植着杨树和云杉。

卡拉科尔位于伊塞克湖的最东侧。近在咫尺的天山,宛如一道雄伟的屏障,将吉尔吉斯与新疆的阿克苏地区隔开,也让卡拉科尔成为徒步天山的大本营。相比乔尔蓬阿塔,这里的西方旅行者明显多了,因此也出现了不少面向外国登山者的旅馆和旅行社。你可以在这里雇用向导,租赁设备。如果付出足够的金钱,甚至可以雇用一架直升飞机,将你直接送到天山最高峰——汗腾格里峰的脚下。在那儿的毡房里,你将度过昂贵而难忘的一夜。

我住进一家舒适的旅馆,弄到一个梵高"阿尔勒卧室"似的小单间。房间的窗子正对天山,旅馆院子里拴着一只羊,院外传来鸡鸣声。一阵狂风从山口的缝隙中吹来,杨树叶哗哗作响。天空变成蓝宝石颜色,我随即闻到雨的气息。天山如同阴沉着脸的巨人,耸立在那里,覆盖着积雪。我开始担心它反复多变的天气,因为我正打算在天山深处徒步几日。

CBT的办公室位于一栋苏联时代的居民楼的一层。房间的墙上挂满地图,桌上杂乱地堆放着书本和文件夹。CBT意为"社区旅行"(Community Based Tourism),创办的初衷是为了让旅游业带动当地居民的收入,因此受到推崇。我走进办公室时,正有一对比利时情侣咨询骑行天山的补给问题。他们是从布鲁塞尔一路骑到这里的。

"没问题,没问题,没问题。"办公桌后的男人连说三遍。

等比利时情侣走了,我就向他咨询雇用向导的事。

他说了一个价格,相当于每天一千多块——我还没见过这么贵的向导。显而易见,这里的CBT已经偏离了社区旅行的初衷,成为一个骗人的噱头。我出门朝瓦伦蒂诺家走去。瓦伦蒂诺是本地俄罗斯人,是不到两千个俄罗斯人中的一个。他很早就从事天山向导的工作。最初带着苏联人,现在则是外国人。

瓦伦蒂诺家有个大院子,但院门紧闭,也没有任何标志。我刚敲几下,里面就传来凶悍的狗吠声。我又敲几下,狗叫得更厉害了。

大门开了,一个穿着毛背心的老人站在门口,应该不是瓦伦蒂诺。老人严厉地喝退恶犬。院子里种满花花草草,不过更引人注目的,是那些到处堆放的报废汽车和摩托车零件,仿佛一座钢铁机器的屠宰场。车库门敞开着,里面停着一辆组装的汽车和几辆组装的摩托车。我应该没找错地方。我听人说过,瓦伦蒂诺以前是苏联军队的汽修专家。

我问瓦伦蒂诺在不在家。

"我是他的老丈人,"老人说,"瓦伦蒂诺去山里了。"

因为一颗牙都没有,老人说话的声音有点奇怪,仿佛是一种独特的"无牙国"语言。

我指着那些组装车,竖起大拇指。

"都是垃圾。"老人平淡地一挥手。

我说,冒昧打扰,我是来咨询徒步线路的。既然瓦伦蒂诺不在家,我只有先行告辞。

老人让我等一下。他转身走回房间,然后又拿着一张快散架的地图走出来。这是苏联时代的军用地图,标注着附近的徒步线路。老人用被香烟熏黄的手指,指着其中一条线路:

从卡拉科尔到附近的小村阿克苏,再沿着阿克苏山谷挺进(大约六小时),直抵天山深处的阿尔金－阿拉善——那里有吉尔吉斯人的大帐,还有美妙的硫磺温泉。

2

我把大件行李寄存在旅馆,告诉老板我几天后回来。我随身只带了一个背包,里面有简单的洗漱用品、雨伞、瑞士军刀、一小瓶吉尔吉斯斯坦牌白兰地,还有一本谢苗诺夫的《天山游记》。

出发的清晨下着小雨,天山笼罩在一片云雾中。我坐着乡村小巴来到阿克苏,穿过寂静的村子,向着山谷深处走去。山间飞起漫天的乌鸦,仿佛一场大火后被风吹起的灰烬。它们怪叫着掠过灰色的天空，纷纷扬扬地落在一片草坪上，然后雕塑般定格在那里。

山谷中是急促的卡拉科尔河，泛着白色浪花，像鼓声一样响动。山谷本身则是美妙的：到处是云杉、圆柏和花楸树；草地上开满紫色的薰衣草和白色的忍冬花。

开始时，道路较为平坦，但很快就变成难以下脚的卵石路。那些被河水冲刷的卵石有大有小，很多时候甚至需要手脚并用，才能爬过一段险坡。

最初的一个小时，我没遇到一个人，只有我独自走在大山深处，周围是还没有被征服的风景。不久，天色变得越来越暗，山谷里阴云密布，隐隐传来滚动的雷声。

第一滴雨点落下来的时候，我抬头看了一眼天空。阴云在头顶缭绕，空气中饱含着水汽。雨水像游牧民族的大军，成批地落下来。气温顿时骤降，即便穿着外套，依然寒气逼人。山间的树林变得更加幽暗，河水翻滚着冲击石头，掀起巨大的浪花，声音也似乎更响。

雨很快呈瓢泼之势，山消溶在远处，一度甚至看不清眼前的道路。即便我撑着雨伞，也无法阻挡被寒风裹挟的雨水，从伞下面钻进来。我加快脚步，希望身子能暖和起来，更希望尽快到达落脚之处。我始终留意着路上有没有马粪，有马粪就说明我走在正确的道路上，前面——虽然不知道还有多远——有吉尔吉斯牧民，有住处，有食物。

一个徒步的外国人迎面而来。直到十米之内，我们才在大雨中互相看到对方。他是专业徒步者，装备齐全，背着大行李，穿着防水夹克。雨水顺着他的大胡子滴滴答答往下淌。长时间的艰难行走，让他的面容变得严肃而沉默：他瞪着眼睛，紧闭着嘴唇，仿佛一个宗教受难者。我们点了一下头，然后在山路上错身而过。

我转过头喊："到阿尔金-阿拉善还有多远？"

他也只是喊了一声："很远，至少还有五个小时。"

我已经走了三个小时。这只能说明，在大雨中徒步，让我丧失了时间观念，也大大降低了速度。晴天时，这条路需要六个小时，但在雨中变得无法估测。

渐渐地，走路变成一种机械运动。我甚至感受不到冷，也无所谓雨水的肆无忌惮。我的鞋和衣服早就湿透，这让打伞的行为多少显得有些滑稽可笑。我一直在向上走，不时绕过山丘。我时常幻想，下一座山丘背后就是开阔的阿尔金-阿拉善山谷。正是这样的幻想，维持着我的机械运动。我也幻想着一顿热乎乎的午餐：大量的碳水化合物、热茶、我的白兰地。在《天山游记》里，谢苗诺夫写过他的晚餐——羊尾油煎泡软了的黑面包干——听起来真好。

五个多小时后，一片绿色的山谷终于在我面前打开。远处有一片白色的毡房，宛如海市蜃楼。一个牧民家的男孩骑马跑过来，见我一身狼狈就邀我上马。草地已经吸足雨水，成了一片小沼泽，马蹄踏上去噗嗤噗嗤响。男孩把我送到河边的定居点前，只见河岸高处的空地上，散落着几座毡房，还有一栋冒着炊烟的木屋。

听到马声，一个吉尔吉斯男人从木屋里走了出来。他穿着夹克，戴着帽子，脚下是一双沾了泥的登山鞋。他把我迎进木屋旁边的"餐厅"——那是一个用防水塑料布围起来的空间，里面摆着木桌和长条凳。他说他叫穆萨，是这家客栈的老板。他手下还有一个帮工，兼做厨师。厨师好像是东干人，戴着穆斯林小帽。他为我送上一壶热茶，又端上一盘抓饭。雨已经停了，空气依旧湿冷，山谷内升起一团白雾。

见我一副很冷的样子，穆萨指着河对岸的一个小木屋告诉我，那就是泡温泉的地方。狼吞虎咽地吃完饭后，我拿着穆萨给的钥匙，跨过一座小桥，走到木屋前。所谓温泉，就是在泉眼附近挖了一个蓄水池。泉水不停注入池中，溢出的水则通过排水管流进河里。温泉有股硫磺味，冒着轻微的气泡，我半躺在池里闭上眼睛，耳边只有卡拉科尔河的流水声。经过八个小时的长途跋涉，温泉如同上天的馈赠。

等我回到穆萨那里，他正坐在餐厅的长凳上，拿着望远镜窥视对岸的人。原来，几个欧洲女人刚从温泉出来，穿着比基尼。穆萨不好意思地放下望远镜，嘿嘿笑了一声，说带我去毡房。他把铺在毡房穹顶上的羊毡扯掉，让光线从上面洒进来。他又抱来一捆木柴，在炉膛里升起火。炉子很快热了，我把湿鞋放在旁边烘烤。一串白色的水汽瞬间腾起，鞋子发出呲呲的响声。

毡房里暖和起来，我一边小口喝白兰地，一边阅读《天山游记》。1857年第二次天山旅行时，谢苗诺夫也到过阿尔金－阿拉善，也在靠近温泉的地方安营。

当时温泉的木门上有保存完整的藏文题词。泉水同样流入一个长二米、宽一米、深一米的水池，池子的四周由花岗岩围着。他测量出的水温是四十摄氏度，而营地的绝对高度是一千八百一十米。他写到自己的兴奋，因为这是他"深入天山中心遇到的第一条山谷"。在一盏油灯下（"把干粪块插在一大块羊尾油上"），他开始写日记，把当天采集到的珍宝——外伊犁高山植物群的稀有植物——夹在吸墨纸里。

傍晚时分，我合上《天山游记》，走到毡房外。那位东干厨师正跪在空地上，向着麦加的方向祈祷。他还能说简单的汉语，带着甘肃口音。他告诉我，他的祖上是陕甘地区的回民。同治年间，陕甘回变，一批回族迁徙到中亚，很多就定居在伊塞克湖地区。他夏天来这里帮工，冬天回到卡拉科尔。他的老婆孩子都在那里。

"你想过回中国吗？"我唐突地问。

"我是吉尔吉斯人，"厨师说，"中国离我太远了。"

中国就在天山的另一侧，可不知为什么，我也感到自己身在一个遥远的地方。

说话间，我的毡房里又住进两个从卡拉科尔徒步过来的旅行者。他们是瑞士大学生，女孩叫莫妮卡，男孩叫尼古拉。他们似乎不是一般意义上的情侣。短发的莫妮卡似乎在关系中扮演着男性角色，尼古拉的举手投足则有些女性化。

他们洗完温泉回来，一边晾着头发，一边商量第二天的行动。他们问我是否有兴趣去附近的高山湖。他们听说，徒步到那里只需要三个小时。

"应该是一场轻松愉快的散步，"尼古拉说，"你可以和我们一起。"

睡觉前，我从外面抱回一捆木柴，手上全是松木的清香。我把炉火烧旺，除了门口附近的烂泥，别的地方都开始变得干燥。尼古拉脱掉外套，只剩一件松松垮垮的内衣。他把眼镜折起来，放进眼镜盒，塞在枕头下，把身子陷在褥子和毯子的坑里。睡在旁边的莫妮卡穿着一件男士背心，翻着一本瑞士人写的旅行文学——《世界之道》。

炉火噼啪作响，但红光会渐渐暗下去，越来越暗，直到我们被黎明的轻寒冻醒。

3

第二天早上,我走出毡房,发现自己置身于一座迷人的山谷。雾气已经消散,到处是鲜亮的绿色。云影投射在白雪皑皑的山峰上,阳光下的卡拉科尔河跳跃着。马群像碎芝麻一样,散落在起伏的山水间。

我和尼古拉、莫妮卡结伴而行,沿着卡拉科尔河的一条支流溯流而上。山路时而陡峭,时而平缓。有的地方滚动着落石,有的地方被河水截断。然而风景始终美好,视线所及处皆是幽绿的森林。我们聊着天。我好奇,作为瑞士人,他们为什么会来"中亚的瑞士"旅行?

尼古拉说,来中亚是他们一直以来的心愿。他和莫妮卡从中学开始就是同学。当时他们问过彼此,如果有一笔钱,最想去哪里旅行,两人都觉得是中亚。他们的旅行从哈萨克斯坦开始,吉尔吉斯斯坦之后还要去乌兹别克斯坦。他们不是专为登山而来,更期待一场"文化之旅"。

"不过,既然来了吉尔吉斯,我们决定不浪费机会,顺道来天山看看。"莫妮卡说。

我问他们觉得天山和阿尔卑斯山相比如何。

"有些地方确实很像,但天山更野性。"莫妮卡说,"在阿尔卑斯山,你总能看到房子,知道里面有一整套现代化的舒适设备。但这里,什么都没有。"

不过,也正是"什么都没有"让他们感到满足。尼古拉说:"在天山,你能想象出阿尔卑斯山几百年前的样子。"

一个吉尔吉斯牧民骑马赶着一群山羊下山。与我们擦肩而过时,他好奇地打量着我们,面孔黑亮。他走了一条更近也更陡峭的小路。途中,马蹄滑了一下,马打着颤,眼珠一个劲儿地转动。吉尔吉斯人从容地勒住缰绳,嘴里发出啧啧的声音,就靠这点力道和嗓音,让马重新镇定下来。我们看着他消失在山谷的远方。

"住在这里的是'喀喇吉尔吉斯人',"我说,"在突厥语里,'喀喇'是'黑色'的意思。"

莫妮卡微笑着说:"他确实很黑。"

"天啊!快看这是什么?"尼古拉突然喊起来。

我们走过去,发现地上有一朵白色的小花。

"这是瑞士的国花——雪绒花,"莫妮卡说,"在阿尔卑斯海拔三千米以上才能看到。"

"我们现在的海拔是多少?"

"应该有三千米了。"

我们已经走了三个小时,传说中的高山湖泊不见踪影,眼前依旧是一成不变的山谷。莫妮卡说,她是在卡拉科尔的 CBT 办公室听说的高山湖泊。她在手机地图上标出了湖泊的位置,然而这里没有信号,她只能通过离线地图看到当初的标记。至于离这个标记还有多远,却无从知晓。

我们爬到一个山坡上眺望。一片宽阔而平坦的山谷,像沙盘一样展现在眼前。我们没有看到湖泊,但看到一个白色的帐篷,孤独地扎在山谷中。我们决定先走到帐篷处。

帐篷看似不远，可实际又用了半个小时才走到近前。一个穿着红色棉坎肩的吉尔吉斯女人正在外面生火。看到我们，她放下手中的柴火，嗓子眼里发出嘀嘀的声音。她不能说话，得过小儿麻痹症，走起路来一跛一跛。她的脸又黑又红，布满风吹的裂痕。

哑女人嘶哑着嗓子，请我们进去坐坐。帐篷里的陈设极为简单：一个火炉，一块地毯，一堆被褥。除了一把手电筒，看不到任何现代生活的痕迹。帐篷里有两个五六岁的小男孩，正在地上拍洋画。尼古拉试着跟他们说话——用英语——但似乎把他们吓到了。他们扔下洋画，躲到角落里。透过堆成小山的被褥，看着我们这群不速之客。

哑女人为我们端来三碗发酵的马奶酒。尼古拉和莫妮卡犹豫着，我一口气喝完。

"她难道就一个人生活在这里？"尼古拉小声问我和莫妮卡。

莫妮卡耸耸肩。

"她的家人可能在山上放牧，"我说，"你看，这里有很多条被褥。"

几百年来，这些喀喇吉尔吉斯人就在高山高寒地带过着艰苦的游牧生活。在这里，时间仿佛凝固了。

莫妮卡问哑女人湖泊在哪儿。她听不懂。后来她指着前面，但说不出多远。

我们决定继续往前走。莫妮卡很自信地表示，只要一直沿着河水走，最终就能到达湖泊。

"可我们已经走了四个小时，还没看到湖的影子。"我说。

尼古拉说："也许是因为我们走得太慢了。"

我们和哑女人告辞，继续上路。河谷很宽，也很平坦，但我们已经爬到了海拔很高的地方。两侧的山峰上可以看到还未融化的积雪。马群散落在这片高山牧场上，静静地吃草。除了隐约传来的水声、风声和我们的喘息声，周围没有一点声音。

我们又走了一个多小时，河水在前方拐了一个弯，从两座山的缝隙间钻过去，山间弥漫着雾气。此时，离我们出发已经有六个多小时。我们依然没有看到湖泊。每个人都感到绝望。这本是一场"轻松愉快的漫步"，结果变成了一次长征。

"大概还有一公里，可能翻过前面那座山就是。"莫妮卡看着手机说，口气已经没那么自信。

"你是说那座山吗？"尼古拉指着前面问。

"对。"

那是一座雪山，雪线在山体一半的高度。

"我觉得湖就在山那边，"莫妮卡说，"看上去像。"

然而，我们都知道，我们身上的非专业装备不足以应付可能发生的状况。这让我们沉默下来，感到进退维谷。

"听着，湖并不重要。我们已经走了六个小时，回去还要再走六个小时。我们一路上已经看到了美景，也见识了真正的吉尔吉斯人的生活。我们用不着非走到湖才觉得完美。"我说。

莫妮卡和尼古拉看上去松动了。我们准备往回走，却发现回去的路上一片漆黑，一场山区常见的暴风雨正在酝酿。远处的天空已经变成青黑色，云层迅疾翻滚着，而我们即将进入青黑色的边缘。

"如果我们现在往回走，肯定会赶上暴风雨。"尼古拉说。

"如果我们往山上走，可能会碰到更危险的东西。"我说。

"我们翻过这座山，如果看到湖，就在湖边吃饭。如果没有，我们就返回。"

"我不想一个人,"尼古拉对莫妮卡说,"我跟着你。"

"那我们走吧。"莫妮卡说。

我试图劝阻他们,但他们不听。最后我们商定,我先回去,在哑女人的帐篷处与他们汇合。

我看着他们向雪线处走去,仿佛长征电影中悲怆的长镜头。过了一会儿,他们进入了云雾区,从视线中彻底消失。

4

此时,天空阴沉得如同密封的罐子。一阵狂风袭来,夹杂着第一批冰雹。大自然好像震怒了,看上去面目狰狞。我浑身发抖地往回走,实在有点不知所措。这时,我看到远处有三个吉尔吉斯牧民。他们正迎着风雨,驱赶马群回家。我大声呼喊,声音瞬间被风卷走,变成无力的哀鸣。我尽量大幅度地挥手,终于被牧民看到。他们甩着鞭子,骑马向我跑过来,三只牧羊犬跟在身后。

年纪大的牧民戴着白色毡帽,穿着雨衣,骑着白马;两个骑枣红马的年轻牧民穿着短大衣,把帽子拉起来。三匹马把我围在中间,喷着响鼻,唾沫和雨点夹杂在一起,牧羊犬躁动不安地在马蹄间打转。

我用破碎的俄语加手势告诉他们,我想返回前面的帐篷。那个年纪大的牧民听懂了。他点点头,拍了拍身后的马屁股。我爬上去,坐在他的身后。

我们在暴风雨中转场。年轻的牧民不时大声吆喝着,招呼散落在山谷中的马匹加入队伍。在灰色的世界里，马群向前奔驰，牧羊犬跟在侧翼。我们的队伍越来越浩荡，如同一支威风凛凛的大军。一匹枣红马不听口令，兀自在远处吃草。年轻牧民咒骂了一句，挥鞭朝那里奔去，嘴里发出威胁性的呼喊，直到枣红马乖乖地向我们跑来。

马背上，三个吉尔吉斯牧民神色自若。在这片荒凉的高山牧场，他们才是真正的主人。他们熟悉这里的每一个地方——小河、山脊、可以充当标志的树木。我在现代社会赖以生存的智慧，在这里毫无用处。

我们回到白色帐篷，结果这就是三个牧民的家。他们是父子三人，而哑女人是大儿子的老婆。看到男人们回来，哑女人咯咯笑起来。她立马生起炉子，趴在地上用嘴吹着火苗，然后向炉膛里添进柴火。她把一个早已熏黑的大水壶放在炉子上，开始烧水沏茶。

一缕光线飘进帐篷，带来外面世界暴怒的回响，三个牧民鱼贯而入，雨滴顺着帽子往下落。等门帘垂下，世界又被关在了外面。牧民父子脱掉鞋子，把湿外套挂在炉子上方。水滴滴答答落在炉子和水壶上，呲呲地响着。

在地毯中间，哑女人摆上自制的面包、一碗蜜饯和大块黄油，然后为我们倒上热茶。老牧民的大儿子掰下一块面包，挖起一勺黄油，抹在上面，又涂上蜜饯汁，大口吃着。小儿子若有所思地吸溜着碗里的热茶。那两个五六岁的男孩，坐在旁边，看着大人们。

我告诉老牧民，我在等我的朋友回来，但他们似乎听不太懂。我拿出手机，给他看里面的照片。他一张一张地翻着，眼睛瞪得很大。我不时告诉他，照片拍摄的地点。可是那些城市的名字，就像扔进河里的小石头，激不起什么反应。只有提到"莫斯科"时，老牧民才恍然大悟地点点头——"莫斯科"也曾经是他的国家的首都。

喝完茶，吃完面包，暴风雨也过去了。我跟着两个小男孩走到帐篷外面，看雨后的山谷。太阳把山谷照得金光闪闪的，河水欢快地奔涌着，马群在不远处弯腰吃草。

牧民的大儿子走出来，伸了个懒腰，然后带着他的两个儿子去捕兔子。他拿出生锈的铁夹子，敲敲打打一番，然后用锤子试验效果。啪的一声，铁夹子合上了，两个小男孩笑着拍手。

我跟在他们身后，去找兔子洞。我们爬上一个小山坡，很快发现一个洞口。牧羊犬激动不安地跑过去，把半个身子探进洞里，一个劲儿地刨土，因为钻不进去而懊恼地叫唤着。大儿子呵斥了一声，它乖乖地退出来，摇着尾巴走了。

大儿子把铁夹子放在洞口，把固定用的铁钉深深钉进旁边的土里。他让两个儿子去拔草，然后用草叶小心翼翼地覆盖住铁夹子的机关。他把最诱人的一团草故意放在会触动机关的位置上，只要兔子忍不住凑过来，就会被当场夹住。设置完机关后，我们回到帐篷处。老牧民招呼两个儿子继续放牧。他们懒洋洋地骑上马，呼唤着牧羊犬，又像带兵的将军一样，赶着马群走了。

在帐篷外，哑女人准备烤馕。她升起火，把一口大黑锅架在火上，烤得滚烫。她拿出一个生面团，揉成馕的形状，然后把它平铺在铁锅里。她盖上锅盖，烤了一会儿，又把炉子底下的炭火拨出来，用铁铲铲到锅盖上。这样大铁锅就变成了两面加热的烤箱。十分钟后，她揭下锅盖，里面已是一个烤得焦香松软的大馕。她把馕拿进帐篷里，用布盖上，留作晚餐。

我在帐篷里等到黄昏，尼古拉和莫妮卡依然没有回来。我爬到高处眺望，一路上也看不到他们的身影。我给他们留了个字条，决定趁天亮赶回阿尔金－阿拉善。我向哑女人和两个小男孩告别，他们一直朝我挥着手，直到看不见为止。

等我回到阿尔金－阿拉善，最后一抹天光已经不见，只在河面留下几处极淡的微光。我找到穆萨，向他说明事情的经过。穆萨听完后，摇了摇头，表示现在没有办法，只能等天亮以后再说。

那晚，我独自睡在毡房里。我蹲在炉火边，把木柴扔进炉膛，看着火苗舔舐着木头的边缘，明亮地蹿跳，然后渐渐蔓延。我想着尼古拉和莫妮卡，不知道他们此时身在何方。

等我醒过来时，毡房里仍然一片昏暗，但我听到了身边低沉的呼噜声。我以为自己听错了，转头去看，只见尼古拉和莫妮卡正睡在各自的铺位上，连外衣都没脱，尼古拉甚至还戴着眼镜。

吃过早饭，我回到毡房，他们已经醒过来。

"能活着真好。"尼古拉看到我说。

"我也这么想。发生什么了？"

原来，与我分手后不久，他们就遭遇暴风雪。他们一度打算回撤，但山体陡峭，下山困难。他们只好咬牙前行。到了雪线的地方，脚下全是厚厚的积雪，而他们只穿着普通运动鞋。最后，他们用了一个小时才翻过那座山。

没有湖泊，前面是另一座荒凉的山谷，淹没在一片雾气中。

他们休息片刻，因为太冷，开始往回走。雪已经覆盖石头，看不到上山走的那条路了。他们在接近冰点的温度里，小心试探着，结果还是一脚踏空，失足滚了下去。他们记得自己一路翻滚，最后卡在一块石头上。所幸,两人都只是轻微擦伤。

回到山下,暴风雨已经过去,但草地上全是积水。他们深一脚浅一脚地往回跋涉,终于在天黑以后回到哑女人的帐篷。此时,他们都已经精疲力尽。他们在帐篷里吃了烤馕,喝了热茶。最后,老牧民的两个儿子骑马把他们送回来。那时已是深夜,他们累得顾不上脱衣服,就倒在了铺位上。

"我们打算在这里好好休息一天。"莫妮卡说,"你呢?"

"我打算回卡拉科尔。"

"真高兴认识你。"莫妮卡走过来,抱了抱我,然后是尼古拉。他比莫妮卡瘦得多。

我找到穆萨,准备雇马下山。穆萨告诉我,瓦伦蒂诺在这里,他有一辆自己改装的苏联吉普,还剩一个座位。我想象了一下吉普车开在山路上的情形,那应该和钻进滚筒洗衣机差不多。

"我还是骑马吧。"我说。

我雇了一匹马,和一个吉尔吉斯向导一起,用了三个小时,回到卡拉科尔。

加加林疗养院

1

我没有在卡拉科尔久留，而是坐当天下午的小巴离开。我听说伊塞克湖南岸的塔姆加有一家苏联时代的疗养院。第一位进入太空的宇航员尤里·加加林从太空返回地球后，在那里疗养过数月。疗养院没有正式名字，当地人只是笼统地称之为"军事疗养院"。我打算去那儿休息几日，缓解疲惫。

三个小时后，小巴把我扔在塔姆加的镇中心。白晃晃的日光下，此地宛如马尔克斯笔下的"星期二午后的小镇"：无精打采的商店、破败的筒子楼。我沿着一条破碎的柏油路，一直走到小镇的边缘——疗养院就在那里。

初看上去，疗养院像个家属大院，没有任何标识。蓝色的铁门旁有一间传达室，窗台上养着几盆鲜花。我小心翼翼地敲了敲窗户，一个正在看报的大妈抬起头，又低下去一点，从老花镜上方看了看我。她摇晃着身子走出来，我问她这里是不是军事疗养院，她说没错。于是我拖着行李往里走。

道路两侧种着高高的杨树，松柏掩映的小花园里，有一尊苏联军官的雕像。走在林荫道上，很像走在大学校园里，只是没有那么热闹。我走了一段路，依然没看到办理入住的地方。

一辆三菱帕杰罗开过来，司机摇下车窗问我是否需要帮助。从车牌看，他是从哈萨克斯坦开过来的，车上还坐着一个金发的俄罗斯姑娘。他告诉我，往前走，再向左转，就是办理入住的地方。

那栋房子看起来像是上世纪70年代的大学宿舍楼，没有前台，只有楼长的办公室。楼长是一个穿着白大褂的吉尔吉斯大妈，戴着头巾，鹰钩鼻，看上去倒是颇为和善。她打开一册大本子，让我登记，还把我的名字写在一块黑板上。我在这里小住两晚，房费每晚一百块人民币，还包含三餐——苏联时代的价格。

登记完毕，楼长带我爬到四楼，穿过一道长长的走廊。走廊上铺着狭长的地毯，空荡荡的，又没有开灯，好像整层只有我一人居住。房间相当斯巴达风格，只有两张单人床和一张写字台。椅子倒扣在写字台上，就像暑假里的教室。墙上贴着绘有百合花图案的淡绿色壁纸，窗子足有一面墙那么宽。透过窗玻璃，可以看到风中抖动的杨树叶和远方的伊塞克湖。

我问楼长洗手间在哪里。她指着走廊告诉我，厕所在这层走廊的尽头，而淋浴房在下一层。楼长走后，我推开窗户，让湖上的凉风吹进来。一只松鼠从窗台上跑过去，跳到对面的杨树上。蓝色的伊塞克湖像一片静静的大海。我开灯试了试，不出所料，灯泡是坏的。收拾停当后，我就下楼去找楼长报修。楼长拿起办公桌上的电话——

那是一台古老的拨盘电话——拨了个号码,说电工师傅一会儿就来。

"坐!坐!"她指着墙边的老式沙发说。

我在沙发上坐下来,可是等了半小时也没有师傅出现。抬头一看,连楼长也不知去向。我走出公寓楼,四处转悠,也没看到人影。

类似的公寓楼附近有好几座,风格略有不同,但都是四层楼高。有的阳台上晾着衣服,显然是自己手洗的——这地方想必没有客房服务。

道路的尽头有一座半荒废状态的体育馆,周围乱生着杂草。体育馆当年应该是一座气派的建筑,依旧保留着苏联风格的巨型浮雕,以半抽象的形式,描绘了为国争光的体育健儿。从建筑的大小来看,里面至少能包含游泳馆、羽毛球馆和篮球馆。如今却任其荒废在那里,就像曾经风光无限的商界精英,不幸老后破产,晚景凄凉。

我正在暗自感叹,突然听到远处有人喊我:"尿!尿!(你好!你好!)"

原来是楼长和电工师傅出来找我了。我看到他们站在公寓楼右侧的十字路口,正向我挥手致意。我快步走过去,电工师傅兴奋地和我握了握手。他穿着灰色工装背带裤,戴一顶卡其色鸭舌帽,留着两撇小胡子,简直就是从勃列日涅夫时代的苏联电影中走出来的。

上楼时,我和电工师傅简单地聊了两句。他对我十分热情,表示在这里还没见过中国人。进门后,他拧下旧灯泡,换上新灯泡,然后啪的一声按下开关——灯泡亮了。我们又亲切地握了一番手,他这才哼着小曲,下楼去了。

2

我原以为疗养院已经没什么人气，没想到人们只是去伊塞克湖游泳，这里每天有定时往返的班车。现在，穿着泳衣、扛着泳圈的人们，开始陆续回到公寓。

一群十来岁的男孩挤在大厅里看电视、吃雪糕；一个穿着黑色连体泳衣的俄罗斯大妈，海豹一样地站到体重秤上；二层的房间被叶卡捷琳堡柔道学校的小学生包场了。他们的教练是一个满脸胡茬的高加索男人——他不时大声呵斥那些在走廊上追跑打闹的孩子。

在一楼大厅里，我遇见了疗养院的院长——吉尔吉斯人，四十来岁，光头，穿着牛仔裤和棉布夹克衫。我在登记入住时见过他。他走过来，问我住得可好。我说，相当不错。

"听说尤里·加加林在这里住过？"

"是的，很多苏联宇航员、作家都在这里疗养过。"院长开始自豪地掰着手指头，说出那些苏联时代大名鼎鼎的名字，就像在一片无人问津的海滩上，捡起那些漂亮的贝壳。

院长告诉我，苏联时代疗养院遍布各地——从远东到黑海，从中亚到高加索。大体来说，疗养院的宗旨是让人们在一个气候温暖的地方，过一段舒适的日子。舒适性是建立在规律性上的。比如，进入疗养院后，吃饭、运动、治疗（"我们有很多特色项目，比如按摩、电击等"）都有固定的时间。一旦住进这里，你就必须按照这个时间表作息。此外，疗养院的收费并不昂贵。在苏联时代（"包括今天"），这是普通工人阶级也能负担得起的享受。

"人们习惯每年夏天来疗养院住上一段时间，这是我们的传统。"院长说。

"我在谷歌地图上没有看到这家疗养院,人们是怎么找到这里的?"

"这是一家历史悠久的疗养院了,人人都知道。"院长回答,"我们还有一个小博物馆,我带你去看看!"

我们避开游泳归来的人流,沿着林荫路,穿过一个小公园,来到一座小礼堂前。礼堂的一层是剧场,二层是一个空旷的大厅,镶有社会主义风格的壁画。院长说,苏联时代,这里是举办舞会的地方。

博物馆位于舞厅隔壁,上着锁。院长打电话叫人开了门。橱窗里尘封着疗养院的历史:它建于二战结束后不久,修建者是日本关东军战俘。在荒僻的伊塞克湖畔,战俘们清理出土地,一砖一瓦地建起这座疗养院。

橱窗里有日本战俘的黑白照片,也有苏联解体后他们再次回到这里的彩色留影。两组照片之间相隔将近半个世纪,仿佛时光一闪而过,省略了过程。年轻的战俘变成耄耋老人,而当年俘虏他们的帝国也已经化为碎片。橱窗里还有一本日文书——《日本战俘的足迹》,作者探访了那些日本战俘修建的建筑。我第一次知道,这样的建筑竟然遍布在苏联帝国的各个角落。

在疗养院,每顿饭的就餐时间是固定的,且只有一个小时。从礼堂出来,我看到人们正纷纷走向餐厅。偌大的餐厅里坐满等待开饭的人,四人一桌,落单的会被安排与其他人拼桌。枝形吊灯洒下黄色光晕,透过白色的薄纱窗帘,可以看到外面摇曳的树影——我感到一种往日的梦幻。

这里与其说是餐厅,毋宁说更接近于食堂。既不是自助餐,也不能单点,更没有酒水。所有人的餐食都是一样的——就像那些服务员脸上的表情——具有社会主义的一致性。

我与一对阿拉木图来的情侣一桌。男孩很瘦,有长长的睫毛,脸上稚气未脱。女孩微胖,正在想留长发的尴尬阶段。她告诉我,父母年轻时经常来这里,如今轮到他们了。

晚餐只有土豆酸黄瓜汤、加了芝士的意面和两块小圆面包。哈萨克情侣吃了两口就不动了,大概觉得味道不好。我倒是都吃完了,最后只剩下小圆面包——我猜那可能是甜点。

我拿起一个小圆面包,掰开。

"没馅儿。"哈萨克女孩突然说,脸上带着一丝凄楚的微笑。

我还是把面包塞进嘴里。"这里晚上一般做什么?"

"在房间里喝伏特加,"女孩说,"疗养院的传统。"

那天晚上,我躺在床上喝啤酒,看契诃夫的《第六病室》。夜色中的伊塞克湖漂亮得像一块深蓝色的布。

3

我被一只蜜蜂吵醒,天已经大亮。蜜蜂是被墙纸上的百合花吸引来的,正一个劲儿地往墙上撞。

餐厅里,那些昨夜痛饮伏特加的男人没有出现。来吃早餐的多为上了年纪的女人。她们互相攀谈,很多就是在这里才认识的。哈萨克情侣也没来,也许他们昨晚同样喝多了。

早餐后,一个亚洲脸的女人走上来,向我问好。她和丈夫、儿子一起来这里度假。她说昨天就注意到我,一直在猜测我从哪里来,现在终于忍不住上来求证。我很快发现，这种好奇心是职业性的。因为她告诉我，她叫阿谢丽，职业是塔罗牌算命师。

她的脸盘很大，戴着近视眼镜，穿着淡绿色的裙子，梳着长长的辫子，脸上有种塔罗牌算命师的古灵精怪。

"我正在学习中国风水，非常有趣。"她说。

"风水在这里也流行吗？"

"吉尔吉斯人相信风水。"

我们交谈时，阿谢丽的丈夫始终赞许地望着妻子。他叫安德烈，是一个光头壮汉，穿着绿格子衬衫。阿谢丽说，安德烈是莫斯科人，但他们住在比什凯克。

出乎意料的是，他们的儿子竟然看不出什么混血特征，是百分之百的亚洲脸。和阿谢丽一样，他的视力也不太好，总是眯着眼睛，睥视一切。他穿着一件印有日文的T恤。

"我们的儿子正在学习日语。"阿谢丽告诉我。安德烈赞许地望向儿子。

我仔细看了看那件T恤，上面写着"人间失格"，意为"失去做人的资格"。

一个醉醺醺的吉尔吉斯人走过来，热情洋溢地和安德烈寒暄起来。当他听说我是中国人后，马上说他儿子上周刚从北京培训回来，"充满了美好印象"。他不停地与我和安德烈握手，因为酒醉而吐字不清。等他走了，安德烈告诉我，这人是他们在街上雇的司机，明天送他们回比什凯克。

"我们不知道他是酒鬼。"阿谢丽沉着脸说。

"这个鸡巴。"安德烈附和地摇头。

阿谢丽问我："你打算什么时候离开？"

"也是明天。"

"我们可以一起走，分摊车费。"

"没问题。"

阿谢丽笑了。一个女巫般的笑容。

晚上，我去礼堂看了一场演出。阿谢丽一家也在，但我没有惊动他们。演出开始后，先是四个穿着长裙的俄国大妈合唱。接着，幕布抖动着合上。再打开时，布景变成了街心公园。一群苏联打扮的青年男女坐在树下，有的看书，有的喝酒，有的抱着吉他。他们素不相识，但看起来都是单身——这是他们来公园的原因。抱吉他的青年坐到看书姑娘对面，拨弄琴弦，唱起歌来。看书姑娘显得很生气，但也用唱歌的方式回敬对方。围观群众纷纷加入唱歌的行列，连醉汉也手舞足蹈。这些歌曲都是苏联时代的老歌。很多观众小声跟唱，仿佛时光倒转，一如当年。

走出礼堂时，夜色中的疗养院像被石灰洗过一样白花花的。公寓楼前的松树下，竟然真有一群男女在喝酒弹琴，就像刚才演出的翻版。这家疗养院的一切仿佛都定格在了苏联时代，在平行世界中运行不止。

第二天午后，我和塔罗牌夫妇一起返回比什凯克。司机清醒了，但是安德烈买了啤酒。夫妇两人在车里你一口我一口地喝着，"人间失格"的儿子愤世嫉俗地望着窗外。

路上，阿谢丽说，她开了一家店铺，卖一些"具有宇宙生命能量"的首饰。她极力要我关注这家店铺的社交账户，因为"我们不想失去你"。

我问他们为什么来这里度假。阿谢丽说，他们本想去中国海南，但那里过于昂贵，"如果我是你，我会去海南，而不是这里。"

窗外突然下起大雨，雨和雾弥漫在楚河河谷，需要关上车窗以抵挡寒气。我们经过荒凉的托克马克，小餐馆和汽修行显得更加破败。在离比什凯克还有一段距离的地方，塔罗牌夫妇要求下车。路边一无所有，只有破烂的棚户房和疯长的杂草。

阿谢丽说："我们就住在这里。"

安德烈赞许地点点头。

他们的儿子眯着眼，睨视着我。

我们握了握手，然后他们消失在比什凯克郊外的雨中。

邓小平大道与苏莱曼圣山

1

我不时想起阿丽莎的警告：不要去奥什。她自己从没去过奥什。我在比什凯克认识的朋友也没人去过。

"为什么要去奥什呢？"每当谈到我接下来的旅程，对方都会不解地问。搞得我也想不失天真地反问："为什么不能去奥什呢？"

作为旅行者，想去任何地方都是自然之事，为什么奥什是个例外？对于想通过陆路前往塔吉克斯坦的我来说，奥什又是必经之地，不得不去。

不过，我也多少能够理解比什凯克人的不解：天山脚下的比什凯克，居民是吉尔吉斯人，周围是典型的游牧文明带；而南部费尔干纳山谷中的奥什，长久以来就是乌兹别克人的天下，属于典型的农业文明带。

苏联时代，斯大林富有创意地将费尔干纳山谷一分为三，给了三个新成立的加盟共和国——吉尔吉斯斯坦、乌兹别克斯坦和塔吉克斯坦——也由此播下了日后冲突的种子。1990年和2010年，奥什地区两次发生吉尔吉斯人与乌兹别克人的族群冲突，导致数百人丧生。当族群利益与政治算计纠缠在一起，情况就会变得更加复杂。无怪乎人们说，在吉尔吉斯斯坦，一切政治上的冲突，本质都是南北势力的冲突。

话虽如此，当我打听到首都比什凯克与第二大城市奥什之间，没有公共交通（除了飞机），只能拼黑车时，还是感到有些不可思议。我还打听到，拼黑车的地点有两个：一个在大巴扎附近，另一个位于邓小平大道。后者的名字引起了我的兴趣——邓小平大道？

一大早我就拖着行李，打车前往邓小平大道。它在比什凯克的西郊，是楚河大道（过去叫"列宁大道"）的延长线。当列宁将道路拱手让给邓小平后，周围却愈加荒凉——眼前完全是一片社会主义大郊区的景象。

在一家车行前，一群黑车司机正在揽客。我刚打开出租车的后备箱，就有几个人围上来，抢夺我手中的行李，要往自己的车上搬。他们全都皮肤黝黑，留着胡子，头发乱糟糟的。他们的车全都是饱经沧桑的四驱越野——日本人淘汰下来的。在一番拉扯和讨价还价后，我锁定一辆帕杰罗的副驾驶位，价格是一千二百索姆，相当于人民币一百二十元。

司机会说几句中文，也不知是跟谁学的。

我问他会说什么。

"操他妈！滚犊子！打洞吗？"

"就这些？"

"还会数数：一二三四五……"

我们又凑足四名乘客：一位是有肚腩的老大爷，一位是精瘦的中年眼镜男，一位是结婚不久的少妇，另一位是她戴着头巾的母亲。我们穿过烈日下的小镇卡拉-巴尔塔，随后一路向南，崎岖的公路伸向海拔三千五百八十六米的阿苏山口。

在到达山口之前，我们需要穿过一条二点六公里长的隧道。隧道里没有照明，一片漆黑，弥漫着重型卡车的尾气。几个外国骑行者不知所措地停在隧道口，希望有车把他们载过去。这些骑行者也是去奥什的。他们要么从奥什进入帕米尔高原，要么通过伊尔克什坦山口前往喀什。

穿过隧道后，眼前豁然开朗。苏萨梅尔盆地像沙盘一样呈现在面前，远处是苏萨梅尔雪山白色的雪顶。公路像一条灰色的带子，起伏的高山牧场上散落着棕色马群和白色毡房。俄国地理学家伊凡·莫希凯托夫形容这里是"银色中的一块绿宝石"。苏联时代，这里有大片集体农场，每年夏天放养着四百万只牲畜，如今畜群的规模仅为原来的五分之一。这使得苏萨梅尔盆地成为吉尔吉斯斯坦最偏远也最贫穷的地区。

一些牧民在路边摆起小摊，贩卖奶疙瘩和马奶酒，一幅游牧市集的景象。我们在这里停车休息。小媳妇站在路旁，对着雪山自拍。精瘦男子给了司机两支烟。司机点燃一支，把另一支插在耳朵上。他穿着拖鞋，一副吊儿郎当的样子。有肚腩的老大爷买了一袋奶疙瘩，嘎嘣嘎嘣地嚼着。

再次上路后，我在路边看到一座红色的玛纳斯雕像。在这里，一条道路分叉出去，穿过荒凉的奥特梅克山口，直抵吉尔吉斯斯坦与哈萨克斯坦的边境城市塔拉斯——传说中英雄玛纳斯的安息之地。

那里也是"怛罗斯之战"发生的地方。751年,当时世界上最强大的东西两大帝国——阿拉伯与唐朝——在塔拉兹地区发生军事冲突,唐军大败。随后,唐朝又爆发安史之乱,元气大伤,从此彻底退出中亚舞台。我决定再找时间,去哈萨克斯坦一侧的塔拉兹①游历一番。

翻过另一座山口后,宛如一片蓝色湖泊的托克托古尔水库出现在道路右侧。这是中亚地区唯一的常年性水库,五座水电站几乎要为吉尔吉斯斯坦供应全部电力,而下游的乌兹别克斯坦和哈萨克斯坦则要依靠这座水库灌溉棉田。

矛盾也由此产生:乌兹别克斯坦和哈萨克斯坦希望夏季放水以便灌溉,而吉尔吉斯斯坦想在冬天放水以便发电。苏联时代,统一的官僚体系尚可命令吉尔吉斯人夏天放水,再从乌兹别克人和哈萨克人那里换取油气发电。苏联解体后,这项资源交换协议也寿终正寝。吉尔吉斯人认为,水和油气同样是一种商品,应该付费;乌兹别克人则宣称,水是免费的福利,下游国家无需付款。吉尔吉斯人与乌兹别克人的关系原本就十分微妙,如今围绕放水问题更是险些动手。"托克托古尔"原本是一位吉尔吉斯诗人的名字,如今却成为难题的代名词。

绕过托克托古尔水库后,我们终于冲出天山余脉,进入费尔干纳山谷。突然之间,几乎没感觉到过渡,眼前的风景由游牧文明变成农耕文明。道路两侧突然出现农田,大朵的向日葵在阳光下怒放,

---

① 吉尔吉斯斯坦一侧叫"塔拉斯"(Talas),哈萨克斯坦一侧叫"塔拉兹"(Taraz)。两地原先联系紧密,常有经济来往;苏联解体后,两国实行严格的边境管制,两地关系大不如前。

气温也比山区高出不少。

我们经过一座不知名的小镇，路边全是卖西瓜和哈密瓜的乌兹别克农民。司机在路边停下，乘客们纷纷下车买瓜。除了我，几乎每个人都买了四五只大西瓜——看来西瓜是此地特产。乌兹别克瓜农在树下支起吊床，优哉游哉地纳凉。吊床不远处就是一道长长的铁丝网——那是吉尔吉斯斯坦与乌兹别克斯坦的分界线。

车内的每个角落都塞满大西瓜，我不得不像猴子一样地蹲坐在副驾驶上。为了绕过乌兹别克斯坦的领土，我们还得兜上一个大圈子，多走上百公里。司机一边抽烟提神，一边把音响开大。等到达贾拉拉巴德时，我们已经开了将近十个小时。

黄昏就要降临，城内响起清真寺的宣礼声。那个男性咏叹调，令周围充满静穆的气氛。我们在郊区的一家餐馆吃饭，脱掉鞋子，坐在铺着地毯的木榻上。烧烤摊上飘出诱人的香气，但出于谨慎，我只点了一碗拉条子。饭后，我们准备各自付账。

"还有茶水钱，谁来付？"戴头巾的服务员用吉尔吉斯语问。

"让他付。"那个有肚腩的老大爷一边剔牙，一边使了个眼色。

我听懂了，但没有争辩。两壶茶水不过几块钱而已。

夜色像一条大毯子，慢慢盖住外面的世界。或许是这个原因，越靠近奥什，我就越感到萧瑟。司机将车上的人逐一送回家中。他们都住在奥什郊外的村子里。每家都是乌兹别克式的黄泥院落。车一停下来，就有成群的儿女出来迎接。肥胖的妻子穿着长袍，托着一块馕，走到每个人面前。作为礼仪，我必须掰一块馕吃掉，然后表示感谢。每到一家，孩子们就欢声笑语地抱走车内的大西瓜。院子里点着昏黄的灯火，映着村中清真寺尖顶上的弯月。更广阔的世界，是一片沉沉的深蓝色。

最后，车里只剩下我和司机。他说就把我放在这里。我说还没到奥什。

"奥什在哪儿？"他故意试探我。

"往那边再走五公里。"

最终，在奥什巴扎附近的停车场，司机把我放了下来。周围仿佛被遗弃的样子。除了我们之外，也没有别的车辆。我下车，拿出行李，递给司机一千二百索姆。

"不对，一千六。"他用中文说。

"说好的一千二。"

"一千六！"

"一千二！"

"操他妈！"

"滚犊子！"

"好吧，一千二！"

他接过钱，哼着小调："我去打洞，你去不去？"

"祝你玩得开心！"

巴扎旁边，是一条奔流的小河。相对于河道的宽度，它的声音显得有点过大。我拖着行李，跨过小桥，走在照明匮乏的列宁大道上。苏莱曼山的巨大阴影像一只黑暗中的骆驼，俯卧在城市中央。

我住进一家刚开业不久的青年旅馆。它就在苏莱曼山对面的巷子里。

2

除了我之外，旅馆房间里只有一个人——一个金发男子。他好像病了，蜷缩在床上，面朝墙壁，一动不动。床下是一个打开的行李包，衣服摊了一地，包上挂着一顶西部牛仔帽。

第二天清晨，我早早起来，发现金发男子依然保持着一动不动的睡姿。我走到厨房，一个戴头巾的吉尔吉斯姑娘为我做了早餐：烤馕、果酱、煎蛋、红茶。吃完早餐，我步行前往苏莱曼山。

此前，我对奥什的全部印象，都来自一部叫作《苏莱曼山》的吉尔吉斯电影。主人公是一位四十五岁的卡车司机，他与妻子和情人一起生活在卡车上。妻子是萨满巫师，忍受着丈夫的自私与暴力。为了挽救这段感情，她宣称自己从孤儿院里找回了失散多年的"儿子"。卡车司机非常兴奋，但这也让怀孕的情人感到沮丧。这位"中亚渣男"徘徊在两个女人之间，还要面对陌生的"儿子"。后来，妻子不慎从苏莱曼山上坠落，卡车司机也赶走了情人，只留下那个并无血亲的"儿子"，成为情感的羁绊。

苏莱曼山以穆斯林先知的名字命名，具有神圣的意味。对中亚的穆斯林来说，苏莱曼山是仅次于麦加和麦地那的圣地之一。苏莱曼的五座山峰上有八个神圣的洞穴，不同时代的圣徒曾在这些洞穴中苦修，人们甚至相信先知穆罕默德也在这里祈祷过。上山路旁的灌木丛上，系着朝圣者的布条，那是祈求好运用的，同样是伊斯兰教的传统。

苏莱曼山并不算高，周围也没有其他山脉，好像平地上突兀地隆起了五个山包。我买了价格微不足道的门票走进去，沿着发卡一般别在山体上的石阶往上爬。朝圣的人群早已将石阶踩得十分光滑。我不时遇到穿着长袍的乌兹别克大妈,为了神圣的目的,呼哧带喘地攀登着。

山顶只有篮球场大小,但可以俯瞰整个奥什。这座城市没什么高大的建筑,到处是平铺的小巷。山势较为平缓的山坡上,遍布着数量惊人的墓地,人人都想把自己的骨头埋葬在这座圣山附近。墓地一直绵延到山脚,那里坐落着一座银色的苏莱曼清真寺,壮丽得如同海市蜃楼。天际线的尽头处是帕米尔高原的雪山,令人生畏又充满诱惑,那是我最终想要抵达的地方。

朝圣者们汗流浃背地爬上山顶,大都是为了进入一个小小的洞穴。1496年,少年巴布尔在这个洞穴中闭关沉思。巴布尔生于安集延,是帖木儿的后裔。被乌兹别克人赶出费尔干纳山谷后,他在中亚和阿富汗四处征战,后来游荡到印度次大陆,建立起统治印度数世纪的莫卧儿王朝。

可是,即便征服了印度,巴布尔依然怀念奥什。在《巴布尔回忆录》里,他写到奥什的渠水奔腾,写到处处盛开的郁金香和玫瑰。苏莱曼山下有一座清真寺,外面的草地阴凉喜人。常有当地的无赖打开渠口,把毫无戒心的纳凉人冲个落汤鸡。巴布尔写道:"在费尔干纳地区,就气候和景致而言,没有其他城镇能与奥什媲美。"

巴布尔的洞穴门口铺着地毯,散落着几双鞋子。我脱了鞋走进去,看到一位中年毛拉正带着五个少女祈祷。少女中有三个是吉尔吉斯人,两个是乌兹别克人。我坐到她们对面,打量着洞穴内部。洞穴已经不是巴布尔时代的样子。它很新,很规整,铺着整齐的砖石,像一个建在洞内的小型清真寺。毛拉的祈祷声,回荡在狭小的空间里。

少女们看着我，面露狐疑之色。我终于感到了自己的僭越，于是起身退了出去。

巴布尔洞穴后面，有一条下山小路。几个年轻的当地女子正排队从一个光滑的石头斜坡上溜下去。两个穿着长袍的乌兹别克大妈驻足观看，带着旁观者的热情。看到我停步不前，一个大妈过来和我攀谈。她用手比划着"大肚子"，又指指这些年轻女子。我终于搞懂，这些年轻女人都是在等待生育的新妇。按照当地习俗，如果一个女人在斜坡上溜下去七次，她就会生下强壮的孩子。见我恍然大悟，乌兹别克大妈笑起来，露出亮闪闪的金牙。年轻时，她大概也这样溜下去过。

我又路过数个小洞穴或者石间的裂缝。朝圣者们把肘部、手臂甚至脑袋，放进这些早已磨平的石头凹槽里。据说，这些裂缝各具神力，可以治疗身体不同部位的疾病。所有这一切，共同构筑了苏莱曼山的神圣。

3

回到旅馆，金发男子刚刚起床，正光着膀子坐在床沿上，一副若有所思的样子。他说，他叫维克多，奥地利人。

"奥地利哪里？"

"一个小地方——菲拉赫。你肯定没听说过。"

维克多告诉我，他已经在床上躺了一周，思考问题。

"思考什么？"

"思考该做什么。"

我没说话。

"昨天我去吃了个抓饭,非常好的抓饭,但吃完了恶心。所以又在床上躺了一整天。"

"一个人在中亚旅行?"

"当然。"

"大学生?"

"剑桥大学。"

"听说过。"

"你去过俄国吗?"维克多突然问,"俄国妞很漂亮,是不是?"

"还可以。你喜欢俄国妞?"

"没有,没有。我还没去过,很想去一次。"维克多说,"西伯利亚大铁路很酷,是不是?"

"还不错。"

"风景很棒,是不是?"

"几千公里的白桦林。"

他试着在脑海中想象了一下。这时,门开了,一个胖乎乎的栗色头发的姑娘探进半个身子。

"维克多,你准备好了吗?"

"我还要收拾东西。"

"我只有一个小时的时间。之后我约了那个司机,带我去看核桃树林。"

"那你可以先走。"

"我还以为你也想去看核桃树林。"

"我是想去，但我需要时间收拾东西。"

"大概需要多久？"

"不知道，也许很快。"

"那我要不要等你吃饭？"

"不用了，昨天的抓饭让我恶心到现在。"

"那我自己去吃了？"

"如果你回来，发现我不在，不用等我。"

"你昨天说你想去看核桃树林的。"

"我想再考虑一下。"

"好……"姑娘听起来有点失望。

我出门，冒着烈日，往奥什大巴扎的方向走。大巴扎位于市中心，横跨阿克布拉河两岸。河西岸有一排传统茶馆，在闲适的氛围中供应茶水、拉条子和抓饭。我点了抓饭，因为费尔干纳的抓饭远近闻名。

奥什的抓饭果然没有令我失望。米饭上撒着羊肉碎和鹰嘴豆，配以新鲜的番茄洋葱沙拉，非常可口。我正吃着，那个栗色头发的姑娘也走了进来。她看到我，点了下头。过一会儿，她端着一盘抓饭坐了过来。她是比利时人，在奥什已经住了半个月。这是她第三次来吉尔吉斯斯坦旅行。出于某种原因，她对这个国家产生了莫名的好感。她还没去过中亚其他国家，每次都在吉尔吉斯斯坦待上几个月。

"这里的人特别善良。"她环顾着四周。

"你和维克多早就认识吗？"

"不，我们在旅馆里碰上的。维克多啊，生活太邋遢了！"说这话时，她笑起来，眼神充满柔情，好像母亲在外人面前责备孩子，其实语气中并无一丝责备的成分。

"你们要去的核桃树林在哪儿?"

"离奥什大概五六十公里。对了,我应该给司机打个电话,把时间往后推一个小时。不然维克多肯定赶不上。"她放下勺子,开始打电话。显然,她被金发维克多迷住了。

吃完饭,我和比利时姑娘告别,独自去巴扎里闲逛。长久以来,奥什的巴扎就是喀什以西最著名的市场。因为地理位置便利,中国、印度、伊朗和中亚国家的货物全都在这个十字路口汇集。

这是一个充满活力、拥挤不堪的地方。络绎不绝的购物者穿梭其间。手推车里满载着货物,推车人一边高喊"让一让!让一让!",一边从人群中缓慢地挤过去。无论是视觉上还是听觉上,这里都是绿洲文明和游牧传统的混合体,有一种迷人的喧嚣。任何现代化的入侵——音响也好,俄罗斯的流行乐也好——最多只是一种表面现象。

这里贩卖的东西繁杂多样:从蔬菜水果到盗版光盘,从土耳其茶具到帕米尔刀具。有些店铺本身就是作坊。熟练的工匠仍然使用古老的技术来制作马蹄铁,叮叮当当的声音回荡在巴扎里。

这里有吉尔吉斯人,也有乌兹别克人和维吾尔人。这从他们的帽子上可以大体区分:吉尔吉斯人戴着高高的白色毡帽,乌兹别克人戴着小圆帽,维吾尔人的帽子看起来很像上世纪30年代的欧洲帽子。我发现,许多货摊都是用旧货柜或者旧集装箱改建的。店主一看到外国人就热情招呼,虽然他们肯定知道,他们卖的东西多半不是游客需要的。

傍晚时分,我才回到旅馆。维克多仍然躺在床上。

"你没去核桃树林?"

"没有,那地方毫无乐趣可言,是不是?"

"也许。"

"我叔叔明天过来。我们准备开车去卡拉科尔。"

"比利时姑娘跟你一起?"

"她?不不不,恐怕没有足够的座位,是不是?"维克多瞪着核桃一般的双眼。

第二部
塔吉克斯坦

西进亚历山大城

1

奥什有一家老牌客栈,名叫"奥什旅馆"。房间破败陈旧,却是外国旅行者的天堂。我去到那里,想找能和我拼车去塔吉克斯坦的人。

从奥什去塔吉克斯坦有两条路:一条路向东,经帕米尔高原,到达塔吉克最东部的小镇穆尔加布;一条路向西,沿着费尔干纳山谷的南沿,抵达塔吉克斯坦的边境小城伊斯法拉。

在奥什旅馆,我发现所有想拼车的人都选择第一条路:奥什到穆尔加布是帕米尔公路的一部分。虽然要翻过高海拔的雪山,但线路较为成熟。与之相比,去伊斯法拉的道路虽然无需翻越高山,却要绕过几块乌兹别克斯坦的飞地。

苏联时代,费尔干纳山谷被吉尔吉斯斯坦、塔吉克斯坦和乌兹别克斯坦共同瓜分,界线犬牙交错,但毕竟三个加盟共和国同属于苏联,因此界线并无实际意义。苏联解体后,三个国家分别独立,各自拿出苏联不同年代的地图,作为划界的依据,导致费尔干纳地区的国界线至今仍是一笔糊涂账。

我和旅馆老板说了我的计划。对于是否需要穿越飞地,他毫不了解。他只是告诉我,想去伊斯法拉,我必须先坐长途小巴,到达吉尔吉斯一侧的巴特肯——虽然他自己也没去过。

第二天清晨,我拉着行李箱,来到郊外的汽车站。小巴司机长着一张亚洲脸,留着两撇小胡子,波浪状的灰发梳得一丝不苟。他穿着领子雪白的衬衫,套一件带有很多口袋的卡其色马甲。如果不是那辆看上去濒临报废的奔驰牌小巴,司机本人俨然就是东京银座开旅游巴士的大叔。

我把行李箱塞进座位底下,看那些与我同行的乘客:有在奥什办完事回家的牧民,有提着篮子、穿着长袍的大妈,有扛着货物的商人,有看样子像回家探亲的少妇——但是没有旅行者。

小巴开动后,车厢突然安静下来。清晨的空气尚有一丝寒意,可天空晴朗得无可救药。有那么一瞬间,我甚至感到了一种在中亚旅行时极为罕见的惬意,就好像我知道什么坏事都不会发生——既不在这里,也不在我要去的地方。

小巴基本沿着国境线飞驰。有时候,它会毫无征兆地离开大路,拐上小路。这么做多半是为了绕过乌兹别克斯坦的边境线。尽管小巴始终走在吉尔吉斯一侧,可我的手机还是会不时收到乌兹别克的信号。

窗外是一片被遗忘的世界。由于苏联时期的过度灌溉和乌兹别克一侧运河的关闭,原本肥沃的土壤已经盐碱化。生锈的工厂废弃在路边,难以想象会有什么工作机会。小巴经过关闭的牛奶厂、石油厂和酿酒厂。政府没有试图恢复它们，而是任其荒废在那里。我感到自己好像在目睹一座废墟的形成：一个有人居住的城镇正在化为尘土。

在一个乡村饭馆前，小巴停下来休息十五分钟。一些人去了远远就能闻见味道的厕所，出来后用一个阿拉伯风格的细嘴壶洗手。两个商人模样的精瘦男子下了车，上来一个穿着蓝色三件套西装的男人。那套西装剪裁得相当得体，可在这样的环境里，西装主人的任何努力似乎都化为乌有了。

小巴再次上路后，窗外偶尔出现荷枪实弹的吉尔吉斯士兵。几年前，这里曾有乌兹别克的恐怖组织活动，绑架了数名吉尔吉斯官员和四名日本地质学家。吉尔吉斯政府出动军队寻找人质，并与恐怖分子发生激战。几名日本外交官也抵达吉尔吉斯斯坦，试图与恐怖分子谈判。尽管日本和吉尔吉斯两国都坚称没有向恐怖分子支付赎金，但西方外交官报告称，日本秘密向吉尔吉斯官员提供了两百万至六百万美元，后者将这笔款项转交给恐怖组织。

这时，我突然感到脚下的空间变得有点宽敞。我低头一看，发现原本塞在座位下面的行李箱不见了。我心里一惊——那个行李箱里装着我的相机和大部分现金。如果弄丢，事情就惨了。我四下寻找行李箱，但所见之处全都不见踪影。我仔细回想它是在哪里不翼而飞的，最后觉得只可能是在上次停车的地方。当时，我在车下四处溜达，东张西望，也许就是在那时候，行李箱被人拿走了。

三个小时后，窗外出现了一个混乱的边境小镇，色调就像发黄的旧照片。所有人的脸上都带着困顿的神色。在暴土扬长的巴特肯车站，小巴停了下来，人们纷纷下车。小巴司机从马甲口袋里掏出香烟,点上,狠狠地吸了一口。我等他过完烟瘾,这才指着我的座位问他:"我的行李呢?"他看了我一眼,做了个淡定的手势,然后叼着烟卷,绕到小巴的后面。他打开后门,把行李一件件地取出来。乘客们纷纷围上来,拿走自己的行李。最后,我的行李箱出现了。不知道是谁把它从座位下拿走,放到了后面。行李箱上落满一路上的尘土,仿佛一件刚刚出土的文物。我长长地松了一口气:不管怎么样,行李箱没丢,我还可以继续颠沛流离的旅程。

我转身要走,几个当地司机围了上来。就像大草原上的鬣狗,他们已经饿了很久,终于见到猎物。其中一位司机开着一辆破旧的拉货面包车,衣服很久没洗了,眼神像他讨价还价的声音一样充满了愤怒。

最后我们谈妥,以四百索姆的价格,送我到十六公里外的边境。这相当于四十块钱——比我从奥什到巴特肯的价格还高。

通往边境的道路坑坑洼洼,两边全是荒地,没有农田,也没有人家。一路上,我也竟然没有看到一辆汽车。这多少折射出吉尔吉斯斯坦和塔吉克斯坦交往的现状——根本没什么交往。

吉尔吉斯的边境哨所更像是一个路卡。两个身穿迷彩服的士兵在铁丝网后巡逻。和我一起过关的只有三四个当地人,全都没带行李。我不知道他们是怎么过来的,又要去塔吉克斯坦干什么。

海关官员问我去哪儿。我说,伊斯法拉。他仔细审视着我的护照,饶有兴味地翻着每一页签证。我感觉他是在等我递上小费,但我按兵未动。虽然我身上还有一些很快就要成为废纸的吉尔吉斯索姆。

"你离开吉尔吉斯就不能再回来了。"

"知道。"

他拿起官印，咣咣盖了两个章。

穿过一片土路，我又在塔吉克一侧重复了刚才的过程。塔吉克的官员同样感兴趣地翻着我的护照，问我去塔吉克干什么。

"旅行。"我说。

然而，这个字眼似乎并未激起任何涟漪，他好像不太理解这个词的意思。他狐疑地看着我，于是我又报出几个塔吉克斯坦的地名：伊斯法拉、苦盏、杜尚别……

"好了，好了。"他用力盖了两个章，疲倦地向我挥了挥手，好像盖章的动作已经耗尽了他的全部力量。

因为生意实在不多，海关外只有一辆黑车。我们这批过关的人全都不约而同地朝它走去。相比从巴特肯到边境，从边境到伊斯法拉的价格公道得令人吃惊。我们坐上车，像逃离火灾现场一样，迅速开走。过了不久，我们就进入一片旷野。

塔吉克一侧似乎富庶一些，也更具风情。路两边全是杏子林，金黄色的杏子挂满枝头。衣着艳丽的塔吉克妇女坐在树下，晾晒杏干。一个塔吉克妇人从窗外闪过，她惊人的漂亮，就像伊朗电影中的女演员。与伊朗人一样，塔吉克人同为波斯人后裔，塔吉克语和现代波斯语源自同一种语言。

我们进入一个热闹的小城，这就是伊斯法拉了。路两边尽是混凝土建筑、店铺和招牌。一个看上去有点像商场的建筑上挂着塔吉克总统拉赫蒙的巨幅画像。1997年，塔吉克内战结束，此前默默无闻的拉赫蒙成为总统。当时人们普遍认为，他不过是一个过渡性质的软弱领导人。没人预料到，他成功地生存下来，并在随后的二十多年里，证明了自己的掌权能力。

我在巴扎附近下车,旁边是长途汽车站,对面是一排餐馆。烧烤摊竖起高高的烟囱,从一排柳树的树冠上排出烟气。塔吉克的饮食融合了中亚特色,也和伊朗有几分近似。这里的烧烤不是肉串,而是把羊肉打碎,混合香料后,捏成扁长条的形状。

餐馆里是一张张铺着坐毯的木榻,塔吉克男人歪歪扭扭地斜倚在木榻上,上面全是烤馕的渣子。我要了一份午市套餐:两条烤肉、一小碟番茄洋葱沙拉、一块烤馕、一壶砖茶,合人民币十五元。他们不收吉尔吉斯索姆,只收塔吉克索莫尼。我问他们,到哪里能换钱?

"巴扎!巴扎!"我身边的每个人都知道,也都急着解释。

我正打算去巴扎,一个男人叫住我,说可以和我换钱。他叫努什卡,在乌鲁木齐学过中文,如今给这里的中国工程队当翻译。我和他换了一些钱,支付了午餐。

"来这里做生意吗?"他问。

"来玩儿的。"

"你是我见过的第一个中国游客。"

"以后会越来越多的。"

午饭后,努什卡陪我走到混乱的汽车站,指给我开往苦盏的小巴。苦盏是亚历山大征服的最东方的城市,著名的锡尔河穿城而过。

一路上,乘客们不舒服地挤在一起,忍受着旅途的煎熬。窗外是杏林、水库、荒凉的公路,远处是突厥斯坦的群山。一个塔吉克小女孩趴在奶奶的腿上睡着了,脸上压出一道印儿。

这就是世界真实的样子,充满琐碎的细节,而我用尽所能来理解它们——这让我感到自由。

2

苦盏是一座干燥而酷热的城市。在城外汽车站下车的一瞬间,我几乎被迎面而来的热浪击倒。同车的乘客很快散去,躲进城市千疮百孔的角落。我走进一家昏昏欲睡的小卖部,买了一瓶可乐,站在树荫下喝完。等头脑清醒过来,才走向路边,打了一辆老旧的出租车——在这个"汽车站"外,只停着这么一辆出租车。

窗外是一座古怪的城市:既不热闹,也不萧条,既不苏联,也不中亚。很难想象"苦盏"古老的名号,竟会与这样一幅市景搭配。人们好像是被随手扔在这里的,于是也就认命地在这里繁衍生息。苦盏——连同它的历史和想象——如今只剩下一具躯壳。

旅馆位于一栋写字楼的五层,没有电梯。年轻的小伙计开门后,带我穿过长长的走廊,然后诡秘地一笑。我推开白色的房门,马上明白了他笑的原因。房间里有两张上下铺,其中一张的下铺上坐着一个中国人:二十多岁,个头不高,酷似霍比特人,留着稀疏的胡子,一只袜子的大拇指处有一个破洞。他平时戴着一条迷彩头巾——那条头巾现在放在床上——因为户外暴晒,额头上已有一道清晰的白印儿,好像泾渭分明的国界线。显然,和我一样,他已经在外面旅行一段时间了。

房间里只有我们两个人,两张上下铺又分别摆在房间相距最远的两头,因此显得很宽敞。窗外是一座拔地而起的黄色秃山,褶皱和肌理全都清晰可见,就好像这是一道舞台布景,而我们是刚刚登台的演员。秃山挡住了毒辣的太阳,可还是有一部分光线,透过两扇百叶窗射进来,空气中飞舞着尘埃。作为装饰,白色的墙壁上挂着一幅苦盏的老照片,可能是一百年前由某位西方探险家拍摄的。

"你是中国人?"坐在床上的男人以试探的口气开始对话。

"是啊。"我说。

他如释重负地松了一口气:"你是我这一个多月以来见过的第一个中国人!"

"你也是。"

和我一样,他先去了吉尔吉斯斯坦。然后走了从奥什进入帕米尔高原的那条路。他在杜尚别待了两天,坐车来到苦盏。接下来,他打算从这里过境,前往乌兹别克斯坦的浩罕。

他来自江西的一座小城市,在沈阳师范学院学习。这是他的毕业旅行。因为暑假过后,他就会回到他出生的那座小城市,当一名中学语文老师。一年拿到手的钱,包括代课费和补助,大概有十万块。他已经能够看到自己的未来。

"为什么来中亚旅行?"

他用稳定的音调说:"因为读过《史记》和《大唐西域记》,对这里产生了兴趣。"

"中亚和你此前想象的是否一样?"

"完全不一样。"他说。他并没有想到,这里的每个人都会跟他打招呼、合影,这实在累人。

"为什么我从来没碰到过要求合影的?"

"从来没碰到过吗?"他显出不可思议的神情。

他告诉我,他从国内带来一袋老坛酸菜牛肉面,但是不到最后一刻,他是不会舍得吃的。虽然这边也有方便面卖,但缺乏中国方便面的"化学味道"——那味道接近于"乡愁"。也是因为"乡愁",他一般选择青年旅社入住,这样就可以从巴扎买回肉、蔬菜和调料,用旅社的厨房做中餐。不过这次他被骗了。这家旅社没有厨房。他是住进来之后才发现的。

等阳光没那么强烈了,我们一起去看锡尔河,河水正在夕阳下奔涌。那是公元前329年,中国处于战国时代,而亚历山大的军队已经击败了波斯帝国,次年在苦盏建筑城堡,将此地命名为"亚历山大里亚·埃斯哈塔",意为"极边的亚历山大城"。现在,苦盏的博物馆里收藏着希腊和巴克特里亚时期的钱币,佐证了亚历山大的史诗性远征。

锡尔河一直被认为是游牧草原与绿洲盆地的分界线,河的右岸住着游牧的斯基泰人,左岸则分布着一些定居粟特人的城市——粟特人就是今天塔吉克人的祖先。到了13世纪,锡尔河见证了又一位征服者的暴虐。成吉思汗将敢于抵抗的当地人屠杀殆尽,整座苦盏城也被蒙古军队彻底摧毁。

在锡尔河畔,在近乎红色的夕阳下,我看到了当年城墙的残骸。那是一段残破的土坯,生长着杂草。墙下是一家生意不错的烤包子店,炊烟从烟囱里冒出,随风而逝。

在城墙所在的公园里,有一座帖木尔·马利克的雕像,他正是当年抵抗成吉思汗的领袖人物。公园的大喇叭播放着铿锵有力的塔吉克传统音乐。在这乐声中,我尝试着坚持了一段时间,最后不得不选择逃离。公园对面,是最后一位征服者的遗迹——俄国人的芭蕾歌剧院。这座新古典主义建筑令人眼前一亮,但它所透露的趣味、所表现的信心,如今已显得那么怪异,跟街上的人群格格不入,属于另一个已经消逝的时代。当我走近歌剧院时，发现大门紧闭，也没有演出公告，只有一对塔吉克新人，在被夕阳拉长的廊柱阴影间，拍摄婚纱照。

这座古老的城市没什么新建树，只剩下不同年代的遗迹。它还是生存了下来，甚至算是这个国家最富有的城市。然而，你还是可以感到它的孤立。苦盏与乌兹别克斯坦近在咫尺，但与首都杜尚别之间仅有一条狭窄的山路连接。一年中还有好几个月通行困难。两地之间没有直接的铁路，多年来唯一可靠的交通工具是飞机。我在一本书上读到，苦盏的孤立感根深蒂固，以至于飞往杜尚别的苦盏商人经常会说他们是去塔吉克斯坦。

在塔吉克斯坦，苦盏人的名声并不太好。他们以务实著称，但也痴迷于赚钱，很多人喜欢欺骗和赌博。有意思的是，从1946年到苏联解体，塔吉克斯坦的总书记全都来自苦盏。苦盏人也控制着工业和贸易，甚至享有绕过杜尚别直接对外贸易的特权。在塔吉克内战期间，苦盏因为孤悬于外，得以自保，甚至一度宣布"独立"。

3

在苦盏逗留两日后，我坐车前往杜尚别，得以亲身体会苦盏的孤立——两座城市之间没有公共陆路交通，只能拼车。出发前，司机带领大家向真主祈祷——我觉得这很有必要。这辆小小的欧宝汽车的后备箱，已被改装成一排座位，以便再挤进三个大汉。除了我，没人系上安全带。过去，这是一条坎坷不平的烂路，因为开不快，安全还有保障。如今，在中国修建的新公路上，司机时常开出一百公里的时速。当对面有车驶来时也不减速，而是制造一种呼啸而过的刺激效果。有人告诉我，在塔吉克斯坦这样的国家旅行，可别计较这类事情，但这话对我没什么安慰作用。

前往杜尚别的路上，我始终穿行在大山的缝隙间。塔吉克斯坦的山区面积占国土面积的百分之九十三，一半以上的地区海拔高于三千米。各个区域的发展水平因此差别巨大：像苦盏这种位于费尔干纳盆地的北方城市相对工业化；中部和南部则能坚持自给自足的农业；至于帕米尔高原，人们仍然采用古老的农业方法，在生存的边缘摇摇欲坠。

作为中亚最小也最穷的国家，塔吉克人喜欢把问题的原由归结到乌兹别克人身上。1929年，塔吉克斯坦从乌兹别克斯坦中独立出来，升级为共和国。尽管苦盏被划分给塔吉克斯坦，但是塔吉克人最重要的两个文化、精神和经济中心——撒马尔罕和布哈拉，仍留在乌兹别克斯坦境内。

为了得到这两座深具象征意义的城市，乌兹别克领导人一度将首都临时从塔什干搬到撒马尔罕。在随后的人口普查中，他们要求两座城市里的塔吉克人将自己登记为"乌兹别克人"，否则他们可能会被派往"兄弟般的塔吉克斯坦"，帮助其"克服落后状态"。

没有了这两座凝聚人心的历史名城，塔吉克人不得不从头开始建立身份认同。事实证明，此事困难重重。一位塔吉克学者写道："生活在希萨尔山区的塔吉克人并不了解居住在苦盏的塔吉克人。泽拉夫善山谷的塔吉克人对帕米尔高原上的塔吉克人一点也不熟悉。"但更明显的是婚礼禁忌。经过瓦尔佐布山区时，同车的人告诉我，瓦尔佐布人永远不会与南部的库洛布人结婚,尽管他们都是山地塔吉克人。

有一句谚语以戏谑的方式道出了这种分裂:"在我们的国家,可没人闲着:苦盏人统治,库洛布人守卫,库尔干秋别人犁地,帕米尔人跳舞。"

杜尚别复调

1

在塔吉克语里,"杜尚别"的意思是"星期一"。这个多少有些古怪的名字,揭示了这座城市的前世:位于阿富汗和布哈拉汗国边境上,每逢周一开放的集市。

相比赫赫有名的撒马尔罕和布哈拉,杜尚别始终默默无闻。1921年春天,当布尔什维克挺进这座古国的前哨站时,他们统计出三千一百四十名居民。当他们最终占领这里时,还剩下大约三百人。

对苏联人来说,杜尚别如同一块干净的画布,是亚洲第一座没有清真寺的伊斯兰首都。他们以包豪斯风格重新包装这座昔日的集镇。一些前卫的建筑由德国建筑师设计——他们满怀热情地来到塔吉克斯坦,希望帮助建立共产主义。后来的设计则较为平民化,但在雄伟山景的衬托下,那些白色的廊柱、精美的浮雕,依然散发出新古典主义的光晕。

当然，花费也是巨大的。塔吉克人盖房所用的黄泥和稻草派不上用场，当地盛产的白杨和刺柏的木质也太软，不足以支撑苏维埃的恢弘。每一根木材，每一块玻璃，甚至每一颗钉子，都需要从苏联帝国的遥远角落运来。它们被塞进火车，运到乌兹别克斯坦与阿富汗的边境铁尔梅兹，在那里捆到骆驼身上，再由全副武装的红军战士护送到杜尚别。据说，那条山路实在太过崎岖，以至于每根木料运到杜尚别后都缩短了一截。

1929年，铁路终于修到了杜尚别。每一根枕木都是从西伯利亚的森林中运来的。塔吉克人在铁轨边排起长龙，观看由亚美尼亚司机驾驶的第一列火车，驶入崭新的杜尚别火车站。那一年，塔吉克斯坦也获得了独立于乌兹别克斯坦的苏维埃社会主义共和国的地位。为了纪念这一事件，杜尚别被重新命名为"斯大林纳巴德"——斯大林之城。

到了上世纪50年代末，杜尚别的规模翻了四倍，涌入数以百万计的移民。这些移民中有希腊人、印古什人、车臣人、梅斯赫特土耳其人——二战期间，斯大林担心这些人与纳粹德国合作，于是将他们驱赶到遥远的中亚。更多的移民则是斯拉夫人，他们来到温暖的南方，希望碰碰运气。

杜尚别的发展尤其受益于德裔移民。在这座城市的南部，至今依然耸立着一座灰色的路德教堂。哥特式的尖顶仿佛是当年五万多名德裔移民的纪念碑。他们中的一些人来自战俘营，更多的人则是从俄国腹地被驱逐到这里的。塔吉克内战期间，这些移民的后代大都逃离杜尚别，回到德国。

从相对开放的比什凯克来到杜尚别，你会觉得时钟又向前回拨了数年。即便是一国首都,杜尚别也给人空气滞闷之感。我原以为塔吉克斯坦既然这么闭塞,住宿应该相对便宜。事实不然。杜尚别几乎没有旅游业:酒店是前苏联标准的,但从辉煌时代又衰落了二十年,还维持着令人咋舌的价格。小旅馆真的也就是小旅馆,只能提供极为有限的设施。

所幸,我在租房网站上找到一个短租公寓。在杜尚别,这个公寓算得上鹤立鸡群。价格有点高,却是整套公寓,位于中心区域。房东叫安东,会说英语。我感到,即便再闭塞的地方,也总有与世界接轨的一小群人——所谓全球化的一代,互联网的一代。在杜尚别,这样的人很宝贵,如同风中摇曳的烛火。

我们约好在中央百货大楼门口见面。安东穿着牛仔裤和黑色休闲衬衫,袖口挽起来,脚下是一双时髦的敞口便鞋。他喷了淡淡的古龙水,头发很短,但精心打理过,给人一种混迹于大都市的精英人士的感觉。他的英语倒是说得一般,有一种奇怪的口音。不过他很快表示,他其实更习惯说德语。他刚从德国曼海姆大学毕业,之后打算在德国工作。我们一起往公寓的方向走,它就在中央百货大楼对面。无遮无挡的街上热浪袭人,小区里并没有一棵树。汽车全停在光秃秃的空地上,就像一块块要燃烧的铁。

"安东"显然不是塔吉克人的名字,那他是不是俄罗斯裔?

安东告诉我,他的爷爷是被斯大林赶到中亚的,他们之前居住在伏尔加河中游地区。在更久远的年代,沙皇俄国的叶卡捷琳娜女皇(她本人是普鲁士小公国的公主)曾把一部分德国人迁徙到伏尔加河流域拓土垦荒,抵抗鞑靼人的侵袭。安东说,他的祖先很可能是那时候迁到俄国的。如此说来,兜兜转转一圈后,安东又要回到德国，只是中间早已相隔数百年，而这数百年间发生了那么多的灾难和苦难。

房子是一套一室公寓，位于高层，附带浴室和阳台。安东向我一一介绍了房间的设施，最后推开阳台的门。焦灼的热浪立刻扑进来，但他还是示意我走到外面。阳台正对着国家博物馆。那是一栋前卫的建筑，给人一种还没盖好就倾倒的感觉。几年前，那里是杜尚别最古老的市场之一——巴拉卡特市场。再远处是一片土黄色的山脉，形成一道平缓的弧线，笼罩在淡淡的沙尘中。

我问安东是什么时候买的这套房子。

"三年前，"他说，"当时我有了一笔资金，觉得最好用它置办点产业——杜尚别在发展。"

我赞赏地点点头，不仅仅因为安东的商业头脑，还因为他的用词：资金、产业、发展。

我们回到房间里，关上阳台门。安东四处环顾了一下，准备走了。

"任何人敲门都别开。"他最后对我说。

我冲了澡，吹了头，把积攒数日的脏衣服扔进洗衣机。我烧了一壶水，准备泡点茶喝。这时，突然响起敲门声，很是急促。我想，没准是查水表之类的。我尽量屏住呼吸，想等敲门人自行离去。然而，那声音非常执着，没有犹豫，仿佛确信屋里有人。

我终于还是把门打开了。不管发生什么事，躲可不是办法。一个年轻的塔吉克女人站在门外，穿着碎花连衣裙，满脸怒气。看到一个外国人，她大概吃了一惊，也有点不知所措。她不会说英语，于是对我说俄语。我最后终于明白她愤怒的原因：她就住在我的楼下，房间的浴室在不停漏水，而这是我一手造成的。

我向她表示歉意，但也告诉她，我无能为力。我刚住进来，甚至刚到这个国家。最后，我拿出手机，给安东打电话，告诉他这里出了点问题。女人的怒气稍微平息了一些，她以防卫的姿势站在那里。我问她要不要进来坐坐，她开始没明白，等明白过来以后，她说不必了。

电梯门哐地打开了，安东满脸大汗地钻出来。女人开始连珠炮似的讲起塔吉克语——因为还没怎么听过大段塔吉克语，我着迷地倾听着——安东似乎想争论和辩解，不过最后放弃了。他冲我招了一下手，让我跟他一起去女人的公寓看看。

女人房间的格局和我的完全一样，只是家具的摆放位置稍有不同。浴室中央的瓷砖上摆着一个绿色的塑料桶，正在接纳漏水，已经有将近半盆了。安东难以置信地看着那盆水，又抬头看看房顶，用手按了按。我站在浴室外面，注意到女人家里很安静，走廊的鞋架上摆着两双高跟鞋，但没有男人的鞋子。

站在门口，安东承诺尽快找人检修。女人的口气也终于柔和下来。我冲她微笑了一下，然后跟着安东上楼。

"你认识这个女人吗？"

安东撇了下嘴，同时耸了耸肩，答非所问地说："她要么离婚了，要么丈夫在俄罗斯打工。"

"你怎么知道？"

"这个年龄的女人不可能没有结婚。不过她住在一室公寓里，房间里也没有男人生活的迹象。我想，她可能离婚了。"

"这里离婚的人多吗？"

"大部分男人去俄罗斯打工，然后他们就离婚了。"

我想起了阿丽莎。她也在经历同样的事。这么说来，在离婚这件事上，中亚国家倒是颇为类似。

2

意想不到的是，在杜尚别的年轻人圈子里，正在流行一种名为"陪你转转"的社交活动。

"陪你转转"比其字面意义要严肃很多，大体相当于兼职导游，即由熟悉情况的当地人带你逛逛他们的城市。人们把自己的照片、简介放到网上，时间则按小时标价。在杜尚别，不少大学生也在玩"陪你转转"，不过大部分人选择免费：在这个较为封闭的国度，他们可能只是希望结识几个新朋友，尤其是外国人。

我在"陪你转转"上认识了二十二岁的女大学生萨娜芙芭。在塔吉克语里，"萨娜芙芭"是"冷杉"的意思。我们约在一家波斯风格的茶馆见面。这家苏联时期的茶馆是杜尚别的地标之一，像一艘巨大的空船，冷眼旁观这座城市的一切。萨娜芙芭化了妆，穿着黑白条纹的连衣裙，白色凉鞋，束着发带。她的眼神明亮，眼珠像某种蓝灰色的玻璃珠。她的态度沉着，举止中看不出紧张。她一直在咳嗽，大概得了热伤风。

这家茶馆倒是呈现了塔吉克人心目中波斯文明该有的模样。大理石的廊柱，波斯风格的穹顶，只是红色桌布显得厚重又难看，反衬出大厅里的人气不足。翻开菜单后，我就明白原因了。以本地的消费水平来说，这家餐厅有点贵。

我请萨娜芙芭点菜。她点了樱桃蜜饯果汁——一种流行于中亚、俄罗斯的冰镇饮料，又点了两道俄国沙拉。等菜时，她时而摘下发带，时而又戴上，给我的感觉是，她似乎认识到了自己的魅力，只是还不太确定该如何运用它。

所有的菜都出人意料，从里到外透着不对劲儿，可能是水的问题，败坏了食物的味道，也败坏了啤酒。我点的那杯本地产的西姆-西姆牌啤酒，味道真的如同马尿。萨娜芙芭几乎没怎么动那两份沙拉。她抿着果汁，不时侧过脸，小声咳嗽。

我喝着啤酒，问起她的家庭。她告诉我，为了躲避内战，一家人曾搬到西伯利亚住了十年。那个小镇的名字我从来没听说过，它甚至不在西伯利亚大铁路的沿线上。她家有个远房亲戚在那边的锯木厂工作，于是一家人去投奔这位亲戚。在锯木厂，萨娜芙芭的父亲找到一份工作。那是当地唯一的工作机会——小镇上几乎所有的男性都在那里度过一生。

萨娜芙芭出生在西伯利亚。在她的童年记忆中，小镇只有几排原木屋，冒着炊烟。拓宽出来的土路笔直笔直的，一到冬天就泥泞不堪。然后是大雪、酒鬼……每当电力中断，母亲就在餐桌上点起一根蜡烛。

相比那些滞留在杜尚别遭受战乱的人，萨娜芙芭一家算是幸运的，但其实他们是另一群流离失所的人，是苏联解体后历史演变的一部分。当政治的疯狂争抢过后，终于出现了某种稳定局面，一家人在2001年回到了塔吉克斯坦。

我问她更喜欢哪里，西伯利亚还是杜尚别？

"杜尚别，"萨娜芙芭肯定地回答，"这是一座美丽的城市。"尽管她住在杜尚别的郊区,为了和我见面,坐了将近一个小时的小巴。

她以后会去俄罗斯吗?就像很多塔吉克人一样。

不,她不想去俄罗斯。她的理想是生活在杜尚别,找一份工作。"我受过教育,我会说英语,我想找一份可以和外国人打交道的工作。"萨娜芙芭说。

"你可以做 PR。"

她没听过这个词。

"公共关系。"我说,"就跟'陪你转转'差不多,只是你代表公司,而不是你自己。公司会付给你钱。"

"有这样的工作吗?"

"是的,你没听说过?"

"没有。"她俏皮地一笑,认为我在骗她。

她的手机响起来。她拿起来看了一眼。我这才发现她有点轻微的斜视。她对着手机说塔吉克语,语速很快。过了一会儿,她挂掉电话,脸上有点不安。

"是我妈妈,"她说,"她问我在哪里。"

"她不知道我们见面?"

"我没有告诉她。她不会同意我单独和外国人出去。"

"她也不知道你玩'陪你转转'?"

"她知道了会骂死我。"

按照萨娜芙芭的说法,她的家庭算不上虔诚的穆斯林,但还是维持传统价值观。比如,母亲不准她婚前发生性关系,甚至不准她谈恋爱——尽管学校里有不少男生对她表示了好感。

"那你如何拒绝他们?"我问。

"我直接告诉他们,我不会谈恋爱。"
"不谈恋爱怎么结婚呢?"
"我会按照传统的媒约方式结婚。"
"你心目中的丈夫是什么样的?"
"关心我、有责任心、热爱工作。"
"你觉得通过媒约能找到这样的男人?"
"当然。"对于这一点,她显得很有把握。
"你要不要回家?省得妈妈担心。"我招手示意买单。
"下次见面,我可以带我的朋友一起吗?"
"你的朋友?"我请萨娜芙芭介绍一下她的朋友。

她叫阿努莎,是萨娜芙芭的邻居。今年二十二岁,已经离婚,还有一个两岁大的儿子。她在自学英语,但没机会练习。她和萨娜芙芭之间倒是经常说英语,不过"说着说着就会笑场"。

萨娜芙芭拿出手机,给我看她朋友的照片。她很年轻,穿着传统塔吉克服饰,戴着头巾,但像伊朗女人那样流于形式,露出了前额和头发。

"她挺漂亮的。"
"下次我叫她一起来。"萨娜芙芭说,"我会跟我妈妈说,我们出去逛街了。"

3

鲁达基公园位于市中心的鲁达基大道旁,有规划整齐的花坛和喷泉，是杜尚别最让人舒服的地方之一。鲁达基是波斯人，但被认为是塔吉克文学的奠基者。他发展了民间流行的两行诗（巴伊特）和四行诗（鲁拜）的形式，为波斯的古典诗歌奠定基础。12世纪的作家说，鲁达基写过一百多万行诗，但今天只有不超过两千行诗作流传后世。

年轻时，鲁达基以歌手的身份驰誉泽拉夫善河流域，后来成为萨曼王朝的宫廷诗人。他的诗作不仅歌颂自然、青春和爱情，也辛辣地讽刺了一种日落山河的帝国文化：统治者奢侈享乐、勾心斗角，而他们的领土即将落入外族之手。

鲁达基晚年遭受挖眼酷刑，继而被逐出宫廷，在贫困潦倒中死去。半个世纪后，萨曼王朝便被推翻——突厥民族摧毁了萨曼王朝最伟大的国王伊斯梅尔·索莫尼建立的功绩，并在随后的几个世纪里彻底征服中亚的塔吉克人。

萨曼王朝的首都在今天的布哈拉，索莫尼国王的陵寝也在那里。在索莫尼治下，萨曼王朝最终摆脱阿拉伯人的控制，成为横跨中亚和伊朗的大帝国。对塔吉克人来说，索莫尼的地位如同帖木儿之于乌兹别克人、玛纳斯之于吉尔吉斯人。在这套话语体系里，索莫尼的时代被宣布为塔吉克人（以及所有波斯人）的黄金时代，是他们在政治、文化和经济成就上的一个高峰。你会发现，波斯文明的中心也微妙地向东移动，塔吉克的部分得到放大。与此同时，对突厥－蒙古侵略者进行了显而易见的抨击。

萨曼王朝的统治对整个波斯文明都意义深远。它不仅促成波斯人信仰上的全面伊斯兰化（他们此前信奉拜火教），也完善了以阿拉伯字母为基础的波斯语书写系统。今天，伊朗人和阿富汗人依然沿用阿拉伯-波斯字母，只有塔吉克人因为苏联的统治，改用西里尔字母。这就造成一种尴尬的局面：在口语方面，塔吉克人可以与波斯兄弟们无碍交流，但书面语不行。走在鲁达基公园里，我突然意识到这样一个事实：除非和我一样阅读翻译作品，否则塔吉克人同样无法看懂鲁达基的诗歌。

在谈到萨曼王朝被突厥民族推翻时，一位塔吉克政治家写道："在这场可怕的屠杀中幸存下来的塔吉克人，永远不会忘记他们历史上的悲惨事件。"不过，这只是一种话术、一种修辞，想借此赋予塔吉克人一点犹太民族在他们自己历史中找到的那种悲怆感。相比一个王朝的覆灭，文化根基的丧失更加悲惨。

塔吉克人原本还有可能在俄国的文化传统中另辟一条新路，但是随着苏联解体，塔吉克斯坦独立，这种可能性最终也消失了。于是，塔吉克人发现，他们如今在用俄国人的字母拼写波斯人的文字。结果是除了他们自己，再没有人能够理解他们。在这个封闭的山国，他们只好任由宗教情绪和部族仇恨不断发酵，直至最后的摊牌。

第一起严重骚乱发生在 1990 年 2 月。当时有传言称亚美尼亚难民将被安置在已经住房短缺的杜尚别。人们走上街头，愤怒抗议，局势逐渐失控，而当时整个苏联也已经风雨飘摇。1991 年 9 月，塔吉克斯坦宣布独立，鲁达基公园附近的列宁像成为中亚地区第一座被推倒的列宁像。

在老照片上，我看到了当年的情景——让人想到后来伊拉克人民推倒萨达姆的雕像。无事可做的男人们一脸仇恨，他们举着拳头，喊着口号，仿佛在进行一场游戏，只是没人相信这场游戏会有任何严重的后果。随后，塔吉克爆发内战，成为苏联解体后唯一爆发内战的中亚国家。杜尚别更是上演了令人瞠目的杀戮。五年的内战被证明是灾难性的：它不仅摧毁了塔吉克人的生活，也让这个国家变得满目疮痍。

在鲁达基公园里有一根巨型旗杆，是为纪念国家独立二十周年而建。旗杆高一百六十五米，国旗本身重达七百公斤，因而很难呈现那种高高飘扬的姿态。不过，这倒更像一种无力的宣示，精确地代表了一种挫败：2000年民族和解进程结束时，塔吉克的实际GDP仅为1991年的39.2%；独立二十年后，它还没有恢复到独立初期的水平。

在那个酷热无风的下午，我在国旗杆下遇到一个叫"幸运"的大学生。他拦住我说："哥，我给你免费当导游？我正在学汉语！"

4

二十一岁的幸运长得又高又瘦，脸上有青春痘残留的痕迹。他穿着西裤和衬衫，像个还没出道的业务员。我感到自己无法拒绝他：一个给自己起名"幸运"、想练习汉语、还管我叫哥的人。

幸运出生在一个普通的杜尚别家庭，有一个哥哥和一个姐姐。苏联时代，父亲当过杜尚别的巡警。幸运说，这是警察的初级职位。内战爆发后，杜尚别先是被反对派攻占，又被政府军收复。幸运的父亲讨厌街上的暴乱，于是辞职回家。他在家里待了几年，靠积蓄和小买卖维持生活。1997年，塔吉克政府和反对派签署了和平协定，幸运在那一年冬天出生。第二年，幸运的父亲决定出去闯荡。他跟一位兄弟去了俄罗斯南部的克拉斯诺达尔，先当保安和开门人，等攒了一笔钱后，就开了一家杂货铺，主要卖塔吉克的干果。

在俄罗斯，幸运的父亲一干将近二十年。其间，父亲的兄弟得病去世，幸运的哥哥被叫过去顶差。父亲自己后来也得了病，身体越来越弱。最后，父亲回到杜尚别，让幸运的哥哥和嫂子留在那里看店。幸运说，现在他的父亲变得没什么精神。他做的事情越少，精神就越萎靡。他抱怨在杜尚别找不到活儿干，实际上他只是提不起兴致。一家人靠幸运的哥哥寄回来的钱生活，日子过得紧巴巴的。

幸运现在已经离开家，搬去和姐姐一起住。姐姐大他十岁，结过婚。五年前，姐姐的丈夫也去俄罗斯打工，从此音讯全无。按照幸运的说法，他的姐夫应该是在俄罗斯重组了家庭。幸运的姐姐没有再婚，没有抱怨，只是不再提起那个男人。她平时接些裁缝活，希望以后开一家自己的裁缝店。幸运说，姐姐的手艺相当好。上一次，他在鲁达基公园的步道上拦住一个中国女人，免费当导游，练习中文。最后，那个女人买了幸运姐姐做的两条裙子。

我问幸运，会不会去俄罗斯打工？他说不会。他不喜欢俄罗斯，他更不愿意做塔吉克人在俄罗斯一般会做的那些让人瞧不起的职业。

"美国呢？"

"我绝对不会去美国！"

"为什么？"

因为他的女朋友。幸运刚和交往两年的女朋友分手，之前连吻都没接过。女朋友的叔叔在美国，是个生意人。和幸运在一起时，她总把美国挂在嘴边。她的人生目标就是去美国。她似乎从来没考虑过幸运或者两个人的未来。幸运很生气，感到自己被忽略了。他就像河床上一艘搁浅的小船，无处可去，女朋友却是大海里有固定方向的航行者，神气活现。

或许，在女朋友面前，幸运感到了自卑。他开始学习中文，作为一种对抗。如果女朋友要去美国，那么他就决定日后去中国：留学，赚钱，出人头地——我多少能够理解这种赌气的心态。

幸运先是自学，随后又报读了孔子学院。他准备以后参加汉语能力考试。他说，一旦通过考试，他就有可能申请到中国大学的奖学金，还有每月两百美元的补助——他是这么听说的。

幸运想赚钱，但觉得这里没有机会。他的口头禅是"我被困在这里了，哥！"，以表达他的无助。很多时候，我觉得他说得没错。

但我只是说，你还年轻，还没跨越那道"阴影线"——这是约瑟夫·康拉德说的，你感到烦闷、厌倦、不满、迷茫，这是生活中必将来临的那个时刻。

幸运说，他从没听说过康拉德。他是什么人？

"一个作家，波兰裔英国人。"

"我喜欢阅读，可是杜尚别连个像样的书店都没有。"

我也发现了这点。鲁达基大街上的那家书店里没什么有价值的书，空气中飘着尘土的味道，而且无人问津。

这时是下午三点钟，又干又热，我感觉自己就像一块馕坑烤肉。幸运问我想去哪里，我想了想说，去城市南边的萨科瓦特巴扎附近。那里远离市中心，是杜尚别的平民区。我们可以去那里随便转转，然后找个地方坐下来。

"为什么去那里？"幸运问。

我告诉他，我正在看一本叫《死亡商人》的书。那本书讲了杜尚别最传奇的人物——维克多·布特。他是前格鲁乌少校,苏联解体后成为军火贩子。他向塔利班和基地组织提供武器,也为非洲内战输送军火。他就在杜尚别的平民区长大,父亲是一名汽修工,母亲是一名簿记员。他靠听ABBA乐队的歌曲学会了英语,后来又掌握了七八门语言。我告诉幸运,我想感受一下布特成长的氛围。

幸运不太理解我到底想干什么。不过没关系。他想跟外国人泡在一起,缓解"被困在这里"的焦虑。他说,他愿意跟我一起去,去哪儿都行。

我们走到鲁达基大街上的公交站,等待中国赠送的巴士。可是,杜尚别正在推广公交车刷卡制度,没有卡的人就算交钱也不行。我们只好改坐可以付现金的黑车。在这里,公交运力不足的问题十分严重,黑车产业应运而生。每当这些黑车经过公交站时,司机就像拈花微笑的佛陀一样,比划一个数字手势。开始,我以为那只是打招呼。不过,幸运说,其实那手势是一个暗号,代表这辆黑车的行驶线路——与这个数字的公交车相同。

我们上了一辆黑车,奔向萨科瓦特巴扎。我发现,越往城市的外围走,杜尚别就越是显出不同的面貌。我所住的市中心,还有些高大、气派的建筑物,但现在整个天际线的规模都变小了。在鲁达基大街上,我还能看到一些在附近上班的人,穿着不错的衣服,但在这里,阶层开始向下移动。

有些路段在施工,柏油开绽,尘土飞扬。公园正在整修,大树被连根拔除,瘫倒在地。幸运说,杜尚别的新市长是总统的儿子。他有野心,有气魄。一些苏联时代的建筑已经拆除,准备为接下来的城市升级留出空间。不过现在,我还看不出有什么端倪,整片区域在午后的烈日下光秃秃地暴露着。

在萨科瓦特巴扎后面的一条马路，我们下了车。周围都是走动的人群，穿着朴素的衣服。和我一样，他们也在闲逛，或者忙着一点小事。道路另一侧的树木挡住了一片苏联风格住宅区。阳台上晾晒着衣服，竖着白色的卫星电视接收器。淡黄色的墙面已经开裂，有些地方补上了水泥，有些地方则暴露出砖头。我们路过巴扎外的一个小酒馆。所谓小酒馆，只是在墙上开了个洞。我和幸运还是决定在洞外坐坐，喝两杯西姆－西姆生啤。

环顾四周时我想：所以这就是维克多·布特成长的舞台了。在这样的环境里成为一个国际军火贩子，多少有些令我觉得不可思议。1991年，也就是苏联灭亡之年，布特开始创建自己的帝国。他狡黠地利用了当时政治和经济上出现的真空：当臃肿的苏联机队突然丧失供血，从圣彼得堡、符拉迪沃斯托克到中亚的杜尚别，数百架笨重的老安东诺夫和伊留申货机被遗弃在机场和军事基地，飞机的轮胎磨损，机架破旧，还用金属片和胶带打了补丁。利用格鲁乌的关系，布特弄到了这些飞机，权势人物则得到部分包机费用。布特搬到阿联酋的沙迦，创办了航空货运公司。很快，他就住进了一幢宽敞的海滨别墅。

他需要钱，热爱钱，也毫不掩饰。他往返于非洲、中东和前苏联辐射下的暧昧角落，将苏制武器运送到那些禁运的地方。他并不是隐形人，他知道怎么处理自己的形象。他没有局限在他的出生之地——那里是如此封闭、停滞。在接受西方媒体采访时，他甚至不时抛出一些耸人听闻的材料。在《纽约时报杂志》的采访中，他曾半开玩笑地说：一天早上醒来，他发现自己在美国的通缉名单上成了仅次于奥萨马·本·拉登的人物。

布特与塔利班和基地组织的关系，倒是得益于他的杜尚别出身。塔吉克内战爆发后，一方是库洛布人、希萨尔人和苦盏人组成的"人民阵线"，另一方是盖尔姆人和帕米尔人组成的"塔吉克联合反对派"。反对派率先攻占杜尚别，推翻政府，占领总统府和广播电视台。但是，在俄罗斯和乌兹别克军队的帮助下，"人民阵线"又逐步收复了失地。反对派中的伊斯兰极端分子逃到阿富汗，受到塔利班和基地组织的庇护。正是通过这些同胞的牵线，布特开始为阿富汗输送军火。

坐在小酒馆的外面，我不时看到有男人走进来，简单地说上一句什么。这时，老板就会有点紧张地从柜子下面拿出一瓶劣质伏特加，倒上一杯，递给对方，然后再把瓶子藏回去。他拿起一把水果刀，在脏兮兮的案板上切两片黄瓜、两片西红柿，撒上盐，再配上一段蔫头蔫脑的小葱——这就是给客人的免费下酒菜。那些男人全都用俄国人一口干的方式喝酒，喝完后就发会儿呆，然后面无表情地离去。劣质伏特加一定灼烧着他们的口腔和食道，但或许这正是他们所需要的刺激。

又有两个男人进来，怀里抱着黑皮包。当老板鬼鬼祟祟地倒了两杯酒后，他们没有喝，而是从黑皮包里掏出证件，在老板面前晃了晃。幸运说，他们是执法人员，来这里检查无证私售烈酒的行为。

两个男人转到柜台后面，把藏在底下的伏特加、白兰地和威士忌一一取出。那些酒都是便宜的本地牌子，大都半空了。其中一个男人开始在一张单子上写着什么，随后老板交纳罚款。遭到没收的烈酒大概就归两个男人所有了。

一番洗劫后，两个男人夹着皮包，提着一袋酒瓶子走了。老板松了口气,脸上没有愤怒,也没有失望。某种程度上,执法人员和小商贩之间是一种共生关系。前者罚款,但不会置后者于死地。在交纳了"保护费"后,老板在下一次暗访前可以稍微放心地卖酒了。

我问老板是哪里人。

通过幸运的翻译,老板告诉我,他是盖尔姆人。

我提到内战,因为我知道盖尔姆是内战时被蹂躏最严重的地区。

老板神色惊讶,没想到我对内战还有所了解。对他来说,那是一段心痛的记忆,不是外人能够真正理解的。

老板说,他的弟弟死于内战。

"他是反对派的士兵吗?"

"不,他是在街上被人打死的。"

"哪里?"

"就在这里,杜尚别。"

反对派控制首都时曾把库洛布人、乌兹别克人甚至俄罗斯人作为目标,而当"人民阵线"收复失地后,他们就以"大清洗"的方式发动报复,随意处死碰到的盖尔姆人和帕米尔人。

"你为什么来杜尚别?"

"这里能挣到钱。"

——他指的就是现在干的工作吗?

就在这条路前面不远处——那两个便衣执法人员刚才走过的地方——有穿着橘色背心的老人推着大型三轮车送货,有胳膊绑着绷带的男人捏着一罐能量饮料,有戴头巾的女人挎着篮子按根出售走私香烟。这一切都一览无遗:在表面之下,人们的情绪和需求、希冀和期望强烈地跳动着。

5

萨娜芙芭发来她朋友阿努莎的电话,说她俩隔天中午可以和我见面。地点是一家叫作"梅尔维"的土耳其餐厅。到了见面那天,萨娜芙芭又说,她的朋友会先"过来"(going to cum first)。我想,她大概是把 come 打成了 cum,也就没把可能的误会放在心上。

我下楼,穿过阳光炙烤的柏油马路,站在路边,准备打车。此时,离约定时间还有一会儿。萨娜芙芭再次发来短信,说阿努莎已经到了。

"你在哪儿?"她问。

"在中央百货商店门口,还没打到车。"

"她说没有看到你。"

"我还没到餐厅。"

"她 cum!cum!"

"请她先坐,我马上到。"

"她已经 cum!cum!"

我终于打到一辆黑车,心里感到困惑:萨娜芙芭的朋友为什么这么火急火燎?

可是,当我走进梅尔维餐厅,却没看到阿努莎。大厅里只是零星坐着几桌人,男人全都大腹便便,女人则戴着头巾,像是家庭聚餐。桌子上铺着塑料桌布,摆着分量十足的土耳其菜,还有大玻璃瓶装的酸奶。

我给萨娜芙芭发消息:"我到餐厅了,可没看到阿努莎。"

"她cum！ cum！"

"她在哪儿？"

"cum！ cum！"

一个陌生的电话打了进来，里面传来一个女人愤怒的声讨，声音很尖，像铁铲刮过锅底。我听不懂她在说什么，但听出她在发脾气。接着是萨娜芙芭的电话，谴责我得罪了阿努莎："你为什么要耍她？她现在非常生气！"

我究竟做了什么？我告诉萨娜芙芭，我已经到了梅尔维餐厅，就在这里等她们。我找了个位子坐下来，要了一小杯土耳其红茶，一块蜂蜜果仁做的"巴克拉瓦"。我又浏览了一遍我和萨娜芙芭的短信：那么多"cum"，那么急切。

我喝了两杯红茶，萨娜芙芭和阿努莎才走进来。因为等不到公交车，她们打了车。我为让她们多付了钱感到抱歉。萨娜芙芭还穿着上次的衣服，不过咳嗽已经好了。阿努莎穿着入时的塔吉克服饰：红色长袖连衣裙，绣着深蓝色的传统图案，淡黄色的头巾里面是梳得很高的发髻。她说话的声音缓和了下来，不像刚才那么愤怒。

我问："我们是不是有什么误会？"

萨娜芙芭说："阿努莎一直在中央百货商店等你，你却不理她。她当时很生气。"

"你不是说她已经来餐厅了？"

"我说的是中央百货商店！"

我终于明白是怎么回事了：她一直想说"中央百货商店"（TSUM），可却打成"cum"。我拿出手机，给萨娜芙芭看"cum"这个词的意思。她俩的脸腾地红了。误会终于化解，可我还是感到抱歉。我点了几道分量很大的土耳其菜,结果根本没吃完。阿努莎要提前离开。

阿努莎说,她在一家婚庆公司工作,负责给新娘化妆。她一会儿要去库洛布,筹备一场婚礼。公司没有车,她只能自己去车站坐车。路程不算远,单程三个小时。公司也没钱让她住旅馆,她晚上住在新娘家里。婚礼结束后,第二天早上再坐车回来。

萨娜芙芭说,阿努莎本来不会接这个活儿,怪只能怪我没给她打电话。"我给了你她的电话号码,你却没有打给她。"

"我不知道还要给她打电话,"我解释道,"我以为我们已经说好了吃饭。"

萨娜芙芭平淡地一笑,没再说话。也许,我应该更委婉一些。

吃完饭,阿努莎赶往车站。萨娜芙芭说她打算去中央百货商店。我告诉她,我准备去帕米尔,然后从那儿的陆路回中国。

"帕米尔?"她眉毛一扬。

"对,你去过吗?"

她没去过帕米尔——那里太远,也太危险。分别时,她祝我"好运"。

我想起了幸运,觉得应该告诉他一声。没想到他马上就打来电话,说我们晚上得见一面,告个别。

6

我们去了鲁达基大街上的一家德式酒吧。那天是周五,酒吧的露天座位几乎坐满了人,尽管这里周六也要上班。穿着白衬衫的侍者走过来。我们点了两杯啤酒。

"就这些?"

"对。"

侍者不置可否地走了。

我向幸运讲了我和萨娜芙芭吃饭的事情。幸运说,这没什么可奇怪的。在塔吉克斯坦的语境下,我当初答应一起吃饭,就相当于承认我对阿努莎"有兴趣"。因此,我应该在约会的前一天,主动给她打电话。

"是这样吗?"

"当然!你搞砸了,哥!"

"不过我并没有那方面的兴趣。我只是想认识一些人。"

"为你的书积攒材料?"幸运说。

"算是吧。"

"你会在书里写我吗?"

"也许。"

"不要写我被困在这里!"

"你在学中文,将来会去中国留学,你不会困在这里。"

"我小时候学俄语,后来学英语,现在又学中文。我的人生太艰难了,哥!"

"想想你将来就能挣大钱了!"

"每天都在想。"

"如果有了一大笔钱,你会用来做什么?"

"见莎布娜米·苏亚悠。"

"她是什么人?"

"塔吉克最著名的女歌手,我的女神。"

"听过她的现场吗?"

"当然!当时,我所有的积蓄只有六十美元,可还是花了五十美元买了一张门票。不过那只够我站在比较靠后的位置。"

"所以看不清,也摸不到?"

幸运笑起来:"我会永远记住你这句话的!"接着,就像吐露秘闻似的,幸运告诉我,他听说与苏亚悠"幽会"一次需要三千美元。

"多长时间?"

"一小时。"

"她会为了三千美元和别人幽会?"

"我想会的。"

"我觉得不会。你说了,她是这里最著名的歌手。"

"那又怎么样?三千美元一个小时啊,那可是一大笔钱。"

"她是歌手,不是妓女。"

"在这里,有钱的话,你说了算!"

"那你努力吧!"

可能因为是黄金时间,我们坐在露天的好位置上却没点吃的,侍者走来走去招呼别的客人,始终没给我们端来啤酒。我们催了两次,但那位狡黠的侍者不为所动。他不知道,我原本打算给他一笔丰厚的小费。现在,我建议我们自己去吧台,把啤酒端过来。

"哥,你不能自己去拿!"幸运急着阻止我,"那会让我们显得像是服务员。我不想做这种低级职业!"

我没想到幸运心里其实有那么多"条框"和"等级"。我突然意识到,当他说"我被困在这里"的时候,他的痛苦可能远比我所能理解的多。

我去吧台把酒拿了过来。坐下后,我们转变了话题。他问我去帕米尔的事,惊叹于我即将开始的历险。他突如其来地表示,他想管姐姐借一笔钱,跟我去帕米尔旅行。他从没旅行过。

我告诉幸运,这是不明智的。帕米尔很贵,可能是世界上旅行最贵的地方。因为没有公共交通,很多时候只能租四驱越野车。不应该把钱浪费在这种事上。

"为什么不?"他沮丧地说,"我生在这个国家,可我没去过帕米尔,没去过苦盏。我哪儿都没去过!"

"有机会去的。"

"什么时候?"

"以后。"

他不再说话,低头喝酒。然后,他站起来,走向吧台,又拿着两杯啤酒回来,脸上闪着酒后的红晕。他年纪尚小,还没怎么体验过酒精的伟大,也不知道酒精同样可以摧毁一个人的生活。

喝完两杯酒,我们离开了这家酒吧。夜晚的杜尚别空空荡荡,路灯把我们的影子拉得很长,又被树影刺穿。

我们经过一个俱乐部,里面隐隐传来有节奏的音乐声。幸运说,他的女朋友在这里庆祝过生日。当时,他们已经在分手的边缘,所以他没去。"我不喜欢这种地方。"他说。

但我知道,这只是一个伤心大男孩的倔强。我买了两张门票,拉着幸运进去。偌大的舞厅里,只有四个外国人在跳舞。灯光闪烁着,播放着俄罗斯的夜店舞曲。表演台上是一个穿比基尼的金发姑娘。她正倒挂在一根钢管上,舒展大腿。

看着那几个外国人,幸运大声对我说:"我真的喜欢这些美国人,他们随心所欲,想干什么就干什么,从不在乎那么多。"

"那些不是美国人,"我说,"你想跳舞吗?你现在不也可以跳舞吗?"

我把幸运推进舞池。他穿着西裤和衬衫,开始还有些扭捏,但很快就放飞了自我。他高举着胳膊,摇晃着脑袋,脸上带着微笑。认识他以来,我第一次见到他这么放松。

现在,台上的舞女穿着红色高跟鞋走了过来。她看上去比台上苍老一些,画了很浓的眼影。她倚在吧台上,要了一瓶矿泉水,拧开,小口地喝。

"你叫什么?"

"瑞塔。"

"俄罗斯人?"

对,她从莫斯科来。

"为什么会来杜尚别?"

"在这里工作三个月,下一站是土耳其。"她说,"我喜欢土耳其,说不定会留在那里。"

"我也喜欢土耳其。"

"你是哪里人?"

"中国人。"

"我觉得你不是中国人。"

"那我是哪里人?"

"你是哈萨克人。"她眯着眼,审视着我。还是第一次有人把我当作哈萨克人。

"说两句中文听听。"她说。

"说什么?"我换成中文。

"随便说两句。"

我说:"现在,你觉得我是中国人了吗?"

"好吧,"她点点头,"你是中国人。"

她告诉我,她以前在广州待过两年,和一个中国人同居,生了一个孩子。现在,她一个人带孩子,靠跳舞为生。

"你住在杜尚别吗?"

"算是吧。"我说。

"有一个在杜尚别大使馆的日本人,经常请我吃寿司。你会请我吃中餐吗?我很久没吃中餐了。"

"没问题,下次请你。"

"你骗我。"她看着我说,"你根本不住在杜尚别。"

当我和幸运离开俱乐部时,门口停了几辆要价昂贵的黑车。幸运说,他可以走到某条主干道上,那里有可以和他拼车的人。

"你会再来杜尚别吗,哥?来看我。"分手前,他问我。不过,还没等我回答,他就自己摇了摇头,仿佛想甩掉身上无以化解的失落。他转头看了看周围,看了看这座夜幕下的城市——这个他困守其间却渴望逃离的地方。

从帕米尔公路到瓦罕山谷

1

我启程前往帕米尔高原,但此事并不容易。

塔吉克斯坦只有一家飞帕米尔航线的航空公司,运营状况一塌糊涂。网络上为数不多的评论都说,由于天气原因或者技术故障,这趟航班常常推延或者取消。

此外,还有别的问题。飞帕米尔的都是一些老旧的苏联窄体飞机,只有两排座位,引擎声像雷鸣一样,机翼几乎就擦着山尖起降。在高处俯瞰群山,固然惬意,但我同时也感到,危险系数太高了——高到和玩俄罗斯轮盘赌差不多。

于是,也就剩下那个累人但还算有保障的办法——也是当地人的办法——合乘四驱越野车。如果一切顺利,这将是一趟十六到二十小时的跋涉——沿着与阿富汗相邻的帕米尔公路,沿着终将流成阿姆河的喷赤河谷。

我向安东、萨娜芙芭和幸运打听去哪儿坐车,他们竟然都不知道。后来,安东又问了一位朋友,这位朋友的某个亲戚是一家汽修厂的老板。安东说,这个老板知道车站在哪儿——那些开帕米尔长途的司机,经常去他的厂里修车。这件事透露出在塔吉克斯坦打探消息的门道,也透露出这样一个事实:没有什么比去帕米尔高原本身,更能反映出帕米尔高原的隔绝了。

清晨,巴达尚赫车站已是一派忙碌热闹的景象。十几辆四驱越野车杂乱无章地停在一片空地上,司机正忙着把旅客的行李牢牢地绑到车顶。

我以为自己来得够早,但是当地人显然更早。那些状况较好的车上已经堆满行李,较为舒适的前排座位也给人占了。这里的车奉行"满员即走"原则,其中一辆车上还有一个空位。那是后备箱改成的一排座位,能挤三个人,现在还剩中间那个位子,但我不觉得自己有本事在那道缝儿里度过二十个小时。

为了尽量舒服,我只好找了一辆空车。空得自有道理。这辆帕杰罗看上去好像经历过一场"涅槃",除了帕杰罗的标志,大概所有零件都换过了。司机穿着条纹T恤,留着两撇胡子,也和他的爱车一样老旧。

我占了副驾驶的位置,说好了价格,把行李箱扔到车顶。然而,半个多小时过去了,仍然只有我一个乘客。其他越野车纷纷上路,刚才还一派盛景的停车场渐露萧条的本质。我有点担忧地问司机,今天会不会走不成了?对此,司机倒是显得胸有成竹。他说,一小时之内,我们准能出发。

附近有一家灰扑扑的餐馆,摆着一些脏兮兮的塑料桌椅。我无处可去,只好在那里消磨时间。我吃了一块馕、两个煎蛋、一根香肠,还喝了一点红茶。我小心地看着时间。司机说得没错,等我结完账出来,帕杰罗旁果真又多出几名乘客。

其中一个女人三十多岁,一头金发,穿着牛仔裤和T恤衫,斜跨帆布包,正用俄语和司机热烈交谈。我觉得她是乘客里最洋气的一位,后来就和她搭上了话。她叫扎莉娜,是一家国际艾滋病NGO的雇员,会说英语。她这次要去帕米尔地区的首府霍罗格,为当地建立艾滋病检查点。

扎莉娜告诉我,由于和阿富汗共享漫长的边境线,塔吉克成为毒品走私的重灾区。阿富汗的海洛因从塔吉克斯坦进入中亚,再沿着帕米尔公路前往俄罗斯和欧洲。因此,很多人把帕米尔公路形象地称为"海洛因公路"。扎莉娜说,根据现有的统计,塔吉克约有十万名因吸毒而感染艾滋病的人,但真实数据显然比这更高。

"比如帕米尔地区,由于靠近阿富汗的罂粟产区,有很多吸毒者。可当地的医院没有设备进行艾滋病检查。这些人又没钱来杜尚别。很多人染上病却不知道,这给艾滋病的控制带来很大的隐患。"

一边说话,扎莉娜一边用鞋尖玩着地上的小石子,又从帆布包里抽出一根香烟点上。烟雾顺着她的指尖,四下飘散。

"所以,你去帕米尔干什么?"她问我。

"旅行,"我说,"然后打算从帕米尔回国。"

"一个人旅行很艰苦,你应该找个人陪你一起。"

"我倒是想,可是没人愿意去帕米尔旅行。"

扎莉娜微微一笑:"如果不是工作,我也不会想去帕米尔。不过路上的风景确实壮美,我们会沿着阿富汗的边境走。"

此时，停车场已经快空了，我们的车也只剩下最后一个位子。司机把烟头摔在地上，踩灭，向我们招了一下手。我们坐上车，开出停车场，随后又开进加油站。再次上路后，路边有人拍气球似的招手，司机停了下来。是一个十一二岁的小姑娘，独自搭车。这样，最后一个位子也填上了。我们离开杜尚别，向着帕米尔高原进发。

杜尚别至库洛布一段的公路质量很好，因为是中国援建的。一条隧道的洞口上写着红色汉字"自由隧道"。极目所至，土黄色的山丘跌宕起伏。我们的车时而上坡，时而俯冲进入较为开阔的谷地。不时可以看到散落在山上的黏土砖房以及星星点点的黄绿色田地。

我们经过一片碧绿色的湖泊，像在全是男人的房间里，突然出现一个漂亮女人。湖泊一侧的岩壁上修筑了凉亭，里面是一张张塔吉克人喜欢的木榻，铺着大红色的坐毯。

扎莉娜说，这里是努列克水库，是杜尚别人钟爱的度假地。人们可以坐在凉亭里吃饭、饮酒，还可以在湖上乘坐快艇。不过，那天并非假日。我们经过时，水库四周没什么人，凉亭里空空荡荡。过了水库之后，大地又恢复了那种男性化的单调感。

这里的确算是山区，可是道路上还算繁忙。路边不时出现贩卖杂货的小店，也有赶着毛驴的农民，拉着高高堆起的柴火。路上的警察特别多。每次，我们都会被招手叫停。每次，司机都会掀开仪表盘上的一块小心折好的淡粉色毛巾，里面是一摞整整齐齐的钞票。每次，他都以精准的手法，抽出一笔钱，交给警察。扎莉娜说，那差不多相当于三美元——不多不少。

两个小时内，我们一共交了九次钱。只有一次，两个警察实在相隔太近，司机放下窗子，捂着胸口真诚地抱怨："刚交过啦！"于是，那个警察就挥挥手,放我们走了。

通过扎莉娜的翻译,司机问我:"在中国要给警察钱吗?"

我说:"一般不用。"

司机说:"在这里是要给的。这是塔吉克的传统。警察也要养家糊口。"

说这话时,司机的表情并没有任何不满,口气中甚至还带着几分理解。警察相信,凭他们的制服,索取是名正言顺的事。司机大概也这么认为。

我想起之前看过的一本书,说要给予警察自由腐败的空间。因为,"工资这么少,他们必定会意识到腐败不仅可以接受也是必须的。然后他们会加倍效忠于政权:首先,他们会感谢政权给他们敛财的机会;其次,他们会明白,如果他们三心二意,将很可能失去特权并被检控。"

我们在库洛布停车吃饭。这里是塔吉克的第三大城市,总统拉赫蒙的故乡,也是阿努莎帮人家筹办婚礼的地方。历史上,库洛布人以勇敢和鲁莽著称。如今,除了到处悬挂的总统像,库洛布毫无特色,只是一座热浪袭人、充满喧嚣的小集镇。街边种着不到一人高的小树,叶子也是小小的,半枯萎的,没有半点荫凉。穿着传统服饰的男女老少,就在太阳无情炙烤的大地上,做着粒子般的"布朗运动"。

我们走进一家简陋的大餐馆。扎莉娜、拦车的小姑娘和我坐在一桌。她们都吃不下什么东西,只是小口地喝着调味过重的羊肉胡萝卜汤,而我半吃不吃着一盘油腻的抓饭。

我问小姑娘为什么一个人。

扎莉娜翻译说:"她去看在杜尚别打工的父母。"

我又问,她的家在哪儿?

阿里秋尔,帕米尔高原的深处,比霍罗格还遥远的地方。

旁边,司机和同车的两个男人风卷残云般吃完了抓饭和面条。司机开始一脸享受地剔牙,唇上的两撇小胡子像毛虫一般蠕动着。接着,出其不意地,他推开椅子,站起身来,走向餐馆门口的洗手池。

我们的午餐时间就此结束。

2

离开库洛布后,公路很快退化成破碎的土路。路上有骑驴的农民,但周围一片荒芜,也看不到村落,不知道他们要骑去哪里。一小时后,我们开始沿着喷赤河而行,这意味着我们开始进入真正意义上的帕米尔高原。

帕米尔高原是中亚高原体系的中心,将兴都库什山、喀喇昆仑山、天山、昆仑山连接在一起。这片高原三面为高山环抱,只在西南角上没有山峦屏障,地势突然下降到喷赤河谷。此刻,河谷森然幽长。两边的大山呈拔地而起之势。河道时宽时窄,水流却始终急促,打着漩涡,滚着褐色泥沙,看上去令人畏惧。

这时,扎莉娜突然喊了一声:"阿富汗!"

顺着她手指的方向,我看到河对岸的那片土黄色的村庄,悬挂在山间。那一侧的道路就像一道淡痕,其实算不上道路,只是一条窄窄的土路。此后,阿富汗就像河水的镜像一般,始终出现在对岸。我甚至可以看到穿着长袍的阿富汗人,在烈日下移动,像某种抽象的符号。有时,这些阿富汗人会站在那里,向塔吉克一侧眺望,但他们从不挥手,脸上也没有表情。

在这里,河水不仅是地理意义上的分界线,更像是时间的分界线:塔吉克一侧如同 70 年代的苏联,而阿富汗一侧隐藏在伊斯兰的面具下,还停留在更久远的中世纪——我惊叹于这样的世界依然完整无缺地存在着。

河上几乎没有桥梁(我只看到一座),这表明两岸官方层面上的交流是罕有的。路上也早就没有警察,但会遇到扛枪的士兵在公路上巡逻。可是,这条边境线实在太过漫长,河道最窄的地方不过十几米,根本没办法把守。扎莉娜告诉我,别被眼前的景象蒙蔽,其实某些"高科技"已经悄然来到这片土地:现在毒贩会用无人机投送毒品,这令缉毒的难度骤然增大。

一路上,司机一直与一个坐在最后一排的男人有说有笑,不时乐得前仰后合。我真想知道他们说了什么,因为似乎两人每说一句话,都能精准地搔到彼此的痒处,堪称"伯牙子期"。现在,通过扎莉娜的翻译,司机对我说,伯牙其实腿有毛病,无法在后面久坐。他想跟我调换位置,两百公里后再换回来。

以现在的路况和速度,两百公里至少要开六个小时。那个人看上去也没什么问题,他只是想和司机坐在一起,尽情聊天罢了。

司机又说,就像给警察塞钱一样,调换位置也是塔吉克的传统。

"可我有风湿炎。"我让扎莉娜帮我翻译。

司机耸耸肩,看起来根本就没相信,不过我也不在乎。为了这个位置,我已经多付了一笔钱。司机嘟囔了些扎莉娜没有翻译的话,坐在最后一排的男人很快就头靠窗户,呼呼大睡起来。

道路越来越差，河水就在身边咆哮。运货的重型卡车碾碎石块，腾起黄色的烟尘。天快黑的时候，我们再次停车吃饭。这户人家在半山上，一条小溪从山间流下。露天的木榻，铺着红色地毯，上面全是烤馕的碎渣。我在碎渣中间开辟出一小块净土，侧身坐下。司机和最后一排的男人脱了鞋，上炕一样地侧卧着，不时哈哈大笑。

这户人家的房子是新砌的水泥房，门口种着一棵小树，开满白色小花。发电机的电力时强时弱，房子内外的灯泡时明时暗，白色小花亮起来，又陷入阴影。

我吃着一小碗番茄沙拉，等着电压稳定下来。然而，发电机的声音越来越小，灯光越来越弱。过了一会儿，便彻底熄灭。夜色和昆虫的叫声，瞬间接管了世界。主人在屋内点起蜡烛，而我们就在跳动的光晕下吃完了晚餐。

从这里算，到霍罗格还有四个小时的车程。从早上到现在，司机已经开了十几个小时，早就疲劳驾驶了。现在，他不断地打开窗户，让夜风灌进来，刺激一下麻木的大脑。随风一起涌入的还有水流击石的声音，但已经看不到喷赤河。在浓墨般的黑暗中，那条大河仿佛无处不在。除了我和司机，其他人都打起小盹，车厢内响着有节奏的呼噜声。

我们路过一个村子，坐在最后一排的男人到家了。这个村子没有电，司机戴上头灯，爬上车顶卸行李。我也下车，活动活动筋骨。月光下，村里的男人在路边坐成一排，没有人说话，没有人看手机，只是那么呆呆地坐在黑暗里。司机的头灯左右晃动，卸下伯牙千辛万苦从杜尚别带回来的行李——几个紧扎绳子的硬纸板箱、一辆塑料儿童玩具车。

到达霍罗格时，已经将近午夜。扎莉娜先下车，她的旅馆就在市中心。我的身体完全麻木了。旅途的疲劳像小虫子一样，把我啃得模模糊糊。我们都忘了留下联系方式，就那么分手了。司机没听过我住的旅馆，电话打过去也无人接听。车上还剩下那个十一二岁的小姑娘，她有点紧张地瞪着眼睛，还有两个小时才能到家。在小镇的边缘，我让司机把我放下来——我不想再耽误小姑娘的时间。

街上空无一人，只有几只野狗摇着尾巴跑过去。我大口呼吸着夏日山谷的空气，想到霍罗格就是《新唐书·西域传》中的"识匿国"：这里不产五谷，国人惯于掠夺，商旅常被打劫。在《大唐西域记》里，玄奘大师也写到此地："气序寒烈，风俗犷勇，忍于杀戮，务于盗窃，不知礼义，不识善恶，迷未来祸福，慎现世灾殃，形貌鄙陋，皮褐为服。"

一位高僧大德如此刻薄实属罕见，我不禁想：大师在这里究竟遭遇了什么？

我随意找了家旅馆，敲响大门。女主人披头散发，刚从睡梦中醒来，脸颊上还有枕头留下的印儿。她带我上楼，穿过长长的走廊，经过她的卧室。卧室门敞开着，地板上打着地铺，她的被窝还是刚才钻出来的样子，像一件前卫的雕塑作品。她带我来到客厅，啪地打开壁灯。客厅里铺着地毯，摆着一张皮沙发，角落的晾衣架上挂着几件衣服，茶几上放着还没端走的茶具。

我的房间里只有一张单人床。女主人捧来一套干净的被褥，放到床头，然后一句话也没说，转身走了。房间里有个小小的阳台，打开门就能听到贡特河的水声。这家旅馆似乎建在河谷上方，对面是大山的阴影。我刚要迈步俯瞰河水，突然发现阳台竟然没有护栏。要不是那晚月光皎洁，我恐怕就要一脚踏空，跌落河谷。我不愿去细想由此带来的伤痛：一个误入歧途的旅行者，在前往帕米尔游历的第一晚，就结束在这一场险些酿成的意外上。

3

与我同住这家旅馆的是一个手掌残废的俄国人，我后来几次看到他。这个人光头，沉默，眼神犀利，脸上有一种莫名的沉静。他的左手从手腕处截肢，右手的手指畸形残缺。然而，他可以用左手的手腕捧着手机，用右手的残指飞快地打字。我琢磨着，他是怎么残疾的？他为何一个人来霍罗格？他也是旅行者吗？

白天他大概去哪里闲逛，晚上就坐在客厅的沙发上，玩着手机。看着他的样子，我突然有一种猜想：他会不会是当年苏联入侵阿富汗时的老兵，如今重新回到这里？可是他一直不看我，我也就不知道如何开口。他整个人似乎都散发出拒绝交流的气场。

我想起阿列克谢耶维奇《锌皮娃娃兵》中的一段话："我没有胳膊没有腿，早晨醒来，不知道自己是个什么东西，是人还是动物？有时真想喵喵叫两声或者汪汪狂吠一阵，但我咬紧了牙关……"

霍罗格原本每周都举办阿富汗边境集市，地点位于喷赤河的阿富汗一侧，那是无需签证就能进入阿富汗的唯一办法。届时，阿富汗人会带着他们的东西来到集市上，同时购买塔吉克人的商品。那些商品大都是中国产的便宜日用品，对阿富汗人来说却是抢手货。帕米尔已经算是与世隔绝之地，但相比阿富汗，还要开放一些。不过，我问了好几个人，他们都说因为毒品走私猖獗，边境集市已经取消了一年之久。

帕米尔人的幸运，离不开阿迦汗。走在霍罗格大街上时，我发现这里到处张灯结彩，正在庆祝阿迦汗四世登基六十周年。

阿迦汗，是伊斯兰教伊斯玛仪派的精神领袖。伊斯玛仪派属于什叶派的一个分支，萨曼王朝时期进入当时的中亚地区，成功地使一些宫廷显贵皈依，其中就包括诗人鲁达基。也正是在那个时期，伊斯玛仪派的势力延伸到了帕米尔地区。

阿迦汗原本是18世纪的波斯国王法特赫－阿里沙赐封的头衔。阿迦汗一世生于波斯，曾任波斯克尔曼省总督。1840年，他试图推翻卡扎尔王朝，失败后流亡印度。他在当地发展信徒，帮助英国殖民者控制印度边境地区。英国人也投桃报李，授予阿迦汗"王子"称号。从此，阿迦汗家族融入了大英帝国的历史，其后代的人生历程更是与伊斯兰领袖给人的刻板印象截然不同。

阿迦汗四世出生在瑞士，拥有英国和葡萄牙双重国藉，在哈佛大学接受教育。1957年，英国女王伊丽莎白二世册封阿迦汗四世为"殿下"。如今，阿迦汗四世是一千五百万伊斯玛仪派穆斯林的精神领袖，这些信徒分布在全球二十五个国家。

阿迦汗四世从事慈善事业，同时也以对美女、跑车和赛马的兴趣而闻名。虽然阿迦汗家族拥有大量的庄园、农场，甚至私人岛屿，但他仍然是一个没有王国的王子。不过，在霍罗格，你能强烈感受到阿迦汗四世的崇高地位。

1995年，阿迦汗四世第一次访问帕米尔地区。当时，塔吉克内战正酣，涌入这里的难民更是令本已脆弱的经济雪上加霜。由于战乱和封锁，帕米尔的粮食供应中断，人道主义危机四处蔓延。阿迦汗四世进行干预，带来救济物资和援助。对帕米尔人来说，这无异于雪中送炭，真主显灵。

在霍罗格，阿迦汗的慷慨随处可见。从学校、医院到中央公园，全是阿迦汗四世兴建的。走在中央公园整洁的草坪畔，看着路边笔挺的白杨树，掩藏在树丛间的木屋，你会恍然感到自己正走在阿尔卑斯山间。

我需要问问前往瓦罕山谷的情况，于是我就去拜访帕米尔生态文化旅游协会。协会的小木屋就位于中央公园的东南角，建筑风格也颇具瑞士风情。

办公室里只有一位工作人员，但来咨询的却有三四个人。我就坐到办公桌对面的沙发上，翻看茶几上的那本砖头般的美食书《用我们的双手：帕米尔高原食物与生活的赞歌》。

从地图上看，帕米尔地区几乎占塔吉克斯坦领土的一半，却只有百分之五的人口。令人惊讶的是，像土豆和卷心菜这样的基本食物，直到1938年才被引入这里。在如此艰苦的条件下，帕米尔人发明了很多因陋就简的料理方法，在这本"革命性的烹饪书"里，被两位欧洲美食家奉为圭臬。现在，这样古老而原始的方法正在消失，因为便宜的中国食品进入了帕米尔高原。两位美食家有点痛心疾首，似乎帕米尔人一直茹毛饮血，他们才满心欢喜。

轮到我后，我和这位英语流利的工作人员打了个招呼。后来才知道，这位仁兄在阿迦汗的瑞士分部工作过。我问他穿越瓦罕山谷的交通情况。他报了一个三天的价格，包括租车费、汽油费和司机的食宿费。即便我心里早有准备，这个价格还是太高了。

他马上解释说，这是一整辆车的价格。这辆车能坐四到五个人。

如果平均下来，价格就合理多了。

我问，瓦罕当地人怎么坐车，他们没钱这么大方地包车吧？

他说，我其实可以先乘公共汽车到延充堡，那里有著名的法蒂玛温泉。不过之后就得看运气了。如果有人去山谷更远的地方，我就可以搭车。

我决定碰碰运气，先坐公共交通到延充堡，之后再想办法。

公共汽车会在上午十点出发，地点就在巴扎后面的巷子里，贡特河的另一侧。

4

第二天，我穿过熙熙攘攘的巴扎，跨过贡特河上的铁桥，钻进巴扎后面的黄土小巷。开往延充堡的小面包果然停在一个斜坡上。司机是一个看起来挺憨厚的小伙子，开车时双手一直抱着方向盘，像一只意兴阑珊的大熊。我们很快开出霍罗格，沿着喷赤河岸边的沙石路，向瓦罕山谷驶去。

一河之隔的对岸，依旧是阿富汗的世界。眼前高耸的山脉则被称为"兴都库什"，在波斯语里意为"杀死印度人"。这表明，翻过这座大山就可以听到另一种文明的遥遥回响。一千三百多年前，正是被这种文明的光芒所吸引，玄奘大师翻越帕米尔高原，去印度求取真经——我如今所走之路，也正是他当年走过的道路。

几十公里内，我们经过数个检查站。接着，大山像巨人的胸怀突然打开，眼前出现一片绿意盎然的山谷。这就是瓦罕山谷——玄奘笔下的达摩悉铁国。玄奘说，这里濒临喷赤河，谷地随山河迂回曲折，地势因丘阜时高时低，沙石随风流动，四处弥漫。

如今，河水流淌在山谷中间，闪着金光。远远看去，河岸边有几处灌木，几片沙地，土壤肥沃之处则被开垦成小块田地，种着小麦。即便是盛夏，兴都库什山也覆盖着积雪。在阳光下，山体的沟壑清晰可见。

伊什卡西姆是瓦罕山谷里的第一座村庄，也是最大的一座。河对岸的阿富汗村子也叫伊什卡西姆。我发现，在瓦罕山谷，以喷赤河中心线为界，塔吉克和阿富汗两侧的地名完全相同，就像河水的镜像。不过，伊什卡西姆的边境集市也关闭了，因此我不打算在此逗留。小巴穿村而过时，我看到一个小卖部、一家手机行，还有整个瓦罕山谷里唯一的红绿灯。它孤零零地立在村口，路上只有我们驶过后留下的一串烟尘。

我们路过一处泉水，司机停下车。在无遮无挡的烈日下，一位老婆婆正挎着篮子卖自己做的皮罗什基馅饼。车上的人都拿着矿泉水瓶去接水，没有人买炸馅饼。我掏了一块钱，买了两个——洋葱馅的，加了黑胡椒。与西伯利亚大铁路上乘务员大妈做的馅饼一模一样。看来苏联厨艺还残留在山谷里。

在我的想象中，延充堡只是瓦罕山谷里一座普通的临河村落。没想到它居然高踞山上，可以俯览东西近一百公里的山谷。山间有一家苏联时代的疗养院，几个穿白大褂的女服务员站在门口，还有两个老头裹着羊毛披肩，大概是这里的住客。

我下了车，住了下来。房间很小，也很破，但是越过窗外的树丛，可以看到兴都库什山的积雪。其中一个裹着羊毛披肩的老头告诉我，从疗养院出发，往山上爬一公里，就是神圣的法蒂玛温泉。他长期住在疗养院里，每天早晚各泡一次。

法蒂玛是先知穆罕默德的女儿，嫁给了穆罕默德的堂弟阿里——后来的第四任哈里发、什叶派穆斯林的守卫者。正是对阿里的不同态度，导致什叶派与逊尼派分道扬镳，由此带来的灾难，绵延至今。

我步行至温泉，又看到了小巴司机。他今晚住在车上，说要泡个温泉，再回霍罗格。我还碰到了同车的一位姑娘，她是来泡温泉求子的。根据当地传说，泡了温泉，女性可以怀孕，男性则能增加雄风。

温泉的门口有一间小平房，一个尖脸男子守在里面，负责收门票。他有感于自己的任务之重要，还要我在大本子上登记姓名和国籍。从外面看，法蒂玛温泉是一栋石头房子，横跨在一条急速流动的溪水上。从石头房子里拾级而下，就进入一个天然洞穴，形同子宫。泉水顺着石壁上的钟乳石倾泻而下，形成一潭热气腾腾的大池子。

等我进去时，洞穴里蒸汽袅袅，已有五六个当地人惬意地泡在水里。有个大爷站在钟乳石下，像淋浴一样，用泉水浇背。人们赤身相见，也就变得更加热情，全都你一言我一语地跟我搭话。其中一位见过世面的大爷认为，既然我不远万里来到这里，他有责任告诉我一个秘密——一个只有当地男人知道的秘密。

在众人的注目下，他带我走到一个小洞穴前。他连说带比划地告诉我，这里就是直捣黄龙之处。当然，这是相对文雅的说法，大爷是以十分露骨的手势告诉我的。按照他的指示，我把脑袋伸进洞里，让小股泉水淋到头上，从而提升自己的性能力。不过，在这荒凉的山谷，即使能力确有提升，我也难有用武之地。

从温泉出来后,我沿着山路往下走,突然看到一座废弃的古堡。它雄踞在一座险峻的山头,俯瞰着低处的山谷,背景是峦峰起伏的兴都库什山。我怀疑这是一座古老的遗迹,于是驻足观看,越看就越产生一种敬畏之感。此前我关于瓦罕山谷的想象几乎就是眼前的样子:雪山、古堡、废墟、山谷。

此时夕阳西下,映照着城堡坍塌的碎石。一个穿着冲锋衣的当地人正好走过,在我身边站住了脚。我问他,古堡是什么建筑。他说,这是拜火教的遗迹,可能建于公元前3世纪——我没想到古堡的历史有这么长。

身边的男人问我是否需要住宿。他自我介绍说,他叫星期三,在村里开了家民宿,也做向导。他是典型的瓦罕人,个头不高,肤色黧黑,眼角有一条条皱纹,脸上的胡子刮得干干净净,说明他在信仰上的温和。

我们走过山间一块开垦出来的土地。他说,这是他家的田地,上面种的是小麦和一些耐寒的蔬菜。他还说,在积雪覆盖的山口另一侧,有吉尔吉斯牧民。他有时会去找他们买肉和奶制品。

他的家隐藏在一条岔路后面,是一栋传统的瓦罕民居。屋内铺着厚重的地毯,竖着五根廊柱,分别代表先知穆罕默德、女婿阿里等五位家庭成员。房子中间的一块区域是生火的地方,可以想象一家人围坐在火堆旁的情景。房间打理得井井有条,比我住的地方更舒适,可是我已经在疗养院交了房费。我正寻思怎么礼貌地告辞,他的妻子提着一壶热茶走了进来,我只好又坐下来。

我问星期三,这里冬天是怎样的情形。

他说,冬天大雪封山,基本没有游客。所以,他还开了家杂货铺,从过路的卡车司机那里进货，做当地人的生意。

他是否去过对岸的阿富汗？

当然，他还有亲戚在阿富汗一侧。以前有边境集市时，他们经常在集市上碰到对方，现在已经很久没见了。

"我们其实都是瓦罕人，"星期三解释说，"讲同样的语言，有同样的习俗，互相通婚。"

"但现在，你们变成了塔吉克人和阿富汗人。"

他局促地笑了一下，露出两颗金牙。

我想起一路上经过的那些分界线：同样的民族，同样的生活方式，被分割开来，像刀子割开的伤口。

他终于看出我不打算住在这里，于是问我明天去哪里。

我说，我想去威朗村。我听说那里有一座公元6世纪的佛塔遗迹。在《大唐西域记》里，玄奘提到过那座佛塔。

"我知道那里。"他说，"而且我有一辆帕杰罗。"

5

第二天上午，星期三开着他的二手帕杰罗来接我。这车是他从杜尚别买的，花了一大笔钱——他一整年的收入。结果，他一坐到方向盘后面就显得过分谨慎，好像刚拿到驾照的新手。

开了一段后，我发现他其实是在虐待这辆车。他不习惯换挡，哪怕车速已经很快了，他却始终保持二挡。发动机愤怒地悲鸣着，他就更加慌乱，鬓角冒出了汗珠。好在威朗村不远，只有二十多公里。

他把我放在村口，长吁一口气。他说要去检修一下这辆车，他认为引擎出了问题。

我打听到，佛塔就在村后的山上。一条小路穿过田舍、果园，绕过溪水，到了山脚下就戛然中断。我抬头仰望，看到佛塔立于一座峭壁之上，必须沿着将近六十度的陡坡爬上去。我手脚并用，开始攀爬，阳光烤得我满头大汗。山上全是大大小小的碎石，一不小心就会造成一场小型滑坡。几次滑坡后，我有点手足无措。我在半山处找了一块可以勉强立足的地方，琢磨接下来该怎么办。

就在我进退维谷之际，住在山脚下的一个小姑娘跑了上来。虽然脸上有阳光灼伤的斑点，但五官清秀得惊人。她看到我的无助，冲我挥了下手，让我跟着她爬。她只穿着一双旧拖鞋，却轻盈似鹿，在山石间跳跃着。她不时回头，看我跟上没有。多亏有了她，我在陡峭的山石间，看到了一条路。快要登顶时，她伸出手，把我拉了上去。

佛塔呈方形，共五层，外围有土墙围护。小姑娘指给我看塔顶一块印有"足迹"的石头，据说那是释迦牟尼的脚印。我们站在那里，站在风中，俯瞰瓦罕山谷，远眺兴都库什。阳光倾泻而下，照耀万物，一切都仿佛亘古未变。眼前的风景，也是玄奘大师曾经看到的。

玄奘路经此地时，佛塔还未坍塌。他说，庙中有石头佛像，佛像上悬挂着金、铜制成的华盖，装饰着各种珍宝。当人们绕佛而行时，华盖也会随之旋转，神妙莫测。一千三百年后，寺庙和佛像全都不见，只有佛塔的遗迹兀自伫立——这里也早已不再是佛教的世界。

下山后，我想请小姑娘去村里的小卖部喝汽水。可是她会错了意思，把我带到一处泉水旁。她心满意足地看着我灌满矿泉水瓶，然后挥了挥手,连蹦带跳地回家了。

我回到威朗村,在小卖部买了一瓶俄国啤酒,然后坐在路边的大树下,等待下一程的顺风车。我拧开瓶盖,泡沫从瓶颈冒出来,沿着瓶身往下流,在地面的浮土上砸出几个小坑。啤酒不够凉,但光是能避开烈日,已经让我心情舒畅。

几个无所事事的当地青年凑过来,问我去哪儿。他们没车,也不知道行情,只是纯粹出于搭讪的乐趣,漫天开个高价,压根没想做成这笔生意。看出这点后,我就装聋作哑,继续喝我的啤酒。他们终于觉得无聊,就任我坐在那里,继续四下游荡。

我想,如果等不到顺风车,我就在村里住一晚。这里有小卖部,有落满尘土的零食,有不太冰的啤酒,足够我度过这个夜晚了。没想到刚过了半个小时,一辆破旧不堪的拉达就开了过来。车上坐着三个当地女人,镶着金牙。司机穿着脏兮兮的夹克,可相比他的车,已经干净太多了。

这辆拉达或许十年前就该报废,却在这个世界的角落顽强地活了下来。车身锈迹斑斑,车内落满灰尘。没有收音机,没有窗户摇杆,没有仪表盘。一切接线全都裸露在外,有故障就能当场修理。这么一堆拼凑起来的废铁,竟然如此坚固耐用,看样子连汽油都不用加,只需撒一泡尿进去就能开到目的地。

我问司机去不去兰加尔。他正要往那边走,报了一个当地人的价,低到可以忽略不计——我暗自庆幸自己的好运。

三个当地女人兴奋地挤到最后一排,把副驾驶的位置让给我。拉达车叹了口气,咳嗽两声,哆嗦几下,颤抖一阵,开动起来。我坐在车里,却能体会到骑在马上的感觉——那可不是花几百美元包车能感受到的。

有外国人坐在车上,司机好像底气更足了。他戴上墨镜,点起香烟,一手搭在窗外,像一个开着跑车兜风的纨绔子弟。我们经过路边人家时,他故意减慢车速,以一种漫不经心的姿态抬一下手指,外面的人看到车里居然坐着外国人,全都瞪大了眼睛。

司机把我放在兰加尔的一家民宿前,说主人是他的亲戚。这多少解释了他愿意低价把我送到这里的原因。拉达调转车头,突突响着,屁股吐出一股黑烟,飘然而去。黑烟过后,一个骑着小毛驴的少年缓缓走过来,向我招手。两侧都是光秃秃的石山,石块就像远古动物的遗骸,暴露在光天化日下。黝黑的牧羊人赶着黄羊在石头间移动。兰加尔,在突厥语中就是"野山羊"的意思。

男主人朝我大喊一声——这时我正要走进隔壁家的大门。他戴着一顶瓦罕小花帽,身材高瘦。一说话,我就闻到一股伏特加味。我细看他的面容:脸颊皮肤松弛,带着微红,眼白发黄,有血丝。

他领我进入他家的院子,客房位于侧翼,与他和家眷住的房子分开。走廊上摆着两张旧沙发,地毯磨得卷了边。房间是斯巴达式的,被单和枕套上全是破洞,像遭了好几场虫蛀。兰加尔是瓦罕山谷中最后一处定居点,再往前走就是帕米尔高原的无人区,还是不要挑三拣四得好。

这时,男主人卷着大舌头告诉我,他女儿刚从苦盏归来省亲,晚上举家庆祝,请我务必参加。男主人走后,我打开行李,换上干净的T恤。几个当地小孩趴着窗户往房间里看。我突然冲过去,张开五指,吓他们一吓。这可让他们措手不及,全都尖叫着四下逃走。

离晚上的派对还有一个多小时。我来到院子里,与一个正在悠然闲逛的年轻男子攀谈起来。他歪戴棒球帽，眼窝深陷，蓄着胡子，举止有点吊儿郎当。他告诉我，他是男主人女儿的表哥，今晚也是他在瓦罕山谷的最后一晚。明天一早，他就要动身前往莫斯科，继续工地上的搬砖生活。

在俄国旅行时，我经常看到中亚长相，穿着橘红色背心的建筑工人。我知道他们是塔吉克人，可从来没机会和他们交谈。

这时，表哥从身上摸出一本护照，说上面写着他是"塔吉克人"，但他认为自己是"帕米尔人"。

"两者有什么区别？"

"你很容易看出塔吉克人和帕米尔人的区别。"他说，"在俄罗斯，塔吉克人喜欢行贿，而帕米尔人从来不这么干。"说这话时，他的神色颇为自豪。

"为什么会这样？"

他说，因为帕米尔公路的存在，帕米尔人更熟悉俄国的"生活方式"，因此也比塔吉克人更适应俄国的生活。在苏联时代，帕米尔获得了更多的特权和物资供应，有很多科学家来到这里，帕米尔人的俄语也说得更好。独立后，同信仰逊尼派的塔吉克人不同，帕米尔人信仰伊斯玛仪派。阿迦汗四世关心这里的发展，兴建大量学校和基础设施。相比西部的塔吉克人，帕米尔人反而更具现代意识。

"此外，我们挨着中国。"他说，"中国的商品要通过帕米尔公路运进来。"

他的意思是，帕米尔虽然地处边缘，却有中心之感。加上紧邻中国，未来大有可期。这个理论我虽是第一回听说，但好像也不无道理。

说话间，表哥掏出一个小小的、卷好的塑料袋，里面装着暗绿色的药草。他捏起一小撮，压在舌根与下唇之间。我开始以为是某种类似大麻的东西，于是也捏了一小撮，学他刚才的样子，压在舌下。药草受潮湿润之后，下颚瞬间就麻木了，接着整个人天旋地转，如同迎头挨了一记闷棍。看到我这副反应，表哥哈哈大笑。

我回到房间，足足躺了半个小时，才从药劲中缓过来。此时，夕阳余晖洒满房间，窗外传来孩子们的笑声。晚上的派对已经开始。

我走到主人的屋外，只见门口横七竖八地躺了十几双鞋子。房间同样是瓦罕传统样式，有五根廊柱，墙上挂着精美的手织地毯。此刻，茶水已经泡好，大口茶碗放在地上。地毯上摆着各式干果、茶点、沙拉和大盘抓饭。有人拉着手风琴，表哥打着手鼓，回来省亲的女儿穿着华美的服饰。房间被人的气味熏得暖烘烘，人们在乐声中翩翩跳起瓦罕"鹰舞"。我坐在角落里，喝着茶，看着眼前的一切，感到一路的辛劳都是值得的。

跳舞的人有亲戚朋友，有附近的邻居，还有邻居家的两个漂亮小女孩。一个穿着红色连衣裙，一个穿着蓝色连衣裙，有模有样地学着大人的样子。

我走出房间时，天色已暗。那个穿着蓝色连衣裙的小姑娘跟了出来。我们听不懂对方说话，但能用眼神交流。从地图上看，兰加尔在瓦罕山谷的最东端，过了这里，地势就变成幽深的峡谷，而喷赤河从峡谷中奔流而出，形成一片平缓的河滩——是不是能从那里偷偷走到阿富汗一侧呢？

我拉着小姑娘的手，向那个方向走，想去看个究竟。喷赤河捕捉了最后一道光束，大山比白天更显澄清。沿着峡谷逆流而上，就能到达萨尔哈德,又称连云堡——那是唐朝大将高仙芝击败吐蕃军队的地方。

河滩那里果然通向阿富汗,但有一座营房。荷枪实弹的塔吉克士兵看到了我们,做出警告的姿势,然后朝我们小跑过来。小姑娘使了个眼色,我们转身往回走。走了一段后,我回头瞭望,发现士兵并没有真的追过来,这才放慢脚步。

迎面走来一个抱着孩子的女人,是小姑娘的母亲。聚会结束后,她发现女儿不见了,于是抱着儿子出来寻找。看到我们在一起,她终于放下心来。她把儿子往地上一放,把他的小手也塞给我,好像在说:"你喜欢吗?喜欢就给你了!"

我突然喜得一双儿女,实在运气不错。就这样,我一边一个,牵着他俩的小手,走在荒凉世界的尽头。

世界尽头

1

从兰加尔向东,山峦隆起,峡谷幽深,很快就到了真正的帕米尔高原。这是一片人烟稀少的地区,每年都要被冰雪封冻数月。只有一些强悍的吉尔吉斯牧民,赶着牲口,在高山牧场之间举家迁移。我要翻越一座山口,穿过无人区,前往布伦库里湖,观察帕米尔高原上最偏远的定居点。

为了这趟行程,我在兰加尔雇了一辆俄产吉普。司机巴霍罗姆是瓦罕人,个头不高,身材单薄。他受过几年教育,也去俄罗斯打过工,如今闲散无事。我以一百美元的价格,说服他送我去布伦库里。

我们约好第二天早晨八点出发,可他到的时候,已经快九点了。上车后,他又带给我一个"坏消息":他的车出了毛病,我们得找他的朋友,另借一辆车。

我不相信他的话。我们就坐在车里，车开起来好好的，看不出有什么问题。但是我没说话，由他开着车，把我带进一条小巷。他的朋友正站在院子门口，一看到巴霍罗姆，两人就飞快地交换了一下眼神。他们把我带到另一辆车前。那也是一辆俄产吉普，尼瓦型号，和巴霍罗姆的车一样。巴霍罗姆的朋友开口说，他这辆车要价一百二十美元。

"为什么多出二十美元？"

"这辆车更新，车况更好。"

这当然是胡扯。然而，在外旅行了这么久，我已经丧失了讨价还价的耐心，也懒得再与人争执。我说："我给你一百一十美元。再多的话，我就不租了。"

两人再次交换一下眼神，随即点头同意。他们的阴谋得逞了，虽然也就多赚十美元。

"我们现在上路。"巴霍罗姆说。

我们的确上路了，但却是朝着相反方向，因为巴霍罗姆表示，我们得先去加油。在破碎的石子路上，小吉普一路飞驰，最后在一栋白房子前停下来。白房子上用油漆刷着"汽油"两个字。旁边是一根木头电线杆，拴着一只呆立不动的小毛驴。

巴霍罗姆自称没钱，管我要了一笔油费，用油桶和漏斗象征性地加一些汽油。接着，他钻进旁边的一间铁皮小屋，用剩下的钱买了两包香烟。现在已经是上午十点多了，我们终于向布伦库里进发。

我们进入山区，随着崎岖的山路向上爬升。阿姆河的另一条支流帕米尔河，从黑色山体的缝隙中钻出来，道路渐渐变成一条淡漠的痕迹。山坡上随处可见滚落的石块，几乎没有植被，也见不到人烟。

山谷另一侧的大山同样荒凉，看不到一点生机。

我们经过一对骑着马的父女，两只小毛驴驮着行李。父亲手里提着鞭子，身上穿着迷彩服，戴着帽子，上面落满尘土。看到我们，父亲脱帽致意。我看出他们是瓦罕人，但不知道他们要去哪里。

一路上，巴霍罗姆一直抱怨着路况。每次我要求停车拍照，他就蹲在车前抽烟，眉头紧锁，带着一脸焦虑。我问他是否去过布伦库里，他说去过——那地方什么都没有，只有一些吉尔吉斯人。提起吉尔吉斯人时，巴霍罗姆的口气满是鄙夷。"他们没什么文化，"他说，"甚至算不上穆斯林。"

不知不觉中，我们驶出峡谷，进入一片平坦的高原。金光闪闪的帕米尔河就在不远处翻滚，岸边散落着圆石，就像巨人无意间留下的蛋。除此之外，世界如同月球表面一般荒凉。放眼望去，我没有看到任何人类的痕迹。

突然，前方出现一辆帕杰罗，支着引擎盖。见我们开过来，一个穿着冲锋衣、梳着马尾辫的欧洲女孩跳下车，向我们使劲挥手。我让巴霍罗姆停车看看。他减慢车速，打开车窗。梳着马尾辫的女孩跑过来，用英语说，她的车熄火了。

从帕杰罗里又钻出一男一女，也穿着冲锋衣。梳着马尾辫的女孩说，他们是英国人，原本在这里停车拍照，结果再也打不着火，已经足足等了两个小时，这才看到我们。他们请巴霍罗姆务必帮忙。

巴霍罗姆撇着嘴，眉头紧锁。他打开车门，一言不发地走过去，弯腰鼓捣起来。几个英国人头如捣蒜地用俄语说着"谢谢"。

梳着马尾辫的女孩告诉我，他们是在奥什租的车，准备穿越瓦罕山谷，再沿着帕米尔公路，一路开往杜尚别。她问我要去哪里，我说回中国。

"中国！我去过！"她兴高采烈地说，"我喜欢火锅！"

什么？火锅？在这荒凉如月球的帕米尔高原，她竟敢向我提起火锅？实在不可原谅。

我说："听你的口音像是英格兰人，你从哪里来？"

她回答："牛津。"

"牛津？我在那里待过一阵。"我说，"我喜欢白马酒吧的艾尔啤酒和炸鱼薯条。"

"老天！我太想念炸鱼薯条了！"她情不自禁地叫道，比刚才还激动，"这里只有馕和拉面，快把我吃吐了！"

我笑了笑，心里说："现在我们两清！"

巴霍罗姆从引擎盖里抬起头，让英国人点火试试。帕杰罗一点即着。英国人再次不停地说着"死吧洗吧"（俄语"谢谢"之意），还像穆斯林那样手捂胸口，表达真诚，只是看样子没打算给钱。

巴霍罗姆问他们晚上住哪儿。英国人说兰加尔。巴霍罗姆说，他就住在兰加尔，有个亲戚开了民宿。英国人立刻懂了，马上翻出纸笔，让巴霍罗姆写下地址，还对天发誓，晚上一定住在那里。

我们回到车里，重新上路后，巴霍罗姆这才指着自己的太阳穴，说那些英国人"脑子有问题"。他无法理解那样的旅行，更不明白为什么有人不远万里地跑到帕米尔高原，还开着车乱跑。他一定也觉得我疯得不可理喻。

我们路过一座孤独的吉尔吉斯帐篷，门前摆着一只巨大的马可·波罗羊头骨，犄角弯曲，向上翘起，神气活现。《马可·波罗行纪》中写到，从瓦罕山谷往东北骑马三日，"所过之地皆在山中，登之极高,致使人视之为世界最高之地"。正是在这里,马可·波罗发现了一种野生长角山羊,将其命名为"马可·波罗羊"。他说,当地人会把羊骨和羊角堆放在路边,当大雪覆盖路面时,可以用来引导迷途的旅者。

尽管瞧不起吉尔吉斯人,巴霍罗姆还是决定在这里稍作休息,讨杯茶喝。他钻进帐篷。不一会儿,一个吉尔吉斯男人走出来,手里提着一只熏黑的大铁壶。他把壶放到一只铁皮炉子上,点燃干牛粪。水烧开后,给我们沏了两杯淡淡的茶水。

巴霍罗姆说,住在这里的吉尔吉斯人很穷,每顿饭只有馕和热茶两样食物。喝完茶后,我们就向主人道谢,继续上路。

我们经过海拔四千三百米的卡尔古什检查站,扛枪的士兵走过来,检查我的证件。他完全还是个孩子,面孔被高原的阳光晒得黑里透红。他没刁难我们,没索要贿赂,直接放我们通过。终于,我们拐上帕米尔公路,顿时感到自己又回到了文明世界。

开在相对平坦的公路上,巴霍罗姆试图说服我放弃布伦库里,因为去那里意味着离开公路,再度进入无人区。

"去布伦库里的路很差,"他皱着眉,用手上下比划着,"扑腾扑腾。"

他说,我应该去阿里秋尔,因为阿里秋尔就在帕米尔公路上。那里有吃有住,是个美妙的地方,而布伦库里一无所有。

"我一定要去布伦库里。"我做了个毫不妥协的手势。此后巴霍罗姆再无言语,大概对我彻底丧失了信心。

我们拐下帕米尔公路,翻越南阿里秋尔山脉,一头扎进漫漫无人区。果真如巴霍罗姆所言,路况差极了——其实根本没有路,我们就像行驶在永恒的搓衣板上。小吉普上蹿下跳，好似发了失心疯。巴霍罗姆的脸上写满痛苦和怨恨。我对他油然产生了一股同情。

我问起巴霍罗姆的家庭。他已经结婚，有一个六岁大的儿子。他在俄罗斯的叶卡捷琳堡干过一段时间，出过一场事故，摔断了一条胳膊。他说，这条胳膊现在也使不上力气，一到雨天就隐隐作痛。他撩起袖子给我看，我看不出有什么问题。为了安慰他，我告诉他，我在尼泊尔也出过一场车祸，差点变成残疾。

布伦库里终于到了，眼前出现一片孤立的土房子。这里是整个帕米尔高原上最偏远的定居点，冬季气温低至零下四十几度。

墙边那一小条阴影里，蜷缩着几个面有病容的老人。他们太久没离开这里，一成不变的日子像水蛭一样，吸走了他们的生命力，目光中只剩下漠然。

帕米尔生态文化旅游协会的工作人员提到，这里有一家民宿，女主人叫尼索。

巴霍罗姆向老人们打听尼索家，可他们充耳不闻，置之不理。巴霍罗姆气得低声咒骂，转而走向附近的一个年轻人。

尼索家？他朝另一个方向指了指。

是啊，我们早该注意到，那栋小平房的白墙上贴着一张大海报，上面以俏皮的英文字体写着"尼索家住宿"。

尼索是一个四十来岁的吉尔吉斯女人，镶着金牙，全身上下散发着母性光辉。她带我走进客房，里面是一排大通铺，大红大紫的被褥高高堆在一旁。墙角放着一只铁皮炉子，柜橱上方挂着一条狼皮，呲着獠牙，闭着眼睛，好像泄了气的皮球，但随时会醒来。

"二十美元，包括晚餐和早餐。"尼索说。

我当即住了下来。

等我放下行李，从房间里出来，只见巴霍罗姆正坐在桌旁，免费享用尼索出于礼貌而端上来的面包、黄油和热茶。看得出，巴霍罗姆对食物的热爱发自肺腑。这一路如此艰辛，如此漫长，而他还要独自驾车返回。看着他那张奋力咀嚼的瘦脸，我赶紧掏出事先准备好的美钞。因为我相信，即便在遥远的帕米尔高原，富兰克林先生也能抚慰人心。

2

村里有一个蔬菜大棚、一间卫生所、一所小学。空地上铺着晾晒的牛粪，周围游荡着一些皮肤晒伤但五官可爱的小孩儿。我看到一家小商店，上着锁。我问旁边的人家，商店还在营业吗？那户人家的女儿哗啦哗啦拿出一串钥匙，跟我走出来，打开商店的小门。

货架上只有简单的日用品，还有一些饼干、糖果和罐头。

"有啤酒吗？"

"没有。"

"伏特加呢？"

"卖完了。这周还没人去阿里秋尔进货。"

我环顾四周，心想除了酒，可就没什么值得买的。我走出商店，暗自神伤。这注定将是一个没有酒精陪伴的夜晚。

村里有两只土狗，始终尾随着我，不时用湿漉漉的眼睛打量我。荆棘丛中有羊的尸体，羊皮已经腐烂。地上长满粗壮的黄茅草，点缀着大片的沙砾地。地表被一层镁粉覆盖，阳光一照，像霜凌一样闪闪发光。

附近有两个高原湖泊，分别是布伦库里湖和更大的雅什库里湖。我想去雅什库里湖看看，可是无法走到湖边。干燥的黄茅草地渐渐被许多小沼泽割裂，一脚踩下去就没过了脚踝。

1758年，南疆的统治者大小和卓叛乱，乾隆皇帝发兵征讨。具有决定性的最后一役就发生在雅什库里湖畔——清军最终拿到大小和卓的首级。他们在湖畔竖立石碑，用满、汉、维吾尔三种文字，记述了战役的经过。据说，在最后一战前，大小和卓迫使部族的妇孺，骑着骆驼和马投入湖中，以免落入清军之手。后来，苏格兰探险家爱德华·戈登在《世界屋脊》一书中写道，在这一带的吉尔吉斯人中，一直流传着这个悲恸的传说，而且时常有人听见湖边传来人和动物的呼叫。

平定南疆之乱后，帕米尔高原的大部分地区成为清朝的势力范围。不过到了19世纪，英俄两国的探险家开始不断进入这片荒蛮之地。以印度为基地，英国人的势力逐渐向帕米尔高原渗透。与此同时，俄国人也征服中亚，一路向南推进。

1890年10月，英国探险家荣赫鹏在雅什库里湖畔发现了那块带字石碑——正是清军留下的"乾隆纪功碑"。荣赫鹏摹写了纪功碑上的文字，但石碑随后被俄国人运走，收藏在塔什干博物馆中。石座由于太沉，保留在了湖畔，直到1961年，才交由霍罗格博物馆保存。荣赫鹏之外，邓莫尔伯爵、斯文·赫定、斯坦因等探险家也在著作中提到过这块石碑。

就这样，中英俄三大帝国在帕米尔高原相遇了。只不过当时的中国还没有一份以严谨的地理知识绘制的帕米尔地图。1892年,沙俄侵入萨雷阔勒岭以西的帕米尔地区,清政府被迫与之交涉。三年后,中国与日本签订《马关条约》,举国哗然。此时,在遥远的帕米尔高原,英俄两国撇下清政府开始划界。会谈地点就在英国探险家约翰·伍德发现并命名的维多利亚湖畔。他们不知道,玄奘大师早就来过那里。在《大唐西域记》里,他将维多利亚湖称为"大龙池"。

那晚,我吃到了鲜美的炸鱼。鱼刺很多,不易剔除。尼索说,如果我用手吃的话,更容易摸到肉里的小刺。她还准备了番茄黄瓜沙拉、土豆面条汤和从奥什运上来的西瓜。我深知,这些食材在这里是多么珍贵,多么难得!

我问尼索,鱼是从哪儿来的?

"从附近的湖里。"尼索说。

苏联时期,布伦库里湖引入了西伯利亚鲤鱼。谁都没想到,这种新物种竟在这里繁衍生息。从那时起,布伦库里湖就以美味的白肉鱼闻名。那些悲伤的历史和传说,最终被美食的兴趣掩盖。

吃完饭后,天黑了下来。温度像落地的石子,骤然下降。尼索送来一壶开水,供我洗漱。这里没有电,也不用蜡烛。我穿上夹克,站在漆黑的屋外漱口。高海拔地区的大气没有任何尘埃,空气清新透明。天空像坠满图钉的幕布,仿佛亿万光年之外还有另一片万家灯火。银河在歌唱,但那歌声又像是我脑子里想象出来的。

我在大通铺上和衣而睡,听着窗外的风声。当我再睁开双眼时,已经天光大亮,又见清晨了。

3

前夜，尼索赶着牦牛回到牛圈。现在，她又把牦牛赶回地里。看到我起床了，她就端来热茶、馕和煎蛋，说她丈夫有辆小面包，饭后可以送我去阿里秋尔。小面包停在墙边，左后轮胎上鼓出一个大包，像是长了一颗肿瘤。

穿越无人区，这样的轮胎真的没问题吗？

尼索的丈夫说没问题。他穿着厚厚的法兰绒衬衫，戴着棒球帽，一缕乱发从耳后冒出来。

早饭后，我们开上搓板路，一路颠簸。太阳像打散的蛋黄，到处是蒙蒙的白光，眼前的景色荒凉而壮美。我发现，帕米尔是一片平缓的高原，而高原之上还有更高的山脉，覆盖着永恒的积雪。

我们开上帕米尔公路，奔向阿里秋尔。巴霍罗姆说过，阿里秋尔是个美妙的地方。可是，尼索的丈夫告诉我，在突厥语里，阿里秋尔意为"阿里的诅咒"。相传，这位先知的女婿途经此地时寒风刺骨，他不由得破口大骂。

阿里秋尔只是帕米尔公路上的一个补给站，散落着两片土黄色的定居点，路边有为卡车司机而设的旅店和餐馆。我让尼索的丈夫把我放到路边的一个小餐馆。这里距离下一站穆尔加布还有六十多公里，我只能坐在餐馆里，等待过路的卡车司机把我捎过去。

我点了一瓶啤酒。高原的阳光透过窗户射进来，照在木头桌子上，照在淡蓝色的墙壁上，蒸得屋子暖烘烘的。大个头的苍蝇在头顶盘旋，蝇头闪着绿光，仿佛在嗡嗡地证明，帕米尔高原上也有蓬勃的生命。

窗外，穿着飞行员夹克的少年无所事事地走过；满脸皱纹的老婆婆背着竹筐捡拾牛粪；有高原红的女人用手遮挡太阳，瞭望远处的山丘。我看到，山丘上散落着一片小小的穆斯林墓地，竖着银色的星月标志。人们在这里出生，度过一辈子，死后也埋在这里。

快到中午时，才有一辆重型大卡车由西向东驶来。我赶紧跑到路边，挥手拦车。卡车的气刹嗤嗤作响，滑行了一段，才在路边停下。司机是塔吉克人，常年跑杜尚别—喀什一线，把中国商品运回塔吉克斯坦。他正在去喀什拉货的路上，答应把我带到穆尔加布。

我与司机语言不通，难以尽到搭车人陪司机聊天解闷的义务。幸好，午后一过，帕米尔公路上出现了些许繁忙的迹象。搭我的司机不时与迎面而来的大卡车交换情报，分享暗绿色的药草。

卡车上视野不错，我一心一意地看着车外的风景：远方棕褐色的山脉，平坦的旷野，红色和黄色的石头，吉尔吉斯人的白色帐篷上冒着袅袅白烟……

五个小时后，我们到了一个岔路口。司机停下车，说他过夜的驻车场在穆尔加布郊外，不经过镇中心，我只能在这里下车。

不远处，穆尔加布河缓缓流淌，掀起涟漪，河滩上散落着低头吃草的马匹。司机指着河水转弯处的一片集镇说："穆尔加布！穆尔加布！"此时，离太阳落山还有两个小时，那座土黄色的边境小镇沉浸在一片金色光晖中。

从杜尚别一路至此，卡车司机至少走了一个星期，而穆尔加布是进入中国之前的最后一站。他不想进去休息一下？不想到镇上找点乐子？我随即意识到，穆尔加布虽然隶属塔吉克斯坦，居民却都是吉尔吉斯人。对这位塔吉克司机来说，这里不仅语言不通，生活习惯也不同。某种程度上，他和我一样，也是异乡人。

我拖着行李,朝着小镇的方向走,很快又拦下一辆小型皮卡。这回,司机戴着吉尔吉斯人的白毡帽。

"帕米尔旅馆。"我说。

这是镇上唯一的一家旅馆,人人都知道。

4

从 10 月下旬开始,穆尔加布就被大雪覆盖,帕米尔旅馆也闭门歇业。然而,夏天时,这里却是帕米尔高原的"新龙门客栈",汇集了五湖四海的过客。这些过客大部分是欧洲人,以法国人和德国人居多,几乎都是骑着单车、穿越丝绸之路的疯子。现在,这些人坐在帕米尔旅馆大堂的沙发上,像丛林里的小动物,伸出多毛的爪子,互相试探,倾诉各自旅途的遭遇,顺便在社交媒体上加为好友。

此外,也有一两个日本人和韩国人。他们被"游牧民族"的概念吸引至中亚,却发现自己势单力孤,只好龟缩在大堂一角,戴着耳机,吃着桶装泡面,展示与世无争的东方美学。

我办理入住时,一个韩国男人走过来。他用中文和我说话,还说前台的吉尔吉斯姑娘也会中文——此前他俩一直用中文沟通。

吉尔吉斯姑娘穿着褪色的牛仔裤和黑色紧身套头衫,显出柔弱的腰肢。她说,她在上海中医药大学留学,只是暑假回来打工。这解释了她妆容较为时尚的原因。

我问她一般怎么去上海?

她说,先到吉尔吉斯的奥什,再到比什凯克,最后从比什凯克飞往上海。

这里不是距离中国边境只有九十多公里吗?她不会从这里直接过境中国吗?

她没那么走过,看上去也不打算尝试。

"从穆尔加布到中国口岸是一片无人区,"她告诉我,"没有公共交通。"

这时,韩国人凑过来问我:"你对我有意向吗?"

"什么?"

"我是说,你对我有印象吗?我们在比什凯克的旅馆见过。当时还有一个香港女孩。"

我细看他的面孔,一个国字脸的大叔,似乎有点眼熟。他说的香港女孩我倒是记得。她说自己要花一年时间,从香港骑到伦敦。当时,确实有个男人坐在旁边。难道是他?

没想到在帕米尔旅馆的院子里,我又看到了星期三。他的双眼浮肿,好像睡眠不足。他没开他的宝贝帕杰罗,正准备和几个吉尔吉斯人一起,挤一辆越野吉普车去奥什。因为凑不够人数,车已经耽搁了一夜,他预计今晚才能动身。这意味着,即便一切顺利,到达奥什也是清晨了。

"我要去奥什接几个欧洲客人。"星期三腼腆地说,"再作为向导,带他们去瓦罕山谷。"

帕米尔旅馆的院门外,是一条砂石路,对面是一片吉尔吉斯人的棚户屋——土黄色的房子,破损的墙壁,白色的卫星信号接收器。一口水井边,几个吉尔吉斯小孩正在互掷石块。

越过这片棚户区,慕士塔格峰在夕阳中熠熠发光,有如一座圣山。

它是喜马拉雅以北的最高峰,号称"雪山之父"。那里就是中国的土地——我这才意识到,我现在离中国已经这么近了。可是,如果这条路走不通,我就得原路返回杜尚别。我不愿意走回头路,想到要把来时的路重走一遍,顿时就感到心情灰暗。

我走回旅馆大堂,看到经理正为几个欧洲人服务。他身材胖胖的,面相憨厚,像小说里贵族家庭中任劳任怨的管家。等他一闲下来,我就走过去,把我想陆路回国的计划告诉了他。但是他也不确定这条路能不能走得通——此前没人这么走过。

他向我解释了个中原因。穆尔加布建于1893年,最初是俄国在帕米尔的前哨站。直到2004年,这里才开通了与中国边境相连的阔勒买公路。但对大多数人来说,从这里前往中国仍是一件相当抽象的事。

首先,塔吉克的车牌无法进入中国;其次,所有人都必须去杜尚别办理签证。换句话说,即便是生活在穆尔加布的人,也不得不先长途跋涉到杜尚别,办好签证,再乘飞机到乌鲁木齐。这不仅让大多数商业想法变得无利可图,也让中国显得遥不可及。

我想起那些去喀什拉货的卡车。卡车司机的驻车场就在穆尔加布郊外。我是不是能搭他们的顺风车回国呢?经理说,他可以陪我去驻车场问问。

第二天上午,经理找了一辆车,陪我去了一趟驻车场。那是一个正在沦为废墟的院子,颓圮破败,有几间参差不齐的黄泥土房。一个健硕的吉尔吉斯女人,从土房里走出来,把一盆脏水泼到地上。院子里静悄悄的,只停着两辆卡车。

从一辆卡车上,经理叫醒了睡眼惺忪的司机。他显然没想到有人找上门来。

经理与司机用俄语交谈,然后告诉我说,我可以搭这辆卡车,不过有个问题——中国与塔吉克的边境周末关闭。这天是星期日,司机打算午后出发,在边境口岸过夜。这样星期一开门后就能抢占先机,否则有可能一整天都被迫滞留在高海拔地区。

"口岸处有没有旅馆?"

"旅馆?"司机笑了,露出一颗闪亮的金牙,"那地方怎么会有旅馆呢?我们就睡在车上。"

经理建议我包一辆车。这样我可以明天一早出发,不必在边境过夜。他随即打了几个电话,总算找到一位愿意跑这么一趟的司机。他是旅馆某位工作人员的亲戚。我们谈定车资一百二十美元——快够他半个月的收入了。我不由再次感叹塔吉克斯坦的隔绝:阔勒买是中塔之间唯一的口岸,却没有公共交通,只能高价包车。

5

午后,我去看了那座世界上海拔最高的列宁像。它矗立在一座微型广场上,依旧指点着帕米尔的山河。广场后面是一栋两层的政府建筑,悬挂着总统拉赫蒙的巨幅画像。拉赫蒙原名叫拉赫蒙诺夫,为了推行去俄化政策,将名字中的"诺夫"一笔勾销。在这个小广场上,总统与列宁遥遥相望,中间相隔着漫长的岁月,身后是难以预料的未来。

我又去逛了逛巴扎。穆尔加布的巴扎是一个个集装箱,贩卖从奥什运上来的小商品。我罕见地兴起了想买点纪念品的念头，可是这里实在没有值得一买的东西。我突然想到在兰加尔试过的暗绿色药草。要是能弄一点回国，说不定可以诱骗朋友，说这是阿富汗的大麻。我走进一个卖杂货的集装箱，问有没有那种药草。我万万没想到，药草竟然这么便宜，只花了两块钱就弄到一大包。

等我回到帕米尔旅馆，经理拦住我："有个德国人也走这条路，想和你结伴而行。我把你的房间号给他了，他说会去找你。"

我在旅馆的餐厅吃了晚餐，然后回到房间喝酒、看书，直到昏昏欲睡。第二天一早，我提着行李，来到院子里，一个欧洲人朝我走了过来。

"听说你也去中国？"

这个德国人个子挺高，圆脸，神态任性得近乎孩子气。他穿着军绿色衬衫和紧身骑行裤，戴着一顶鸭舌帽。他还推着一辆自行车，说自己是从柏林一路骑过来的。我细看那辆自行车时，不由大吃一惊：不是专业的山地车，而是都市休闲的优雅细轮车。

他说自己是"无家可归者"，外加"环球旅行家"（global trotter[①]）。没有房子，没有固定住址，所有家当就是自行车后面的两个小包裹。他给人一种不务正业的印象，不像严肃的德国人，倒像是拉丁国家的浪荡子。

他坦言，自己确实会说意大利语。他曾结交一位意大利姑娘，为了和她恋爱，学会了这门语言。现在虽然物是人非，意大利语却还能派上用场。他天真烂漫地透露，他目前的生财之道就是翻译意

---

① Trotter 也有"猪蹄"的意思。

大利语和德语的商业文书，每月只需工作一周，收入就足以维持流浪生活。

我说，他的生活方式招人羡慕。我本以为他会趁机发表两句关于此种人生的格言式见解，谁知他只是开怀傻笑，露出两颗染有咖啡渍的虎牙。等待司机的时间里，我们又聊了一会儿。虽说他的年纪比我大一轮有余，却表现得和初中二年级学生差不多。我松了口气，觉得有这位"环球咸猪手"陪伴，旅途一定不会寂寞。

司机开车驾到。德国人把自行车绑在越野车的行李架上，然后我们钻进车里，向着边境进发。路况比我想象的还要差，开始虽有一段柏油路，但很快就被搓板砂石路取代。大地出乎意料地平坦，仿佛是一面浩荡的棋盘，上面没有标志，只有卡车轧出的斑驳印痕。路上完全不见人烟，远处飘着一层淡淡的雾霭，给人一种无限的荒凉感。

我们经过一个陨石坑，有足球场大小。没人知道陨石坑形成于何时。司机把车停下，大大咧咧地走到坑前，拉开拉链，开始撒尿。德国人也觉得有必要留个纪念。他俩撒尿的时候，我沿着坑边勘察，发现一块形如贝壳的碎片。我在书中读到，很久以前，帕米尔高原是一片浩瀚的海床，如今沧海桑田。

快到边境口岸时，道路再度复原为柏油路。这让德国人精神大振，甚至乐观地以为，口岸附近还会有个小商店，我们可以在那里买到啤酒，庆贺一番。

"我还带了下酒的坚果呢！"他开心地说。

事实证明，德国人的想法过于天真。塔吉克口岸一侧排着一条卡车长龙，四周都是亮晶晶的雪山。风吹过山顶时，可以看到飞舞的雪沫，气温也比穆尔加布低了很多。我们直接插队，开到最前面。可是已到午休时间，口岸封闭。司机不愿在此久留，把我们的行李扔在路边，随即扬长而去。我和德国人只好在口岸外跺着脚，抵抗焦躁和寒意。

德国人宽慰我说，他总是暗示自己，旅行就像打游戏，困难就如同游戏中的关卡。比如，我们现在耗在外面，进退两难，而这其实是游戏的设定。我们只需心平气和地想办法，熬过去，就能闯关成功。

为了打发时间，我问他如果自行车在偏僻的地方抛锚如何处理？车胎扎了怎么办？

"我会修车，也带了全套工具，半个小时就能把车修好。"

我又问他，下一站准备去哪儿？

他说，要穿过塔什库尔干，走红其拉甫，进入巴基斯坦，再到印度。

"我可能会在印度逗留数月，去瑞诗凯诗精进瑜伽。"他进一步透露说，他在德国当过瑜伽老师。

"这么说，你的瑜伽水平很高？"我问。

"旅馆前台的吉尔吉斯女孩也问了我同样的问题。我对她说，我能平躺下来，用双脚把你整个人顶起来。"

我心想："这难道不是误入歧途，堕入了魔道？"

这时，一个荷枪实弹的塔吉克士兵走了出来，抬起道闸，身后的卡车纷纷点火。

我们走进一间小平房，办理手续。德国人的护照很快就出来了，我的却滞留许久。排在我后面的是两个在喀什打工的河南司机。递交护照时，他们顺便也将钱塞了进去。

我这才恍然大悟:"必须要给钱吗?"

"不给的话,他们不给我们办。"

我问他们车里运的是什么东西。

他们说,花岗岩。

"石头?"

"对,这边的石头比国内便宜。"

"可算上运输成本和贿赂呢?"

河南司机令人心碎地一笑:"就是赚个辛苦钱。"

德国人站在平房门口,捧着一袋开心果,吃得正欢。每当果壳攒了一手,他就哗啦一声,全部扔在地上。我心情不悦地走过去,一边吃开心果,一边猛扔果壳。直到小平房里有人走出来,把盖了章的护照递还给我。

中国边检的房子十分高大,设备相当高级,我的药草就在这里惨遭收缴。

"你还用这个?这是他们卡车司机提神用的吧?"那位负责安检的士兵说,"这个不允许带入中国。"

"走这条路的中国人多吗?"我问。

"旅游的?"

"对。"

"你是我遇到的第一个。"

从边检下山,还要穿过一段十五公里长的无人区。士兵拦了一辆卡车,让塔吉克司机把我们捎下去。

虽说是无人区,但中国一侧的公路平坦顺畅,还能看到在山间四处游荡的山羊。德国人不时感叹:"要能一路骑车下去多好!"

我们到了山下，回头眺望，发现中国一侧的帕米尔风光更好。在塔吉克斯坦，我们是在高原之上，因此不觉山高。可是回到中国，海拔骤降，慕士塔格峰拔地而起，壮美异常，宛如一道不可逾越的屏障。

"我们居然是从那边下来的！"德国人惊叹道。

道路是深黑色的柏油路——笔直、平坦、充满超现实感。沿着这条公路，向北走是喀什，向南走是塔什库尔干。

"所以，你去哪儿呢？"德国人问我。

"对我来说，去哪儿都一样。"我说。

我们握了握手，有点正式的握手，就像两个共享过秘密的陌生人。之后，德国人跨上自行车，向南骑去，而我站在公路边，看着他渐渐远去的背影，消失不见。

我伸出大拇指，等待任何一辆愿意停下来的汽车，把我带往任何方向。

第三部
乌兹别克斯坦

寻找乌兹别克的失落之心

1

旅行很少在我们认为的地方开始。

在帖木儿广场附近的酒吧里,那个缠着头巾的旁遮普男人,突然开始向天空抛撒纸币。虽然一千苏姆一张的钞票只相当于人民币八毛钱,但我确实还是第一次目睹这般盛景。乌兹别克舞女们穿着聊胜于无的亮片舞裙,在旁遮普男人周围扭动腰肢。俄罗斯流行音乐的节奏,更增添了纸迷金醉的气氛。最初,旁遮普男人只是几张几张地扔钱。随着姑娘们的叫声愈烈,他终于决定把整摞钞票抛向天空。一场钱雨纷然落下,在镭射灯光中四处飘散。酒吧服务生忍不住捡走飘到他脚下的几张。他又高又瘦,还是个孩子。

阿扎玛将杯中的伏特加一口干掉,搭在额头上的褐色长发,向后划过棱角分明的面颊。桌上摆着一只大肚瓶,里面曾经装着半升伏特加,如今都已在我们的肚子里。

"你之前看到的全是他妈的假象,"他有点口齿不清了,"这才是现实!乌兹别克的现实!"

我是在上家酒吧遇到的阿扎玛。那是一家光鲜亮丽的国际酒吧。只有乐队,没有舞女。光顾者多为年轻人和常驻塔什干的外国人。当时,一副生意人模样的阿扎玛坐在吧台上,穿着奶油色西装、棉布休闲裤和船鞋,正和一个光头胖子推杯换盏。伏特加显然放大了他对陌生人的兴趣,于是我们聊了起来。

阿扎玛告诉我,他最初从事出口贸易,"把乌兹别克的干果出口到美国"。后来"发生了经济危机,雷曼兄弟倒闭",他的干果生意"毁了"。

此时,我的头脑还算清醒,所以我一度试图理清雷曼兄弟和乌兹别克干果生意之间的漫长逻辑链,但是徒劳无功。

我问阿扎玛后来怎么样了。

"我开始购买塔什干的房产。"

如今,阿扎玛拥有七八套公寓,散落在塔什干各处。凭借这些公寓的租金,他过上了衣食无忧的生活。

阿扎玛微笑着说:"房地产是王道。这一点全世界都一样。"

聊到这里,阿扎玛问我愿不愿意跟他一起喝点伏特加。我看了看表,时间已近午夜。我又孤身一人,与他素昧平生。然而,这些充分的理由并没有阻止我接受邀请。后来我宽慰自己:这样做是为了维护我们刚刚建立的中乌友谊,让交谈更加顺利地进行。

阿扎玛拿起大肚瓶,为我斟满伏特加,我们一饮而尽。他高兴地为我继续斟满。按照乌兹别克的规矩,伏特加这种饮料从来没有喝一杯就结束的道理。

酒吧的气氛日趋火爆,舞池里挤满了年轻的身躯。

"看,那个女孩已经醉了!"

顺着阿扎玛手指的方向,我看到一个正在忘我舞蹈的乌兹别克少女。她身材很好,穿着黑色吊带和热裤,显然已经进入迷幻状态。舞池里,无论是人们的打扮,还是音乐,都与任何一家国际化的酒吧无异。

阿扎玛问我是否感到无聊。他说,他不喜欢这家故作国际范儿的酒吧,他有一个更好的去处。他向我保证:"那里才是真正的乌兹别克。"

我们结账出门,坐上黑车,行驶在空旷的林荫路上。几年前,我第一次来塔什干时,就为这个伊斯兰国家的开放程度感到震惊。那一回,我曾偶然走进一家名为"外交官"的酒吧。里面厚颜无耻的气氛,绝对是对"外交官"这个名字的莫大嘲讽。

"我们是不是去外交官?"我问。

"那里被人砸了。"

"谁干的?黑帮?"

"警察,"阿扎玛大笑,"都一样!"

黑车经过空无一人的帖木儿广场,巨大的乌兹别克斯坦酒店宛如一座蜂巢。我这才意识到,我们要去的地方就在政府大楼附近。

那家酒吧没有招牌,几个打手模样的壮汉守在门口。入夜后,塔什干的气温骤降,但他们穿着紧绷的T恤,完全不为所动。

我们走进昏暗的酒吧,只见到处是长发舞女。她们无一例外地穿得很少,而且很漂亮。她们坐在客人的大腿上,随着音乐扭动身体,一曲"膝上舞"的价格只需两美元。舞池中央,一个半裸舞女倒挂在钢管上,好像一件前卫装置艺术。这里不是"外交官"酒吧,但与之相比,有过之而无不及。

我们继续喝伏特加。阿扎玛左顾右盼,最后指着一个舞女告诉我,那是他的"前女友",两人同居过一年。此刻,"前女友"正坐在一个旁遮普男人的大腿上。

"塔什干怎么会有那么多的印度人?"我问阿扎玛。

"他们喜欢乌兹别克女人,"阿扎玛说,"你看到这些舞女了吗?两百到五百美元一晚。贵,但是物超所值。"

在来塔什干的飞机上,我正好在读克雷格·莫瑞的回忆录。他曾是英国驻乌兹别克斯坦大使。任上最大的功绩是迷上了一位塔什干舞女。那位舞女同时和三个男人交往,搞得大使陷入忧郁,几欲自杀。

我问阿扎玛,眼前的情景是否令他伤心。因为酒精的缘故,他的目光已经变得迷离,颧骨上有一层红晕。

"不,不,"他矢口否认,"世界就是这样。"

这时,旁遮普男人开始向天空抛撒钞票。开始是几张几张的,然后是漫天挥撒。酒吧里开始充满一种不真实的气氛。阿扎玛干掉伏特加,站起来,恭喜我看到了乌兹别克的"现实"。他已经醉了,我也对自己的摇晃程度感到惊讶。我和阿扎玛在酒吧门口道别,他摇下黑车的窗户,冲着我的背影大喊着什么。

午夜的塔什干,一个醉鬼的告别。

一瞬间,我清醒了不少,并且意识到自己身在异乡。旅行,正式从这里开始了。

2

塔什干是中亚地区最大的城市，有超过两百万人口。我喜欢它宽阔、整齐的街道，也喜欢街道两侧遍植的栗树和法国梧桐。

城市的心脏是帖木儿广场。从那里，数条大道像太阳发散出去的光芒，通向城市的各个方向。广场中央，15世纪的突厥征服者帖木儿高坐在马背上——他是乌兹别克独立后的民族象征。

然而，正视历史的学者们不免会发现其中的吊诡之处：帖木儿是突厥人，而非乌兹别克人。在他死后，帝国逐渐走向衰落，乌兹别克人的祖先穆罕默德·昔班尼正是利用了这个机会率部南下，击败了帖木儿的后裔，占领了今天的乌兹别克斯坦。

昔班尼王朝分裂后，希瓦、布哈拉和浩罕三个汗国先后成立。到了19世纪，这三个封闭而弱小的地方势力已经无力阻挡沙俄的炮兵。

1865年，俄国人占领了塔什干。这并非来自沙皇的授意，而是出于米哈伊尔·切尔尼亚也夫将军对虚荣和财富的渴望。他违抗了沙皇不得冒进的命令，率领一千九百名士兵——大部分是逃犯、投机者和破产的农奴——对抗三万名守城者。最后，他竟然以损失十九人的微小代价，攻下塔什干。从此，俄国人获得了中亚的桥头堡，而切尔尼亚也夫将军的上司康斯坦丁·考夫曼将军成为事实上的统治者。

在一张老照片里，我发现帖木儿雕像所在的位置，最初竖立的是考夫曼将军的雕像。考夫曼将军手握长剑，底座是一只展翅飞翔的双头鹰，象征着沙皇俄国地跨欧亚且兼顾东西。第一次来塔什干时，我曾经漫步街头，试图寻找沙皇时代的遗迹，发现它们早已荡然无存。1966年，一场大地震将城市变为废墟。在更早的年月里则是布尔什维克的镰刀和斧头。

考夫曼的雕像很快被推倒，取而代之的是列宁的半身像。今天的帖木儿广场，当时被称为"革命花园"。1947年，斯大林的雕像取代列宁。奇怪的是，他竟然在这里躲过了赫鲁晓夫的"拨乱反正"。直到1968年，勃列日涅夫当政四年后，他的雕像才被长着虬髯的马克思取代。

1991年夏天，苏联即将解体，英国旅行作家柯林·施伯龙来到塔什干。他看到马克思的雕像依然矗立，不远处还有一座世界上最大的列宁雕像。马路边是两排贩卖烤串和抓饭的小摊，可是生意清淡得可怜。

如同夏秋交替之际患了感冒，塔什干迷失了自己。人们当时清楚地知道，无论是马克思还是列宁都将被推倒。只是没人知道，他们的位置将会由何人取代。直到1993年，帖木儿才总算从唯物历史的迷雾中跟跄杀出，代替德国人和俄国人，成为乌兹别克人的精神领袖。政府将这位中世纪的征服者神圣化，以无数的纪念碑、博物馆和街道名称来膜拜他。

只是这一次，历史又开了一个小小的玩笑：如果以帖木儿为尊，那么乌兹别克人的真正祖先昔班尼就势必被视为"入侵者"和"敌人"。不管是否心甘情愿，这正是乌兹别克斯坦的官方表述。

3

2011年秋天，苏联解体二十周年之际，我第一次造访塔什干。

当时，帖木儿广场已是如今的模样。向导玛利亚告诉我，直到两年前，这里还是一座美丽的公园，到处是参天古树，有些树龄甚至超过一百年。这座公园是塔什干几代人的回忆，随处可以看到下棋的老人、挽手的情侣，以及推着婴儿车散步的母亲。不过一夜之间，树木突然被砍去，代之以草坪。没人知道究竟为何。

一种谣言认为，砍树是为了露出一座新建的豪华建筑。那个建筑看上去十分宏伟，拥有希腊柯林斯式的白色石柱，仿佛莫名其妙地出现在这里的宙斯神殿。这种说法缺乏确凿依据，却也暗合了某种现实：它暗指的是前任总统卡里莫夫的长女，卡里莫娃。

当年，卡里莫娃可谓乌兹别克最有权势的人物，掌控着一个庞大的商业帝国，一度被外界视为卡里莫夫的接班人。那座白色神殿，正是卡里莫娃支持的基金会修建的。

我第一次来塔什干时，人们谈起卡里莫娃多少有些遮遮掩掩。但是这一次，我发现她已经成为塔什干人民津津乐道的谈资。

首先是因为 2012 年夏天，卡里莫娃化名"咕咕莎"（Googoosha），在美国发行了一张电子舞曲专辑。为了给国际听众一个更容易理解的概念，她将自己与 Lady Gaga 相提并论，在宣传语中写道："喜欢 Lady Gaga 吗？不妨立即追踪充满异国风情的流行天后咕咕莎！"

卡里莫娃还推出了个人服装品牌"古丽"。在官网上，她以第三人称的口吻写道："我们无法忽视这些创新设计的创办人是一位政治学家……拥有哈佛大学博士学位……"

没人知道具体缘由，但是显然卡里莫娃的种种行为激怒了父亲。2013 年，她开始深陷数起政商丑闻。一位塔什干朋友告诉我，她被卡里莫夫"扇了一记耳光"，然后软禁家中，随后销声匿迹。

2016 年，卡里莫夫总统突然去世，标志着乌兹别克强人时代的终结。"咕咕莎"没能参加父亲在撒马尔罕的葬礼，表明她已经彻底丧失权力。2017 年夏天，新政府以有组织犯罪、洗钱、诈骗等多项罪名正式逮捕卡里莫娃。这也就是为什么，这位昔日的公主再次成为了塔什干的热门话题。

在帖木儿的雕像前，总是不乏拍照留念的游人。但即便游人再多，砍掉树木的广场依然给人一种空旷之感。我穿过广场，沿着一条林荫路漫步。当地人告诉我，这些年来，塔什干的变化很大。遗憾的是，我并没有这样的感觉。塔什干仍然像是遗落在历史河床上的贝壳——那些阴郁的建筑、宽阔的林荫道，都让人想到苏联，甚至上世纪 90 年代的北京。

我途经阿利舍尔·纳沃伊歌剧与芭蕾舞剧院。漫天的乌鸦在暮色中翻滚，脚下的落叶嚓嚓作响。我顿时感到自己回到了童年。我清楚地记得，在刚上小学后不久，有一次放学回家的路上，我看到的就是这样的景象。我停下脚步，恰好听到《胡桃夹子》的唱腔，透过高大笨重的玻璃窗，传到种满栗树的街上。

剧院的设计者也是莫斯科克格勃总部大楼的设计者，而一砖一瓦将剧院建起来的则是三千名日本战俘。后来，我买了一张票走进去，发现观众是庞大的法国老年旅行团和少量的本地俄罗斯人。我并不意外地看到，乌兹别克国民诗人纳沃伊的半身像与柴可夫斯基、鲍罗丁、穆索尔斯基等人的混在一起。

二战期间，很多苏联文艺界的人士都搬到了塔什干。他们喜欢南方生活的缓慢节奏，喜欢脱离主流。在一个由撤离作家组成的小社区里，阿赫马托娃度过了将近三年的时光，明白了在中亚炎热的夏天,"树的阴影和水的声音意味着什么"。1954年,索尔仁尼琴获准离开哈萨克斯坦的流放地,来到塔什干接受癌症治疗。后来他将小说《癌症楼》的背景设置在塔什干。布尔加科夫的遗孀埃琳娜曾把《大师与玛格丽特》的手稿藏在这里,直到1967年出版。伊戈尔·萨维茨基则将一大批苏联超现实主义绘画偷运至此。在俄国,这些惊世骇俗之作必然难逃厄运。它们在乌兹别克的沙漠边城努库斯找到了喘息之所。

然而,俄国的影响力的确在消退。与几年前相比,越来越多招牌和广告用拉丁字母替换了西里尔字母。除了苏联时代的涂鸦,大街上几乎看不到俄语。我不免想到,那些在俄语环境中长大的数代人,会不会突然变成文盲和睁眼瞎?

如今,塔什干的街上只跑着两个牌子的汽车,不是拉达,就是雪佛兰。拉达是苏联时代的最后遗产,大都破旧不堪;而雪佛兰是政府与美国合资建厂的产物,标志着西方资本最终涌入了红色帝国留下的真空。

对于乌兹别克斯坦的统治方式,西方国家原本怀有成见。然而在"9·11"恐袭之后,美国迫切需要为临近的阿富汗军事行动建立稳定的补给线,于是选择和乌兹别克成为朋友。雪佛兰等公司投资建设了工厂,数家涉外高级酒店在塔什干拔地而起。帮助申请"绿卡"的公司雨后春笋地出现了,我发现它们大都以美元或自由女神像的图案为招牌。

从纳沃伊芭蕾舞剧院出来,我打车去了一家爱尔兰酒吧。一个长着安吉丽娜·朱莉般厚嘴唇的乌兹别克女人,正在和一个美国老头说话。我听到美国老头说:"我当然会帮助你,尽我所能。但是你要知道,特朗普总统刚刚颁发了旅行禁令,现在来美国可没那么容易了。"

他停顿了一下,色眯眯地望着"朱莉":"但是,我答应你,宝贝,我会想办法的……"

4

圆顶集市外的大街上,曾经到处是换汇的小贩,如今一个都没有了。上一次来塔什干,我正是在这里兑换了最初的两百美元。

多年的通货膨胀,让苏姆不断贬值,而卡里莫夫政府既不愿校准汇率,也不愿推出更大面值的纸币。那一次,走在圆顶集市外的大街上,很多人凑上来问我是否兑换美元。后来,我震惊地发现,两百美元换来的是十几摞橡皮筋捆扎的苏姆。我不得不把整个双肩包都塞满纸币,深深感到富人的沉重。然而,这一次,黑市不见了。

卡里莫夫总统去世后,很多人一度担心,这个国家将不可避免地陷入群龙无首的境地。然而内阁总理沙夫卡特·米尔济约耶夫顺利接替了总统职位。他上任之后的最大手笔就是清除黑市——不是通过暴力清剿,而是让国有银行也使用黑市的汇率。这一招可谓立竿见影。乌兹别克最大的民间金融市场,一夜之间消失得无影无踪。

那些人都去哪儿了?我一边在街上走一边想,然后突然意识到:所谓的黑市小贩,大部分不过是普通的塔什干市民。黑市消失了,但他们依然在这条街上,做着其他各种各样的小本生意。有的人在卖手工艺品,有的人在卖陶陶罐罐,有的人在卖馕,还有的人只是把自家院里种的几根黄瓜、几串桑葚拿出来卖,赚取微不足道的收入。

一个戴着头巾的老妇人，突然在我面前停下，嘴里念念有词。我这才注意到，我正走过库克尔达什经学院。它高耸在一座小山上，俯瞰着圆顶集市。苏联时期，库克尔达什经学院一度被当作货仓，旁边的主麻日清真寺则沦为工厂。

经学院的庭院内绿草茵茵，栽着柿子树。几个穿着西装、戴着小花帽的学生，正在午后的阳光下交谈。他们告诉我，附近哪里有好吃的抓饭，还说我应该去看看那部可能是世界上最古老的《古兰经》，就在布哈里伊斯兰学院对面。

布哈里是伊斯兰教的圣人，曾走遍整个阿拉伯世界，收集穆罕默德的言论。他的《布哈里圣训》被逊尼派认为是仅次于《古兰经》的权威经典。布哈里生于布哈拉，葬于撒马尔罕。或许，这就是乌兹别克斯坦的伊斯兰最高学府选择以他的名字命名的原因。

苏联时期，布哈里学院是整个中亚地区仍然开放的两所经学院之一。最少时只有二十多名学生，而如今有超过三百名学生在这里学习阿拉伯语和《古兰经》。

苏联治下的乌兹别克斯坦是一个宗教色彩相对淡薄的国家，可是这里百分之九十的人口是穆斯林。独立后，伊斯兰信仰开始迅速填补共产主义留下的空白。曾经废弃的清真寺和经学院纷纷恢复原本的功能，强硬派的伊斯兰分子也在这时出现。

塔利班在阿富汗的胜利激励了这些人，让他们幻想在乌兹别克斯坦建立一个政教合一的伊斯兰国家。强人卡里莫夫则不能容忍权威受到挑战。他选择继续苏联时代对伊斯兰教的压制，并对极端分子展开镇压。但是政治家们深知，伊斯兰教本身亦是展示权力的最佳方式。因此，尽管信仰受到压制，众多清真寺和经学院却得到了修复和兴建。

在布哈里学院所在的广场上,我看到崭新的哈兹拉提伊玛目清真寺。它是塔什干最大的清真寺,精美的檀香木廊柱来自印度,绿色大理石来自土耳其,蓝色瓷砖来自伊朗,仿佛为了表明乌兹别克斯坦已经再次成为信仰的中心。

我看了一下表,发现正是宣礼时间。我去过很多伊斯兰国家,每当宣礼时间来临,宣礼塔上的大喇叭就会响起。毛拉的唤礼声,宛如绵长的男性咏叹调,回荡在城市上空,让人不由驻足肃穆。

然而,在这里,广场一片寂静。2005年引发争议的"安集延事件"①发生后,政府就禁止了每日五次的宣礼。哈兹拉提伊玛目清真寺虽然拥有五十米高的宣礼塔,却一次都没有使用过。阳光下,它高大得令人目眩,像一个沉默无语的巨人。

我穿过空荡荡的广场,走进收藏了《奥斯曼古兰经》的图书馆。这是世界上现存最古老的《古兰经》之一,属于第三任哈里发奥斯曼·伊本·阿凡。656年,奥斯曼被叛乱的手下杀害。据说当时他正在阅读这本《古兰经》,因此上面沾染着他的血迹。

奥斯曼死后,先知穆罕默德的堂弟兼女婿阿里,继任为哈里发。不过他很快就被奥斯曼的堂弟穆阿维叶暗杀。穆阿维叶成为新任哈里发,由此开启倭马亚王朝。逊尼派和什叶派的分裂之种,也正是在那时种下。

这本巨大的《古兰经》就摊开在房间中央的读经坛上。因为光线不足,给人一种幽古之感。透过玻璃罩,我仔细审视经书,发现

---

① 2005年5月13日,位于费尔干纳盆地的城市安集延爆发反政府骚乱,造成数百人死亡。

它朴素得惊人，没有任何装饰，却显示出一种历史的强悍。泛黄的书页上，写满纷飞的古老经文，如同一支游弋的大军，让人摸不清走向。我第一次感到，古阿拉伯文的书写本身就含有一种令人畏惧的进攻性。我试图寻找奥斯曼的血迹，但是没有——敞开的这一页非常干净。也许血迹在书中的某一页，也许它不过是一个传说。

一个头戴四角帽的白胡子老者也凑过来观看经书。从他的穿着打扮上，我猜他可能来自费尔干纳。那是一个富饶而古老的盆地，也是整个乌兹别克信仰最虔诚的地方。

"您从费尔干纳来吧？"我操着踉跄的乌兹别克语问。

"费尔干纳，费尔干纳。"老人沙哑地重复着。脸上布满皱纹，眼中因为激动而饱含热泪。他的老伴坐在门口的长凳上，胖大的身躯裹在传统的费尔干纳长袍里。

这本《古兰经》先是由阿里带到了伊拉克的库法。14世纪时，库法被帖木儿征服，这位虔诚的突厥人又将它带到帝国的首都撒马尔罕。1868年，考夫曼将军将它作为礼物献给沙皇。另一种说法是，当时撒马尔罕的伊玛目以一百二十五卢布的价格，把这本已经无人能懂的鹿皮书卷卖给了俄国人。1918年，突厥斯坦苏维埃社会主义自治共和国成立。为了向中亚的穆斯林示好，列宁又将这本《古兰经》归还给塔什干。

几个世纪以来，圣书在不同的强权手上传递，现在终于静静地躺在我的面前。在昏暗的灯光下，我长久地凝视圣书，费尔干纳老人开始喃喃祈祷。

5

在塔什干的最后一日,我认识了一个叫叶卡捷琳娜的女人。她在 Instagram 上关注了我,说自己在塔什干的一本旅行杂志工作,问是否可以刊登我拍的照片。

我们约在地铁站旁的一家咖啡馆见面。她从一辆银色雪佛兰轿车里钻出来,穿着灰色大衣,淡粉色高跟鞋。她的黑色长发微微烫出大波浪,精巧的鼻子旁边有淡淡的雀斑。我觉得她不像乌兹别克人。或许是因为她缺乏明显的民族特征,或许是因为她的打扮过于国际化:她戴着一副日式眼镜,耳垂上挂着戒指形的耳环。她的英语十分流利,甚至带有淡淡的美国口音。如果不是叶卡捷琳娜的名字,我大概无法把她与任何特定国家联系在一起。

我们坐下来喝茶。她从包里拿出一本杂志。与她精心修饰的外表不同,那是一本装帧粗糙的杂志。我甚至不太确定它是否是一本旅行杂志。当我翻阅时,我发现里面只是一个又一个西装革履的乌兹别克男人,在接受无聊的访问。显然,他们都是当地有分量的商人。或许,他们的工作与旅行有关。

我合上杂志,注视着叶卡捷琳娜。她告诉我,这本杂志主要介绍乌兹别克境内旅行,偶尔涉及国外。

"我刚从吉兰回来,"她说,"那里的海拔很高,村子在大山深处。当地人几乎不会说俄语,但是非常热情。我喜欢那里,所以回来后开始学习乌兹别克语了。"

"你不会说乌兹别克语?"我惊讶地问。

"我的母语是俄语,我的朋友们也全说俄语。"

"你是俄罗斯人?"

"很难说我是哪里人。"

叶卡捷琳娜二十七岁,生在塔什干,父亲是说俄语的犹太人,母亲则是希腊裔的阿塞拜疆人——他们都曾属于庞大的苏联。苏联解体后,父亲抛下妻子和五岁的叶卡捷琳娜,移民美国。她听说父亲在大洋彼岸建立了新家,生了一儿一女,不过他们再也没有见过面。

叶卡捷琳娜和母亲一起生活,在俄语社区长大,上了俄语中学,大学则学习斯拉夫语文学。毕业后,她先在一家男性时尚杂志工作,几个月前才跳槽到这家旅行杂志,只因为这里允许她在家工作。她搬出母亲家,独自住着一套公寓,还养了一只狗。

我后来问她,是否打算结婚。

"我不会结婚,"她说,仿佛刚刚二十七岁,婚姻的可能性就已不复存在,"我发现我很难相信男人,或许是我父亲的缘故。"

说这话时,她的语气中没有一丝难过或伤感,更像是在陈述某个事实。她的五官很精致,但是有一种会让很多男人害怕的冷静。

"小时候,我有很多犹太朋友,"她说,"后来他们都走了。有的去以色列,有的去美国。"

"你想过离开这里吗?"我问。

"不,我在这里很快乐。"

"没想过去美国,找你父亲?"

"没有,"她说,"去美国是我父亲的梦想,不是我的。我从来没有美国梦。"

"那俄罗斯呢?既然你的母语是俄语。"

"在俄罗斯我又能干什么?住在哪里?"她的表情紧绷着,然后突然松弛下来,"我喜欢塔什干,喜欢这里的大街小巷。我喜欢抓饭、烤包子、烧烤。无聊的时候,我经常一个人开车到郊外,躺在草坪上。那里一点声音都没有。我不知道还有哪里可以过这样的生活。"

我点点头,无法赞同,也无法反驳。一时间,我甚至不知道她为什么联系我。难道真的是想向我约照片吗?或许,她只是想找个陌生人散漫地聊聊天罢了。

我们在咖啡馆里待了一个多小时。与此同时,秋雨悄然而至,卷走了几片树叶。

不安的山谷

1

和想象的不同，前往费尔干纳山谷的道路并不崎岖，然而我的心情却是兴奋中带有几分担忧。

从地图上看，费尔干纳山谷被南面的帕米尔高原和北面的天山山脉包围。著名的锡尔河横穿而过，向西流去。山谷长约三百公里，宽约一百七十公里，既是中亚最肥沃的农耕带，也是宗教和民族矛盾相互交织的地区，因此被称为"中亚的巴尔干"。

复杂的历史常以一种惊人的延续力影响着现实，这一点在费尔干纳山谷体现得尤为明显。1924年后，苏联担心统一的泛突厥国家兴起，因此决定采取分而治之的策略，将中亚地区分成了五个民族共和国。这样的划分让费尔干纳山谷出现一些切开族群的奇怪分界线，也为后来的民族矛盾埋下伏笔——在庞大的苏联体系下，分界线不过是地图上的假设性界线，可是一旦这些共和国独立，就会变成真实的国界。

如今,费尔干纳山谷被三个国家分占。每个国家的领土上,都散落着其他国家的飞地。塔吉克内战、"安集延事件"和吉尔吉斯的政治动荡,更是一度令山谷的气氛剑拔弩张。从青铜时代起,费尔干纳山谷就有古老的文明,但那文明的荣光似乎从旅行者的雷达上消失太久了。

从塔什干进入费尔干纳山谷的传统道路,是取道塔吉克斯坦境内的苦盏。公元前329年,亚历山大大帝正是从那里进入费尔干纳山谷,并建立起最靠近东方的希腊化城邦。然而,因为国境问题,我无法再走这条古老的通道。我必须走乌兹别克境内的道路,直接翻过冰雪覆盖的恰特卡尔山脉。

离开塔什干,我乘坐的面包车冲入一片灰蒙蒙的雾霾。透过车窗,我看到低悬在半空的太阳,像一块即将烧乏的炭球。我们相继经过两座污染的工业城市——阿尔马雷克和安格连。1942年,这里的金属和煤炭曾被源源不断地运往苏德前线,喂养苏联的战争机器。如今,半废弃的苏式住宅楼之间,点缀着电缆塔和落满灰尘的向日葵。一切似乎从上个世纪起就没有发生过改变。

面包车开始盘山,不时减速绕过落石。植被好像突然之间就消失不见,周围只有伤疤一样的灰黑岩体和水土流失造成的碎石。从乌鲁木齐到阿拉木图,我曾在很多地方目睹过天山,如今已到了这座山脉的最西端。随着海拔的不断升高,空气也变得愈加透亮。

在卡姆奇克隘口,面包车停了下来,因为恰特卡尔的雪顶已经近在眼前。观景台旁有一个灰扑扑的小卖部,贩卖零食和苹果。一个乌兹别克家庭在与雪山合影。戴着鸭舌帽的男人,坐在一辆苏联旧摩托上，脚下躺着一只晒太阳的黄狗。

不久，我看到赶着大群黑山羊转场的牧民。他们骑着马，甩着长鞭，羊群荡起大串尘烟。风从山那边吹来，一度带来塔吉克斯坦的手机信号。南方不远处，帕米尔高原的淡影已在稀薄的空气中显现。我知道，山的那一侧就是塔吉克斯坦，一个说着山地波斯语的不同世界。

经过荷枪实弹的检查点，跨过奔腾的锡尔河，标志着我们进入了费尔干纳山谷。突然之间，眼前开始呈现出一幅农耕文明的景象：一座挨一座的黄泥院落、葡萄架、石榴树、桑树，还有大片大片的棉花田。灰霾再次覆盖地平线，在如同薄雾笼罩的棉花地里，我看到众多乌兹别克女人正在采摘棉花。

19世纪，沙俄帝国开始把这里变成棉花基地。棉花取代了当地农民栽种的传统食用作物，成为主要经济作物。一份统计显示：1860年，中亚供应的棉花仅占俄国棉花用量的百分之七；到了1915年，这个数字变成百分之七十。

苏联时期延续了这样的做法。1939年，在十八万"志愿者"的努力下，长达两百七十公里的费尔干纳大运河贯通了。为了灌溉更多的棉花田，中亚的两条大河——阿姆河和锡尔河被人为改道，最终导致咸海面积的大规模缩减。

由于长期种植单一作物，加之使用化肥，费尔干纳山谷的土地开始变得贫瘠，然而这样的经济模式早已积重难返。独立后，乌兹别克斯坦仍然保持着世界产棉大国的地位。2017年以前，所有中小学生都必须参加义务采棉劳动。每到采棉季节，运力不足的火车上会挤满流动的采棉女工。几天后，一位印尼旅行者告诉我，他已经购票的火车被突然取消，因为要改成"采棉专列"。

我与一个正在采棉花的乌兹别克女工聊了起来。她戴着鲜艳的头巾，挎着盛棉花的布兜。在齐肩高的棉田里，她的步态好像正在涉水穿过一片芦苇荡。她告诉我，女工们一天要采摘五十至六十公斤棉花，能挣到大约二十块人民币。她今年二十六岁，有一个五岁大的儿子。她指着手上的戒指，大概是问我有没有结婚。当我面露困惑之色时，她开心地笑起来。

在中国的史书上，费尔干纳山谷却以另一种物产闻名——汗血宝马。张骞出使西域时，曾到访费尔干纳山谷中的大宛国，为汉武帝带回了汗血宝马的最初描述：日行千里，汗出如血，食紫色苜蓿，是天马的后代。

从那时起，西域的其他奇珍异宝就显得黯然失色。武帝无论如何都要得到这些天马。十几个世纪后，马可·波罗经过这一地区。他听说汗血宝马的谱系可以追溯到亚历山大大帝东征时带来的塞萨利战马身上。

最初，武帝派出使臣，想以纯金打造的金马换取真马。大宛王对此不感兴趣，拒绝交换。汉使以大军将至相威胁，但大宛王认为汉朝远在东方，中间相隔万里黄沙，北边又有匈奴，所以不会派大军远袭大宛。汉使发怒，击碎金马，然后离去。没想到行至边境时，被大宛王派人杀死，夺取了财物。

武帝大怒，发誓要报仇雪恨。他组织了一支远征军，交给宠妃的兄弟李广利将军统领。公元前104年，这支大军消失在玉门关外。史料记载，那一年蝗灾泛滥，颗粒无收，数万士兵死在路上。西域各国又坚守城池，不肯供给食物。几个月后，当李广利出现在费尔干纳山谷时,士兵只剩下十之一二。

第一次西征大宛兵败而归,李广利担心性命不保。武帝扬言,如果李广利敢踏入玉门关一步就格杀勿论。暴躁的武帝组织了一场规模更大的征讨。他调集全国之力,放出所有囚犯,增派品行恶劣的少年,准备了充足的粮草。一年多的时间里,六万士兵从敦煌浩浩荡荡地出发。

这一次,汉军成功包围了大宛都城,改变河道,切断水源。大宛的百姓杀死老国王,答应李广利将军,只要退兵就可以任意挑选宝马带走。李广利选取了几十匹良马和三千多匹中等的公马母马,得胜而归。那些回到中国的士兵全都封官进爵,而大宛成为汉朝的属国。

2

大宛国的旧地就距今天的浩罕不远,然而浩罕早已看不到任何当年的遗迹。这座古老的城市看上去很年轻,带着些许苏联式的荒凉。

我在新城最好的一家旅馆住下。房间里铺着老旧的地毯,摆着品味恶劣的家具。到处充满一种昏暗的气氛,让人联想到浩罕同样昏暗的历史。早餐是斯巴达式的自助:冷得像前女友一样的煮鸡蛋,同样冷的馕,结冰的西瓜片。我喝了一杯温茶就走出旅馆,开始探索这座城市。

18世纪时,浩罕是与布哈拉、希瓦并立的三个汗国之一,鼎盛时期的疆域从费尔干纳山谷一直到塔什干以北的哈萨克草原。19

世纪，浩罕见证了俄国对中亚的蚕食，此后不断丧失领土，最终在1876年被俄国吞并。

在浩罕风雨飘摇的日子里，胡达雅尔汗仍然不忘修建自己的宫殿。吊诡的是，如果不是这位荒唐的可汗，今日的浩罕可能会丧失仅有的一点吸引力，彻底沦为一座枯燥乏味的城市。

可汗宫离我住的旅馆不远，完工于1873年。它曾拥有六座庭院，一百一十三个房间，其中一半是胡达雅尔汗的后宫。可汗是虔诚的伊斯兰信徒，但有四十三个妃子。为了应付伊斯兰教只能娶四个老婆的规定，他的身边总是带着一位伊玛目，以便随时为他举行结婚和离婚仪式。宫殿建成后仅三年，俄国人就来了。考夫曼将军的炮火，令大部分建筑化为瓦砾，只有十九个房间保存下来。

我徜徉在可汗的庭院里，却感受不到太多震撼。相比这些残留下来又得到精心修复的建筑，我更感兴趣的是那些散落在历史角落中的逸闻。关于浩罕汗国的残暴描述，时常出现在19世纪的中亚旅行笔记里。

1873年，美国外交官尤金·舒勒来到浩罕。他目睹了一场典型的浩罕式狂欢：一位死刑犯正在游街示众，身后跟着刽子手。作为狂欢的前奏，沿途群众纷纷向罪犯投掷石块。直到刽子手认为气氛已经足够热烈，他才突然从背后掏出利刃，将罪犯割喉。犯人像烂泥一样倒在地上，任由日光暴晒数小时，鲜血浸透沙地。

如今，可汗宫的房间已经改为博物馆，介绍浩罕国的历史。我走了一圈，发现并没有提到那位著名的浩罕人物。对中国人来说，浩罕最为人知的不是那些荒淫残暴的可汗，而是一个幼年时面容姣好的娈童，后来被新疆人称为"中亚屠夫"。

阿古柏生于浩罕国，年幼时父母双亡，被流浪艺人收留，习得一身舞艺。十岁时，他成为一名男扮女装的舞童"巴特恰"，被浩罕的军官看中，后来又几次转手。或许是因为童年时代的阴影，成年后的阿古柏变得精明而残暴。他利用镇压哈萨克人起义的机会立下战功，逐渐成为握有兵权的人物。

1864年，新疆发生内乱。已是浩罕国将军的阿古柏趁乱进入喀什，不断攻城掠地。短短几年的时间里，阿古柏几乎吞并了除伊犁之外的整个新疆。他自立"洪福汗国"，以重税政策和严苛的伊斯兰教法统治新疆。此时，浩罕国已经名存实亡，而沙俄和英国都不希望对方的势力主导新疆，于是愿意让阿古柏作为两大帝国的缓冲地带。

1876年，左宗棠率领清军入疆，开始收复失地之战。阿古柏的统治早已引起当地维吾尔人的厌恶。次年，清军进军南疆之际，阿古柏突然死于新疆焉耆县。阿古柏的儿子将其葬在喀什。不久，"洪福汗国"崩溃。

关于阿古柏的死因众说纷纭，并无定论。《清史稿》认为，阿古柏兵败自杀。新疆历史学家穆萨·赛拉米在《伊米德史》中写道，阿古柏是被莎车贵族以毒酒毒死的。韩国中亚史学者金浩东在《中国的圣战》一书中则说，阿古柏死于中风。

离开可汗宫，我漫无目的地走在穆斯林居住的小巷里。当地人的黄泥院落，全都有着高高的围墙和紧闭的雕花铁门，像守卫森严的堡垒。我路过一座经学院，穿过一片穆斯林墓园。墓碑上刻着死者的生卒年月，还有象征伊斯兰的星月图案。旁边是一座有点破败的清真寺，一轮真正的淡月已经挂在半空。

1918年，布尔什维克再次攻陷浩罕，推翻了短暂的自治政府。

三天的镇压导致一万余人死亡。这只是发生在浩罕的又一次"狂欢"。如今，走在穆斯林的小巷，看着这些紧闭的宅院，我好像突然明白了什么：在费尔干纳山谷，在浩罕，这些紧闭的宅院的确是人们最后的堡垒。

后来，一个小男孩推着卖馕的推车，钻进一户宅院。透过片刻敞开的大门，我惊奇地发现院子里其实别有洞天：一小块土地上种着蔬菜，上面架起葡萄架。院子里种着柿子树和石榴树，环绕着一家人夏日纳凉的木榻。一个戴着头巾的女人，正抱着牙牙学语的孩童。她发现我在窥视却没有反感，反而笑着举起襁褓中的孩子，好像在展示骄傲的徽章。我也笑着朝她挥挥手，然后迈步离开。

3

回到破败的旅馆，我开始研究地图。费尔干纳山谷是丝绸之路的必经通道，我并不意外地发现，这里仍然保留着一个生产丝绸的小镇。于是第二天一早，我坐车前往马尔吉兰——苏联时代的丝绸中心和黑市中心。

马尔吉兰的制丝历史远比苏联久远。早在9世纪时，这个丝绸之路上的小镇就已经有了制丝产业——虽然产品质量不可与中国的丝绸同日而语。苏联时期，马尔吉兰的丝绸远销全国，而行将就木的计划经济也令这里的黑市远近闻名。

在马尔吉兰，我发现几乎所有的女人都围头巾，男人则戴着传统的四角小帽。

通往大巴扎的路旁，遍植着桑树。树荫下是一排卖石榴的小贩，鲜艳的石榴籽成熟得几乎要爆裂开来。印度莫卧儿王朝的开国皇帝巴布尔就生于费尔干纳山谷，晚年他在回忆录中写道："撒马尔罕和布哈拉那些有名的无赖泼皮，大部分来自马尔吉兰。"不过更令他念念不忘的是这里的物产："石榴和杏子是最好的。"

纪念品丝绸厂仍然沿用古老的工艺，从煮蚕茧、剥蚕丝到扎染，全部是一千年前的方法，完全无需用电。在这里，扎染的红色来自石榴皮，黄色来自洋葱，而棕色来自坚果。女工们一边纺织，一边听着手机里传出的乌兹别克音乐。一个月的劳作，可以换来一千块人民币的收入。

在丝绸厂的大门口，我遇见两个窃窃私语的女孩。她们穿着牛仔裤，扎着马尾辫，全都没戴头巾。她们注意到我，似乎很想和我说话，却欲言又止。最后，那个穿着黑色皮夹克的女孩走了过来，和我打招呼。

"我们是费尔干纳大学英语系大三的学生，"女孩红着脸说，"老师给我们留了一个作业，要我们用英语采访来费尔干纳的游客……可是费尔干纳没有游客……"她解释着，脸因此变得更红，"于是我们来到马尔吉兰，想碰碰运气……你能接受我们的采访吗？"

她问了一些普通的问题："为什么会来费尔干纳？""都去了哪些地方？""对这里有什么印象？""是否喜欢乌兹别克的食物？"

回答完这些问题，我们都沉默下来，于是我问能否也问她几个问题。我们走到路边，坐下来，散漫地聊起来，分别前还加了乌兹别克的微信——Telegram。

在随后的几天里，她经常给我发消息，然后我们就聊上一会儿。

在虚拟世界里,她变得大胆很多,时常一下发来数张照片:她做的饭、她的房间、她的布娃娃。有时候,我忘记回复,她就会发来生气的表情,或者问我:"你还活着吗?"渐渐地,我终于能够拼凑出一些她的故事。

她叫妮格拉,出生在费尔干纳,二十一岁。她从来没有离开过山谷,甚至不曾去过塔什干和撒马尔罕。在保守的费尔干纳,像她这样年纪的女孩,一毕业就要在父母的安排下结婚。她离毕业还有一年,父母已经开始为她物色人选。可是她不想结婚,对婚姻也没有任何概念。高中时,她喜欢过一个男孩。后来,男孩去塔什干读大学。他们变得很少见面,联系也渐渐中断。她知道,塔什干的女孩更漂亮,也更开放,她和那个男孩不可能在一起,也不想和一个不认识的男人结婚。她不知道该怎么办。她想离开费尔干纳,想去留学,甚至想去死。

很多时候,妮格拉总是一个人在说,而我只能报以沉默。对她来说,我这样的外国旅行者或许就像宇宙中一颗遥远的星球,可以放心地吐露内心的秘密。她说,她只把这些事情告诉过一个最好的女朋友。对方建议她学习《古兰经》,那可以带来内心的平静。

"但是《古兰经》只会让我接受现在的一切。"她说,然后沉默了很长一段时间,"不过,或许这就是我应该过的生活。"

4

离开马尔吉兰,我前往三十公里外的费尔干纳。这座与山谷同名的城市是整个山谷的工业中心,一座由俄国人建造的新城。

和很多俄国城市一样，费尔干纳的中心是一座沙俄时代的堡垒，街道从这里向四周辐射。我一边四处闲逛，一边留意着那些街名：费尔干纳大街、纳沃伊大街、帖木儿大街……一个当地人告诉我，这些颇具民族特色的名字分别对应着过去的卡尔·马克思大街、普希金大街、共产主义大街。不少老人至今还习惯使用原来的名字。

然而，这些苏联时代的名字最终还是成了伤疤一样的过往。与它们一同消失的，还有那些曾经住在这里的俄罗斯人。年轻一代大都去了塔什干，而老一代要么已经去世，要么垂垂老矣。这座城市有着明显的俄国基因，但是我在街上看到的几乎都是乌兹别克人，中间夹杂着几个鞑靼人。

梅斯赫特人呢？他们曾被斯大林从格鲁吉亚靠近土耳其的地方发配到这里。1989年，正是在费尔干纳，当地的梅斯赫特人和乌兹别克人发生了激烈的冲突，上百人丧生。梅斯赫特人是突厥人种，但信奉什叶派，而乌兹别克人是逊尼派的信徒。在取消宗教、推行民族融合的苏联，宗教和族群的界限变得模糊不清，一种相对平静的关系维持了数十年。可是一旦这种体制濒临溃败，宗教势力和民族主义就会结合在一起，导致惨剧发生。

动荡的过程通常残酷又剧烈，每一次都会让整个中亚为之震动。梅斯赫特人很快被集体性地驱逐，大部分人去了阿塞拜疆。无法轻易离开的是那些几个世纪以来就混居在此的族群：乌兹别克人和吉尔吉斯人。

斯大林创造性的分界法，希望把不同民族分而治之。然而费尔干纳山谷自古就是多民族的混居之地。在山谷的边境地带，即使人们十分努力，乌兹别克人和吉尔吉斯人也根本不可能摆脱对方。

费尔干纳距离吉尔吉斯边境只有咫尺之遥，大量的乌兹别克人至今生活在分界线的另一侧。在苏联时代，分界线并不具有任何现实的意义，他们可以轻易地跨过边境，到乌兹别克一侧的巴扎购物，做生意，探亲访友。然而，苏联解体后，分界线成为一条名副其实的界线。一夜之间，这些生活在吉尔吉斯境内的乌兹别克人发现自己无法继续从前的生活——他们变成了另一个国家的少数族群。

一个乌兹别克人告诉我，他们和吉尔吉斯人是两个不同的民族。他斩钉截铁的口吻，呼应了中亚史学家弗拉基米尔·纳利夫金的观点。在《本地人的今与昔》一书中，纳利夫金总结了两个民族之间不太融洽的历史关系：乌兹别克人是定居民族，而吉尔吉斯人是游牧民族。乌兹别克人瞧不起吉尔吉斯人，而又惧怕他们的武力。乌兹别克人大都是农民、工匠、商人，而吉尔吉斯人喜欢在山间放牧，住在传统毡房里。他们不时劫掠乌兹别克人的马匹，只有当他们需要买东西时，才会下到乌兹别克人居住的绿洲城镇。这时，乌兹别克人就会大肆嘲笑吉尔吉斯人的愚昧无知，然后狠狠地敲他们一笔。

独立之后，费尔干纳地区的乌兹别克人和吉尔吉斯人不时爆发大规模的冲突。最近一次冲突发生在2010年，导致数百人丧生。如今，两个国家都对边境地带严加防范，这让交往变得更加困难——分界线终于从地图上的一条虚构界线，变成两个族群地理上的分界线，甚至心灵上的分界线。

我无法前往分界线的另一侧，也难以合法地进入吉尔吉斯斯坦境内的乌兹别克飞地。乌兹别克斯坦有四块飞地散落在吉尔吉斯境内，其中离费尔干纳最近的是莎希马尔丹。它位于阿克苏河和卡拉苏河交汇处的一个山谷中，被吉尔吉斯的领土包围着，距离乌兹别克边境只有十九公里。

那是个货真价实的"国中之国":居民说乌兹别克语,使用乌兹别克货币,遵从乌兹别克的法律,把帖木儿当作民族英雄。山谷之外的世界说吉尔吉斯语,使用汇率不同的吉尔吉斯货币,遵从吉尔吉斯法律,把玛纳斯当作民族英雄。在苏联时代,他们原本属于同一个国家,过着同样的生活。然而,两个年轻的国家都需要建构甚至虚构自己的历史和荣誉感,于是他们走上不同的道路,过起各自的生活。

我打听到,在费尔干纳可以雇到黑车司机,带我冒险前往莎希马尔丹。在这里,只要有钱,似乎什么事都办得到。

"如果遇到盘查怎么办?"

"你带着美金吧?"那个人说,"贿赂那些军人!"

但我已经见识了分界线的意义,决定离开费尔干纳,前往撒马尔罕。

通向撒马尔罕的金色之路

1

很少有哪座城市神秘得如同幻影。

撒马尔罕曾是整个伊斯兰世界的中心、庞大帝国的首都。但与开罗、大马士革、伊斯坦布尔不同,它深锁于内陆深处,对东西方来说都是地理意义上的边缘。16世纪以来,战争、劫掠和地震,几乎使它变成一座鬼城。丝绸之路的中断,更是令整个中亚成为一个黑洞。在历史的迷雾中,撒马尔罕沉睡了数个世纪,造访过这里的旅行者屈指可数。

撒马尔罕成了人们想象中的"亚特兰蒂斯"。歌德、济慈、亨德尔全都幻想来到这里。直到20世纪初,英国诗人詹姆斯·弗莱克还在诗剧《哈桑》中写道:"出于对未知领域的渴望,我们踏上了通往撒马尔罕的黄金之路。"好像他笔下的商人不是去做生意,而是去探索神秘的未知。

我回到塔什干，从那里前往撒马尔罕。M39 公路一路向西南延伸，连接着撒马尔罕、沙赫里萨布兹，直至阿富汗边境。1895 年，横跨锡尔河的铁路将塔什干、撒马尔罕和里海大铁路连在一起。然而，期望中的通商没有出现。如今，这里是大片的棉田，沿线散落着加工棉花的工厂。

跨过锡尔河后，周围变得愈加荒凉。这片干燥的土地被俄国人称为"饥饿草原"。在《大唐西域记》中，玄奘大师也写到过此地：道路消失在无尽的荒漠中，只有跟随前人和骆驼的尸骨，才能辨别方向。

赫鲁晓夫的"拓荒运动"改变了这里。我所经过的棉田、农场和城镇，无不是苏联时代的产物，并且依然沉浸在那样的氛围中。那是一种十分奇妙的景象：既衰败不堪，又生机勃勃。我看到几只白鹭在电线杆上筑巢，但没人知道它们为何会出现在那里。

午后，我乘坐的面包车抵达吉扎克。这里曾是丝绸之路上的十字路口，控制着从费尔干纳山谷前往撒马尔罕的咽喉，因而有"钥匙"之意。如果从浩罕一路向西，穿过塔吉克斯坦境内的费尔干纳山谷，就可以方便地抵达这里。然而，因为边界问题，我不得不绕上一个大圈子。

乌兹别克人告诉我，吉扎克有两样东西闻名。首先，它是苏联时代乌兹别克总书记拉希多夫的故乡，至今保留着以拉希多夫命名的广场、学校和街道。拉希多夫统治乌兹别克二十四年，他最喜欢的口头禅是"为了勃列日涅夫同志的威望和嘱托"。然而，这并不妨碍他大肆虚报棉花产量，并以此作为资本，巩固权力，中饱私囊。

80年代初期,乌兹别克斯坦的棉花腐败案终于暴露。调查从1983年一直持续到苏联解体前夕。一万八千名党员被开除,涉案金额高达六十五亿美元。然而,随着调查的不断深入,戈尔巴乔夫发现案件早已牵涉到苏联的权力核心。为了稳定政局,他不得不亲自终止调查。苏联大厦崩塌后,棉花腐败案也最终不了了之。

对乌兹别克人来说,拉希多夫依然是英雄。尽管他贪婪、腐败,统治手段堪比黑手党,可他毕竟欺骗的是莫斯科。那些通过棉花骗来的钱,大部分被拉希多夫的党羽瓜分,但还是有九牛一毛用于改善民生。在拉希多夫之前,吉扎克只是一个偏僻的定居点。在他统治期间,这里变成了一座不大不小的城市,甚至一度传言要取代塔什干,成为乌兹别克斯坦的首都。

穿过拉希多夫大街,我去了当地一家著名的包子铺。吉扎克的巨型烤包子是第二件闻名遐迩的东西,而且远比拉希多夫更符合我的胃口。吉扎克烤包子有正常烤包子的三四倍大,不是小吃,而是正餐。我走进包子铺,只见院中葡萄架下摆着餐桌,坐满了正在吃包子或等待吃包子的当地人。

包子的外皮烤得很酥。用刀切开后,冒着热气的羊油瞬间就涌了出来,流得满盘子都是。据说,判断烤包子好坏的真正标准,就是看油脂往外流溢的程度。从这个角度看,吉扎克的烤包子没有让人失望。

带着油脂蒙心的眩晕感,我再次上路。离开吉扎克后,汽车和火车都要沿着吉扎克河前进。我很快陷入昏沉的睡意,直到面包车突然停下,罗圈腿的司机告诉我,"帖木儿之门"到了。

到了这里,不可一世的帕米尔高原已经逐渐势弱,而帖木儿之门其实是一道打开的缺口。几个世纪以来,突厥和蒙古的游牧部落,都是从这里进入肥沃的泽拉夫善河谷。谁掌控这道大门,谁就获得战争的主动权。据说,由于某次战役太过激烈,在随后的一个月里,吉扎克河的河水变成了红色。如今,巨石拱廊上刻满花花绿绿的涂鸦。我试图从中找到传说中帖木儿时代的题刻,看到的却只有乌兹别克人的"到此一游"。

夜幕开始降临。穿过棉田的海洋和身份不明的城镇,我坐的面包车终于驶入一片毫无个性的郊区。街上的人突然多了起来,汽车按着喇叭,杂乱的电线在头顶织出一张网。我突然意识到,在这黯淡、破败的外壳里,就坐落着那座古老的城市——撒马尔罕。它像一件声名远播的珠宝,被太多人注视过、议论过、觊觎过。

与塔什干相比,撒马尔罕人的面部线条更硬朗,有着波斯式的高鼻梁,穿着却更落伍。他们是塔吉克人,讲塔吉克语。撒马尔罕自古就是塔吉克人的城市。

窗外的小山上,出现几座清真寺青绿色的圆顶。那是夏伊辛达——撒马尔罕最神圣的陵墓群。六年前,我也是在同样的季节,同样的傍晚,参观了那里。当时,游客已散,偌大的夏伊辛达如同一座空荡荡的剧场。

那一次,我住在一家巨大的未来主义风格的苏联酒店里。大堂阴暗无比,孤独地摆着几张棕色皮沙发。我还记得,那天晚上,我和导游玛利亚坐在沙发上聊天,谈着各自想象中的未来。后来,玛利亚辞去了导游工作,去了美国。如今她在一家广播电台工作。

酒店依然矗立在那里。暮色中,依然如一座未来主义的宫殿。然而,我惊讶地发现,它已经彻底倒闭。茶色玻璃大门上挂着一把生锈的大锁，地上飘满落叶。

六年时间，究竟可以让一座古老的城市发生何种改变？

2

阿夫罗夏伯，位于撒马尔罕新城的东北方，是这座古老城市的发源之地。它与波斯文明有着千丝万缕的联系，因为"阿夫罗夏伯"就取自当地一位波斯国王的名字。在菲尔多西的史诗《列王纪》中，这位国王以凶狠残暴却勇猛智慧著称。

我走在破碎的土山上，杂草和石块之间就是宫殿的遗址。厚实的墙壁深入地表之下，却依然可以分辨出大堂、房间和走廊。它俯瞰着泽拉夫善河的支流，远处的帕米尔高原在深秋的空气中闪着光。

生活在阿夫罗夏伯的主要是粟特人。他们擅长商贾买卖，是天生的生意人。在中国的传说里，粟特人会把蜂蜜涂在婴儿的嘴唇上，这样他们长大后就能巧舌如簧。

唐代时，大量粟特人来往于丝绸之路。西安、洛阳、甘肃、河北，乃至山东半岛上，都有粟特人的身影。那位后来把大唐帝国搅得天翻地覆的安禄山就是粟特人。唐人姚汝能编撰的《安禄山事迹》中说，安禄山能讲多种语言，多智谋，善人情，最初在唐朝边境城市营州担任商贸翻译。

安禄山会跳"胡旋舞"——这种舞蹈正是撒马尔罕地区的绝技。唐玄宗时，撒马尔罕的统治者把许多胡旋女作为礼物送到唐朝。这些粟特女孩穿着锦缎做成的绯红袍、绿锦裤、红鹿皮靴，站在转动的大球上，做出各种令人叹服的旋转动作。据说，杨贵妃也学会了这种舞蹈，而这被诗人白居易和《新唐书》的作者视为"天常将乱"的征兆。

1220年，成吉思汗的铁骑摧毁了这里。从此，眼前的土地湮灭于历史。当年的宫殿被埋在了地下，渐渐被后人遗忘。直到19世纪80年代，俄国考古学家才开始在阿夫罗夏伯的废墟上进行挖掘。他们的考古发现陈列在阿夫罗夏伯附近的一座大理石博物馆里。

我花时间参观了这座博物馆。对我来说，最有意思的是丝绸之路留下的遗迹。中国人的丝绸和瓷器传入这里，而粟特人则将制造玻璃和酿造葡萄酒的技艺传入中国。东西方的珠宝、首饰、钱币在这里荟聚，还有用骨头精心雕刻的下棋者。他们的形象让我想到唐代酒馆中的"醉胡人"——那是一种头戴宽檐帽、高鼻梁、蓝眼睛的木偶，用来表示喝醉的胡人。当这种木偶跌倒时，坐在它跌倒方向的客人，就必须将杯中之酒一饮而尽。

粟特时期的壁画也部分保存了下来。由于伊斯兰教禁止偶像崇拜，阿拉伯人将壁画人物的眼睛刮了下来。然而，这些壁画的笔触堪称精良，颜色历经千年依然鲜艳。那时正是中国的唐朝，也是粟特文明最鼎盛的时期。

我仔细审视着那些壁画，其中一幅展现的是万国朝拜的盛景。撒马尔罕的君王高坐在宝座上，身穿华丽的长袍，戴着精美的饰物，各国使节纷纷献上各自的珍宝：有捧着丝绸的唐朝人、长发的突厥人、梳着辫子的高句丽人和来自帕米尔高原的游牧首领……当年的撒马尔罕，远比今日繁华。

在另一幅壁画上，我看到一位骑在白象上的公主，身后是一队骑在马上或骆驼上的随从。还有一幅壁画的主题是唐朝的宫廷。我惊奇地发现,壁画的主角竟然是女皇武则天:她坐在龙舟上,一边欣赏着西域琵琶,一边观看岸上的骑兵追捕一只猎豹。

在宋徽宗收藏书画的目录书《宣和画谱》中,曾提到以描绘游牧者形象和狩猎场面闻名的唐代画家胡瓌、胡虔父子,以及阎立本所画的进贡者躬身致礼,将百兽之王狮子贡献给唐朝皇帝的《职贡狮子图》。美国汉学家薛爱华认为,在唐代,以外国为主题的绘画,激发出来的是一种屈尊俯就的自豪感。然而,当我看着眼前的粟特壁画,我也体会到其中所洋溢的自豪感。在丝绸之路的两端,粟特人和中国人都处于各自文明的巅峰,那种自豪感或许更多的是相互的、并存的。

阎立本的《职贡狮子图》没有流传下来,如今已不可见。不过,在粟特人的壁画上,我还能依稀想象阎立本描绘的场景——胡人、猛兽、帝王。

3

在撒马尔罕的日子里,我数次经过雷吉斯坦广场。我还记得六年前第一次走过这里时内心的震动。它的确不同于我熟悉的那套宏伟叙事——既不是东方式的,也不是西方式的——而是伊斯兰世界的、中亚的。

帖木儿曾经说:"如果你不相信我们的力量,就请看看我们的建筑。"某种程度上,他的建筑证明了他的力量。在东征中国明朝的路上,他突然死于伤寒。走在雷吉斯坦广场上时,我总会玩味一个念头:如果帖木儿没有病死,他会给中国带来什么?

历史难以假设,但我很高兴帖木儿没能完成他的使命。他的继承人兀鲁伯放弃了东征,转而把有限的生命投入到天文学研究和撒马尔罕的城市建设上。

如今,雷吉斯坦广场上有三座经学院。西面的兀鲁伯经学院是其中最古老的一座,完工于1420年。一百年后,帖木儿的曾孙巴布尔曾站在经学院的屋顶,指挥军队驱逐进犯的乌兹别克部落。巴布尔最终兵败,流亡印度,乌兹别克人成了雷吉斯坦的新主人。

乌兹别克人推倒了兀鲁伯经学院对面的大旅店和托钵僧宿舍,建起另外两座经学院。其中一座经学院以怒吼的猫科动物为装饰。它看上去像是一只老虎,实际上是想画成狮子。乌兹别克人并不在意,因为他们仅仅是想借此彰显自己的权势,顺便无视一下伊斯兰教禁止绘画动物的规定。另一座经学院也很奢华,绘有光芒四射的太阳和花朵,还以大量金叶点缀穹顶。它的名字颇为直白,意为"穹顶覆盖黄金"。

雷吉斯坦广场曾是整个中亚的中心,可当我穿过高耸的拱门,走进经学院的庭院时,广场带给我的幻觉瞬间消失了。这里的一切近乎朴素,仿佛掀开幕布,走到后台——没有太多装饰,没有任何炫耀,墙缝中长着杂草,门梁上落满灰尘。我意识到,经学院的使命早已结束:这里过去是学生宿舍,如今变成了贩卖纪念品的小铺。

塔吉克商贩操着各种语言吆喝着,但已经没有了粟特祖先的说服力。很少有游客会对那些同质化的围巾、盘子或冰箱贴产生兴趣。我走进了几家商铺,仅仅是因为主人太过热情,拉客声近乎悲壮。

一位中年女店主告诉我，她已经在这里干了十多年。她逐一向我推销所卖的东西，从较贵的首饰，到便宜的餐具，然而无一让我产生购买的冲动。最后，迫于无奈，我从角落里抽出一本苏联时代的画册。

画册的印刷质量十分粗糙，以至于那些19世纪的老照片看上去更加古老。我发现，一百多年前，雷吉斯坦广场已经形同废墟。18世纪的战争和地震让撒马尔罕变成了一座空城。在时间面前，曾经不可一世的武功，竟然如此不堪一击。

画册介绍了苏联人重建雷吉斯坦广场的过程。除了给一座经学院加上一个原本没有的蓝色圆顶，他们干得不错。但是，雷吉斯坦广场达到今天的修复程度，还要归功于乌兹别克人自己。独立后，乌兹别克人抛弃列宁，选择帖木儿作为民族代言人。为了使帖木儿的首都再度成为一张骄傲的名片，就势必要恢复撒马尔罕的荣光。

一天晚上，我又一次经过雷吉斯坦广场。这里正在举行声势浩大的灯光秀。经学院的外墙变成巨大的幕布。在声光电的配合下，帖木儿骑着战马呼之欲出，仿佛正在杀向那些交了十五美元的外国老年观众……

雷吉斯坦广场很大，很少人会费力地绕到它的后部。一次，我偶然走到那里，看到一座大理石平台，上面竖着几座昔班尼时代的墓碑。昔班尼才是乌兹别克人的真正祖先。他驱逐帖木儿的后裔，占领了撒马尔罕和今天的乌兹别克斯坦。然而，他的墓地却几近破败且乏人问津。原因既简单又凄凉：一旦确认昔班尼的祖先身份，帖木儿帝国的辉煌也将不再属于乌兹别克人。

雷吉斯坦广场的东北方，矗立着比比哈努姆清真寺——这是唯一保存下来的、由帖木儿亲自督建的建筑。1404年10月，西班牙使节克拉维霍来到这里，惊叹于这座清真寺的恢弘。然而，帖木儿却认为它的拱门太低，难以匹配他的战功。

他下令将整座清真寺毁掉重建。每天的大部分时间，他都会待在这里，像工头一样，监督工程进度。克拉维霍在回忆录中写道，帖木儿会命人煮熟肉块，像喂狗一样，直接抛给下面的工匠。这些工匠来自波斯、伊拉克、阿塞拜疆。为了建造比比哈努姆清真寺，帖木儿集中了全国的力量。克拉维霍说，当帖木儿对工程感到满意时，他会直接将金币扔给那些泥瓦匠。

事实证明，比比哈努姆清真寺并不如看起来的那样坚固——正如帖木儿的帝国。刚刚建成不久，石块就开始从穹顶坠落。人们最后得出的结论是：工期实在太紧。地震加速了清真寺的损毁。在1897年彻底坍塌之前，这里是沙皇骑兵的马厩。

在庭院内，我看到一座灰色大理石读经台，上面曾用来陈列《奥斯曼古兰经》。一个中国旅行团也在这里，穿着紫色冲锋衣的中国女孩正以破败的清真寺穹顶为背景拍照。她伸展手臂，摆出一个展翅欲飞的造型。我听到乌兹别克导游说，"比比哈努姆"的本意是"大老婆"，这座清真寺是帖木儿的中国大老婆下令修建的。

他接着说道："那位建筑师疯狂地爱上了帖木儿的中国大老婆，提出如果不吻她一下，清真寺就无法完工。帖木儿发现了这一切，处决了建筑师，并下令女人从此戴头巾，这样就不能再诱惑别的男人了。"

导游的讲解引起了一片笑声，也让那个拍照女孩的姿势更加自信。虽然帖木儿的大老婆叫萨莱·穆尔克·哈努姆，是一位察合台公主，而且她当时早已过了诱惑建筑师的年龄。

4

帖木儿的死的确与中国有关。1404年冬天，他带领二十万大军远征中国。那年的天气异常寒冷，在穿越哈萨克草原时，很多士兵和战马冻死在路上，帖木儿也身染风寒。1405年2月，帖木儿病逝于讹答剌——我后来专程去了那里——他的尸骨则安葬于撒马尔罕。

我来到古里·阿米尔——帖木儿的陵寝。阳光透过格子窗射进来，从穹顶到墙壁全都镶嵌着金叶。墙壁上那些看似抽象的图案，实际上是"真主至大"的古阿拉伯文。整座灵堂就像一座刻满经文的立体经书。

人们络绎不绝地涌入灵堂。乌兹别克人的脸上带着敬畏之色，不时做出祈祷的手势。外国游客则是一种探秘般的神色——他们走进了帖木儿的陵寝，这个几乎可以与阿提拉和成吉思汗相提并论的征服者、恐怖的代名词——如今就躺在眼前那座窄小的黑玉石棺材里。

我坐在灵堂墙边的石凳上，试图让自己陷入某种历史情绪中。一些陈词滥调开始在我的脑海中闪现，包括"人固有一死""再伟大的征服者也将化为尘土"等。但我明白，这些想法毫无意义。我更欣赏的是苏联科学家格拉西莫夫那样的考古精神。

帖木儿的棺材上刻着"我若活着，必令世界颤抖"的名言。当地人传说，移动帖木儿的尸骨，必将带来巨大的灾祸——比帖木儿生前造成的灾祸还大。但是，1941年6月22日深夜，格拉西莫夫的考古队还是打开了帖木儿的棺材。

在一张当年的黑白照片里，我看到格拉西莫夫身穿白衬衫，将袖子高高卷起，露出结实的小臂。他手捧帖木儿的头盖骨，脸上挂着唯物主义者的微笑。他的身边是六位同样微笑的助手。明亮的考古灯打在他们的脸上，好像他们在集体欣赏一件刚出土的稀世珍宝。第二天，天刚亮，希特勒对苏联开战的消息就传来了。

然而，考古仍在继续。格拉西莫夫以实证主义的精神，解剖了帖木儿的尸骨。他的头盖骨上还沾着红色的毛发，身高大约一米七，高于当时突厥人的平均身高。他的右腿受过刀伤，这证实了"跛子帖木儿"的外号。此外，他的确死于肺炎。

通过头盖骨，格拉西莫夫还原出帖木儿的形象，并塑造了一座青铜头像。帖木儿有两道倒竖的眉毛，颧骨突出，鼻翼两侧长着两条凶悍的法令纹。他看上去有点像中国历史教科书上的农民领袖。这或许是因为，中国历史教科书上的画像大都受到苏联美学的影响。

走出古里·阿米尔，混乱的大街立即将我吞噬。我思考着为什么六年前来到这里时，我会留下一个冷清的印象。我记得，大街上空空荡荡，路灯摇晃着树影。玛利亚走在前面，戴着一顶乌兹别克小花帽。我走在后面，极力想跟上她的步伐。我们刚离开夏伊辛达，暮色中的陵墓群让人心生悲冷。

某种程度上，那也正是撒马尔罕给我留下冷清印象的根源：它就是一座古代文明的坟冢、一片漂亮的陵墓群。历史留下的一切遗迹，都已经与今天的撒马尔罕没有任何瓜葛。作为旅行者，我只是机械地从一个遗迹，移动到另一个遗迹，试图从每个遗迹中眺望到一点遥远时代的微暗火光。或许，这就是玛利亚最终放弃导游职业的原因。她已经厌倦谈论那个已逝的撒马尔罕，那个与今天断裂的过去。

带着一种怀旧的渴望，我穿过雷吉斯坦广场，走向夏伊辛达。渐渐地，我发现自己汇入了一条前往夏伊辛达的"小溪流"。大部分是塔吉克人和乌兹别克人，女人穿着传统服饰，男人戴着帽子；少部分是像我这样的游客，身边伴着说英语、法语的导游。

夏伊辛达也是一片陵墓群，埋葬着兀鲁伯时代的王妃贵族。每一座陵墓的设计都颇为优雅，拥有光滑的马赛克瓷砖和蓝绿色的穹顶。一座八角形的陵墓完全是阿塞拜疆式的，这也说明了帖木儿帝国的疆域曾有多么广大。

2005年，这些陵墓被政府修缮一新。很多人认为，它的美丽大打折扣。在《篷巴拉克历险记》里，儒勒·凡尔纳曾经借一位法国旅行记者之口，赞颂过夏伊辛达当年"无法描述的美"。这位法国记者通晓多国语言，乘坐跨越中亚的火车前往北京。他说："即便我将文字、马赛克、山墙、拱梁、浮雕、壁龛、珐琅、斗拱都串在一个句子里，画面依然是不完整的。"

每一座陵墓同时也是一座小型清真寺。我看到一些塔吉克人坐在陵墓旁的长凳上，正跟随一位业余毛拉唱诵阿拉伯经文。那是一个穿着皮夹克的中年男人，有着线条分明的脸部轮廓。祈祷结束后，我们聊起来。他告诉我，他只是普通的穆斯林，自学了阿拉伯语和那些抑扬顿挫的祈祷文。他在这里带领大家唱诵，每个人会给他一点小钱。

"一个人几百苏姆，"他说，"但我并不是为了钱。"

人们来到这里是为了参拜库萨姆·伊本·阿巴斯之墓。它就在台阶的尽头。伊本·阿巴斯是先知穆罕默德的堂亲。676年，他最早来到撒马尔罕，传播伊斯兰教。他惹恼了这里信奉拜火教的粟特人。

在伊本·阿巴斯祈祷之时，粟特人砍下了他的头颅。他的棺材上镌刻着《古兰经》中的一句话："那些因信奉安拉而死的人并没有死去，他们还真实地活着。"这也成为夏伊辛达命名的来源：活着的国王的陵墓。

蒙古人摧毁了撒马尔罕，却保留伊本·阿巴斯的陵墓。1333年，伊斯兰世界的"马可·波罗"——摩洛哥旅行家伊本·白图泰来到这里，发现夏伊辛达依然神圣。他在游记中写道：每个星期四和星期日的晚上，撒马尔罕的居民都会来到这里，来到伊本·阿巴斯的墓前，带着献祭的牛羊、迪拉姆和第纳尔①。

在夏伊辛达的历史上，只有苏联时期是一个例外。这块宗教圣地被改为了一座反对宗教的博物馆。不过，那位业余毛拉告诉我，即便在苏联时代，还是有人来到这里，聚集在伊本·阿巴斯的陵墓周围，静静祈祷。

我沿着石阶，穿过拱廊，进入伊本·阿巴斯的陵墓。和众人一样，我也透过木栅栏，观看伊本·阿巴斯的棺木。在我身后，一排朝圣的妇女坐在墙边的长凳上。她们全都戴着头巾，却难掩长途旅行的疲劳。她们轻声祈祷着，不时向天上举起双手。

在她们中间，只有一个年轻的女孩没戴头巾。她穿着红裙子，套着一件斗篷般的夹克。她精心化了淡妆，戴了耳环，看上去只有二十岁出头。后来，她告诉我，她来自塔什干，在一所大学里学习哲学和宗教。她有很多老师是巴基斯坦人和印尼人，她们都戴头巾。

"你以后会戴头巾吗？"我问。

---

① 迪拉姆和第纳尔为古代货币。

"我在考虑，"她说，"我想等我对宗教有了更深的了解后，再做决定。"

我们走出伊本·阿巴斯的陵墓，分手告别。我注视着她的背影慢慢走下台阶，那抹红色最终融入周围的暮色。

布哈拉的博弈与离散

1

从夏伊辛达出来，我吃过简单的晚饭，然后去了一家兼做酒吧的咖啡馆。吧台上只坐着两三个人，卡座里还有两对窃窃私语的情侣。女招待留着朋克头，穿着黑色T恤，露出小臂上的纹身。我点了一杯啤酒，问她附近有什么地方可以跳舞。她想了想，拿出纸笔，为我画了一张简易地图。

坐在我身边的是一个英国男人。他来到乌兹别克斯坦已经一周了。和我一样，他的下一站是布哈拉。他想看看那座著名的绿洲城市。1842年，两位英国军官在布哈拉被残酷虐杀（虐待和行刑的过程都相当匪夷所思），成为"大博弈"时代的注脚。在英国，此事的轰动效应不亚于鸦片战争之于中国，布哈拉因此成为"野蛮"和"暴政"的代名词。

"实话跟你说，至今想起那段历史，我仍然会觉得心里有点发毛。"

英国人说,"在其他地方,我会想去找点乐子。在这里,能喝上一杯啤酒就已经满足。"

我打了一辆黑车,去了女招待推荐的舞厅。相比塔什干,撒马尔罕的舞厅保守很多。这里没有舞女,只有一杯杯喝着伏特加的年轻人,舞池中扭动的男女衣着相当平常。

然而,一旦发现有外国人混入,他们就围了过来。我很快被邀请喝一杯伏特加。当我一饮而尽后,更多的伏特加就源源不断地送了上来。

很快,我发现自己来到了舞池中央。一个大胆的女孩走到我面前,扭动着屁股,周围响起一片兴奋的口哨声。我又被拉回到桌边继续喝伏特加。如今,那东西喝起来就像白开水。我们一杯杯地喝着伏特加,直到准备离开。

一个穿着白衬衫的乌兹别克人要开车送我回旅馆。此前,我们俩干了不少次杯。我想,还是不坐他的车为妙。可是他看上去很清醒,而且态度颇为坚决。我们走出舞厅,撒马尔罕的夜色如水。我坐上他的破拉达,飞驰在早已空无一人的街上。我最后的记忆是,我们在旅馆门口互相握手,称兄道弟,感到中乌友谊又到达了一个全新的高度。

第二天,我坐在经沙赫里萨布兹、前往布哈拉的车上,回忆着昨夜的情景。酒精就像老鼠,把后来的记忆啃得模模糊糊。透过窗户,我看到荒凉的城镇,人们的面孔也变得模糊。

沙赫里萨布兹是帖木儿的故乡,唯一保留下来的是帖木儿夏宫的残破拱门。人们原本可以顺着楼梯登上拱门,但是太多年轻人选择在这里自杀,楼梯已经禁止攀登。

我在一家叫"上海"的餐厅吃午饭,点了"上海炒肉"。炒肉很不上海,我想老板可能来自吉尔吉斯斯坦的贾拉拉巴德。那里靠近乌兹别克,有一个区域就叫"上海"。

老板笑眯眯地走过来。他是一个身材胖大、留着两撇小胡子的男人。他告诉我,餐厅之所以叫"上海",是因为他真的去过一次中国上海,并深感那里的美妙。他一回来就开了这家餐厅。除了经营常规的乌兹别克风味,也做兼具"上海风情"的小炒肉。我环顾四周,发现这家餐厅的生意竟然不错,而且不乏年轻男女。在帖木儿的故乡,上海也像纽约一样,成为一种浪漫想象。

离开沙赫里萨布兹,面包车穿行在近乎白色的沙漠中。我不时看到运送棉花和巨石的卡车,蹒跚地行驶在荒僻的公路上。我闭上眼睛,倾听引擎转动的声音。等我睁开眼睛,周围依旧荒凉。除了一条破碎的公路,看不到任何可以辨别方向的参照物。罗马历史学家曾经惊叹于当地人的本领:他们依靠沙漠上空的星星指路,如同大海上的水手。

正是这无边无际的沙漠,阻隔了布哈拉,成为最难逾越的屏障。1554年,阿斯特拉罕王朝被俄国人吞并,其王室成员逃至布哈拉汗国,后来统治了这里。此时丝绸之路已经绝迹,逊尼派的布哈拉又与什叶派的波斯不睦,布哈拉由此陷入数个世纪的隔绝。其间有短暂的繁荣,也有政权的更迭,但在历史长河中就像几朵不起眼的浪花。更多的时候,布哈拉是残暴、衰落和奴隶市场的代名词。然而,没有一种力量可以轻易占领这里。俄国也仅仅是将布哈拉变为自己的保护国。

朝着落日的方向,我进入布哈拉的新城。在火车站附近,我看到布哈拉最后一任埃米尔为沙皇兴建的宾馆（当时火车线路刚刚开通）。那是一座保存完好的西式建筑，很像四季酒店会用来改做奢华酒店的地方。然而，沙皇从没来过这里，西方资本也一样。苏联时代，这里被当作图书馆、学校、幼儿园，如今则是一片死寂。高大的栎树晃动着枝叶，成群的乌鸦在树梢间盘旋着，怪叫着，准备度过又一个夜晚。

记忆中，六年前的布哈拉还有所谓的夜生活，如今却到处萧索。我问了司机几个我上次去过的地方。无一例外，全都关门大吉。沙漠的气候也异常诡异，昨天还是二十五度，今天就骤降到五度。同车的一位旅客，显然受够了这一切，决定立刻结束旅行。但是，无论飞机票还是火车票，全都售罄——布哈拉依然给人困守一隅的印象。

我住进城外一家现代化旅馆，但大堂昏暗，好像慢性电力不足。走廊里铺着传统的红色地毯，房间则是上世纪90年代风格，有种禁欲主义的朴素。我从吧台上翻出一袋包装可疑的花生，吃了。我拉开窗帘，发现布哈拉老城的剪影就像一幕古典话剧的布景。偶尔有破旧的汽车呼啸而过，引擎声回荡在暗夜上空。除此之外，布哈拉一片寂静。

2

早上，我漫步在布哈拉迷宫般的小巷中。这座中世纪的老城，像活化石一样，至今有人居住。那些石灰色的房子，有的经过翻修，有的已经破败。紧紧关闭的雕花木门，像沉默不语的嘴巴，却偶尔从门缝中透出杯盘声和低语声。我不时看到一些穿着花色长袍，戴着头巾的女人，或是头戴羊皮帽子的男人。他们的五官难掩伊朗人种的特色，让我想起布哈拉其实也是一座塔吉克人口占多数的城市。

然而，人们的身份认同是模糊而游移的。他们说塔吉克语，但与塔吉克斯坦无关。长久以来，布哈拉人的身份认同完全建立在这座城邦的基础上。他们是生活在布哈拉的、说塔吉克语的人——在斯大林划分民族与国界前，这是人们心中根深蒂固的印象。

我偶然走进一座经学院，发现这里已经改为纪念品商店。一个漂亮、高挑的塔吉克女店主叫住我，让我看她卖的围巾。她长得很像伊朗电影中的女演员。显然，她对自己的容貌也很有自信。她一条条地拿下围巾，试戴给我看，从始至终注视着我的眼睛，完全没有一丝羞涩和做作。我站在那里，发现自己完全是在欣赏眼前的模特，而不是那些围巾。

"你一定是塔吉克人。"我带着一丝恭维的口吻说。

"不，我是乌兹别克人。"

"但是我刚才听到你在说塔吉克语。"

"对，但我是乌兹别克人。"她打量着我，仿佛觉得自己遇到了一个怪人。

"这里，"她用手比划着，"是乌兹别克斯坦。"

显然，她说塔吉克语，但国籍上是乌兹别克人。显然，我知道这里是乌兹别克斯坦。但是，我们支离破碎的外语，都不足以把这件事情的微妙之处掰扯清楚。

于是，我以国际通用语言——美金——付款买了一条围巾，然后离开经学院。

在一片水池边，我找了一张长椅坐下。这里是Lyabi-Haus，在塔吉克语中意为"池塘周边"。它的中心是一座蓄水池塘，建于1620年，曾经是布哈拉最主要的饮用水来源。

在20世纪初的黑白照片中，这里充满世俗生活的喧闹。水池周围遍植着桑树，树荫下是人声鼎沸的露天茶馆。人们坐在木榻上聊天、下棋、发呆，茶馆的伙计穿梭其间，托着一壶壶刚沏好的绿茶。有钱人家会雇用专业挑水工，用巨大的羊皮水壶取水，然后驮到小毛驴的背上。然而，由于不能经常清洁，水池也成为瘟疫的主要来源——这导致布哈拉人的平均寿命只有三十二岁。

如今，桑树依然倒映在平静的水面上，周围依旧是茶馆。苏联人清理了淤泥，重新注满水池，只是人们已经无需再在这里取水了。

六年前，我也来过这里。那天的天气出奇温暖，我坐在露天茶馆的木榻上，感受到中亚旅行中久违的惬意。那些泡茶馆的"死硬派"大都会带上自家的茶壶。他们一大早过来，一直待到傍晚，就像准点的上班族。

我记得，其中一位老人面容庄严，穿着苏联的军服，上面挂满奖章。在玛利亚的帮助下，我们聊了起来。老人告诉我，他是苏联卫国战争的老兵，在乌克兰的第聂伯河畔参加了对德军的反攻。

"我属于朱可夫将军的部队。"他说，已经黯淡的瞳仁突然闪烁出光芒。

这一次，仍然有一些老人坐在那里喝茶。他们穿着大一号的灰色西装，戴着方角小帽。几个人围在一起聊天，还有两个人在下双陆棋。但是，与六年前相比，人明显少了很多，那位穿军服的老人也已不在其中。

附近的一家纪念品摊位，贩卖苏联时代的遗物：军帽、皮带、硬币、望远镜、军用水壶……货架上挂着几件落土的旧军服，上面全都挂满奖章。那位老人是否还健在？他的军服，连同那些奖章，是否最终也会挂在这里，成为无人问津的商品？在这里，苏联纪念物是如此之多，而且便宜得惊人。谁又能想到它们曾是一代人的荣誉和骄傲？是那些人用生命加以守护的珍宝？

这时，纳迪尔·迪万别基经学院门前，迎来了这天第一批拍摄婚纱照的情侣。他们在经学院的拱门前相拥而立，伊斯兰的繁复图案成为幸福时刻的背景。拍照完毕后，他们径直绕过茶馆，走到一家卖咖啡的店铺前，每人要了一杯拿铁。我搜寻着记忆——是的，六年前，这里也没有咖啡店。

仿佛为了安慰一个旧地重游的旅行者，我发现纳斯尔丁的骑驴雕像还在那里。纳斯尔丁是苏菲派的智者，在中国则被称为"阿凡提"。很多民族都认为纳斯尔丁属于自己，布哈拉人就认为纳斯尔丁生活在布哈拉。苏联电影的奠基人雅科夫·普罗塔扎诺夫也拍摄过《纳斯尔丁在布哈拉》的电影。

实际上，纳斯尔丁出生在今天的土耳其。他生前游走过伊斯兰世界的很多地方。他之所以为人铭记，除了因为他的智慧，更因为他被传曾反抗蒙古人对伊斯兰世界的侵略。我发现，从阿拉伯到中国，那些流传着纳斯尔丁故事的国家，不少都遭受过蒙古人的侵袭。

3

成吉思汗当然也荡平过布哈拉。这座古城已经罕有更古老的建筑。唯一的例外是卡隆宣礼塔，四十七米高，"卡隆"在塔吉克语中意为"伟大"。成吉思汗摧毁了同名的清真寺，却被这座宣礼塔的高度震慑。据说，他一生征战，没有遇到过任何建筑物，能让他向后弯腰仰视——宣礼塔因此得以幸存。

我徘徊在宣礼塔的下方，发现塔身上的马赛克早已脱落，而蜂蜜色的砖石几近完好。后来，埃米尔禁止当地人登上宣礼塔，以防他们偷窥附近庭院里的女眷。只有那些被判处死刑的人，才能爬上一百零五级台阶，享受片刻登顶的殊荣。然后，他们就会被一把推下去。

六年前，我曾贿赂了守门人，登上宣礼塔，俯瞰整个布哈拉。然而这一次，登塔行为已被严格禁止。宣礼塔周围布上了围栏，守门人不见踪影。我只能徒劳地走几圈，仰慕着旁边的清真寺和对面的经学院。它们是整个布哈拉最美妙的建筑：绿松石色的穹顶，在阳光下散发光芒；雕刻精美的拱门，让人想到撒马尔罕的雷吉斯坦广场。

经学院仍在使用，有将近两百名学生在这里学习阿拉伯语，以便日后成为毛拉。我跟随一个戴着学生帽的男孩，从清真寺走出来，穿过广场，走向经学院。他突然回头告诉我，经学院不对游客开放。

我问他在经学院学什么。

"阿拉伯语。"

"数学和历史呢？"

"不，这里只教阿拉伯语。"他一边走一边说，"还有《古兰经》。"

他警惕地钻进经学院，然后把门关上。透过短暂打开的门缝，我看到庭院里装饰着精美绝伦的马赛克。

1925年后，经学院关闭了二十一年。作为战俘流落中亚的奥地利人古斯塔夫·克里斯特，在他的《独自穿过禁地》一书中写到经学院当时的样子：他走进一位毛拉的房间，发现墙上贴着一张海报，上面用乌兹别克语写着几个红色大字——"全世界的无产者联合起来！"

比经学院更加衰落的是布哈拉的巴扎。曾几何时，布哈拉的巴扎是这座城市的心脏，也是整个中亚的骄傲。那时，巴扎里人声鼎沸，热闹非凡。从清晨到黄昏，数不清的骆驼和毛驴驮着高高的货物，穿过人群。货摊一家挨着一家，从马鞍、皮毛到烟草、香料，无所不有。塔吉克商人穿着宽大的长袍，一切讨价还价全在袖子里完成。小伙计托着茶盘飞跑，烤肉的香气四下弥漫，铁匠的打铁声在圆顶之间回荡。

商人们来自波斯、印度、阿富汗。18世纪，土库曼部落开始将活捉到的俄罗斯奴隶贩卖到这里。鼎盛时期，布哈拉有数千名基督徒奴隶，过着极度悲惨的生活。解救这些奴隶，成为俄国进军中亚的最好借口。

今天，布哈拉的五座穹顶巴扎还保留着三座，然而它们都变成了萧条的纪念品市场。因为实行游客价格，这里几乎不再有当地人购物。店主们无聊地坐在摊位后面，打发着时光。他们贩卖的商品——哪怕是布哈拉人戴的羊皮帽子，也仅仅是为了满足游客对丝绸之路的幻想。

布哈拉曾以枣红色的手工地毯闻名，现在却都由机器制作。摊开一张地毯，灰尘四下飞舞，价格也高得离谱。走进一家卖木偶的店铺,我发现木偶全都以美元标价。一个木头的阿凡提木偶竟然要价一百美元。

"如果你买两个,可以打折。"店主说。

在帽子市场,我经过一个贩卖 CD 的大叔。他的四方脸上架着一副茶色眼镜,穿着皮夹克,脖子上围着一条红色围巾。六年前,他也穿着这身行头,站在这里,弹着弹布尔,然后告诉我,CD 里的乐曲全是他的创作。

"十五岁开始,我跟随父亲学习弹布尔。音乐伴随我度过了灰暗的苏联时代。苏联解体后,通货膨胀让人几乎无法生活,但因为有了弹布尔,有了音乐,我终于熬了过来。"他倾诉着。

"我用所有的积蓄,录制了这张 CD,里面收录的歌曲全是塔吉克民谣,还有几首是我自己的创作。"他拿起弹布尔,演奏起来。那如泣如诉的声音,让当年的我深深感动。

六年了,他一点都没变,只是眼角间出现了几道淡淡的鱼尾纹。他推销的口吻和故事也与我记忆中的一模一样:他十五岁开始学琴,他在苏联时代的遭遇,他如何靠音乐的力量活了下来,他如何录制了这张 CD……

然后,他拿起弹布尔,开始演奏。我站在那里,感觉六年前的记忆和如今的场景如雪片般飞舞着,渐渐重叠。

"要不要买一张 CD?"

"我买过了,六年前。"

他讥讽地看着我,勉强点点头,大概觉得我的借口过于拙劣了。

暮色让街巷安静下来,不多的游客开始散去。大叔收起他的 CD,哗的一声拉下铁门。

4

布哈拉的晚上没有任何夜生活可言。游人穿过空旷的街巷，被冷风驱赶着回到各自的旅馆。我得竖起衣领，才能抵挡夜晚倏然而至的寒意。一只流浪猫跟在我的身后，喵喵地叫着，希望讨到一点食物。它的一只眼睛发炎了，瘦得皮包骨头，大概熬不过这个冬天。

一个小女孩突然从阴影中钻出，让我买她篮子里的烤包子。她看起来只有七八岁，梳着散乱的马尾辫，却有一种与年龄不相称的成熟。她的烤包子早已凉透，大概是卖了一天最后剩下的几个。

"买一个吧，"她对我说，"求求你。"

篮子里还剩四个烤包子。也许卖完这些后，她就能回家了。

"四个，多少钱？"

我听到她几乎发出了一声欢呼。

"你要四个？"她问。生怕我改变主意，马上改口。"只要八千苏姆，一美元。"

她高兴地接过钱，想找个塑料袋，却发现已经用完了。她放下篮子，在背包里一阵摸索，掏出两张报纸，包上烤包子递给我。我拿到手上才发现，那不是报纸，而是撕下来的数学书。

我往前走了几步，回头看见女孩的背影消失在小巷里。我把烤包子放在地上，送给那只流浪猫。它被突如其来的好运惊呆了，叼起一只烤包子，飞一般地躲到墙角，狼吞虎咽起来。在布哈拉，我见到了世界上最饥饿的猫。

我回到旅馆，一边喝白兰地，一边阅读彼得·霍普柯克的《大博弈》。这本书讲述了19世纪至20世纪英俄两国在中亚地区的争霸。"大博弈"一词出自英国军官阿瑟·康诺利之口，后因吉卜林的小说《基姆》而为人熟知。从大博弈时代开始，布哈拉才从中世纪的晦暗中浮出，成为激荡的世界历史的一部分。

为了见证书中描述的那段历史，我去了布哈拉的皇宫城堡。城堡是一座城中之城，历经千年风雨，却在1920年9月布尔什维克的炮火中损毁大半。它的使命也倏然终结，成为一座故宫式的博物馆，只要微不足道的门票就能进入。

在苍白的日光下，城堡矗立在那里。两座土黄色的瞭望塔，夹着中世纪的门楼，仿佛沙漠中的幻影。门楼上曾悬挂着意大利囚犯胡乱制造的机械钟，如今早已不知所踪。我怀着一种时过境迁的心情走进去，与我同行的是一群穿着长袍的乌兹别克大妈。

19世纪，俄国开始进军中亚，目的是开辟一条前往英属印度的通路——这是彼得大帝时代就定下的国策。为了应对俄国的威胁，英国也开始把目光投向这片土地。当时，中亚还没有一张现代意义上的地图。英国人的如意算盘是，借助当地汗国的力量，阻挡俄国人南下的脚步。

1838年圣诞节前夕，英国上校查尔斯·斯道达特只身来到布哈拉。他的秘密使命是说服布哈拉的埃米尔纳斯鲁拉共同对付俄国。事情似乎从一开始就不顺利。傲慢的英国人忽视了东方礼数，也低估了纳斯鲁拉的虚荣。他既没带来丰厚的礼物，连介绍信也只是由印度总督签发，而非英国女王。他骑马进入城堡，与埃米尔挥手致意，后者只是冷冷地看他一眼。很快，斯道达特就被投入满是毒虫的地牢，为自己的无知和傲慢付出了代价。

此后三年,纳斯鲁拉像玩弄老鼠一样戏耍斯道达特。纳斯鲁拉登基时就屠杀了三十多位皇族,弥留之际也要目睹妻子女儿死在面前,才肯撒手人寰。他的施虐手段驾轻就熟,而斯道达特别无选择,只能任人宰割。一天,刽子手下到地牢,斯道达特以为自己死期将至,终于不可抑制地崩溃——他在地牢中皈依了伊斯兰教。

1841年,孟加拉轻骑兵团的军官康诺利只身前来营救斯道达特。他仍想说服纳斯鲁拉与英国结盟,并为英国商品打开中亚市场。命运再次戏弄了英国人。康诺利也被投入地牢。纳斯鲁拉写信给维多利亚女王,没有得到回复。印度总督也拒绝承认斯道达特和康诺利与英国有关。英军入侵阿富汗失败的消息传来时,纳斯鲁拉终于确信,大英帝国不过是个二流国家。他对两名英国囚犯的惩罚,不会产生任何后患。

1842年6月17日,在众目睽睽之下,两个英国人被赶至城堡下面的广场上,挖掘自己的坟墓。随后,他们被缚住双手,跪在坑前。我不知道斯道达特死前呼唤的是上帝还是真主。显然,两者都没能帮到他。

我参观了英国人的地牢——没有大门,只能通过一条绳子进出。墙上挂着铁链,拴在一个假人的脖子上。如今,这里没有毒虫了,但是有人们扔进来的硬币。一个乌兹别克大妈走到地牢旁边,祈祷一番,顺手丢进几枚硬币。哪怕世界上最阴暗恐怖的角落,最终也会变成游客的祈福之所。

斯道达特和康诺利音讯全无。他们在英国的亲属筹了一笔钱,委托约瑟夫·沃尔夫神父前去打探消息。沃尔夫带着几十本阿拉伯文版的《鲁宾逊漂流记》上路了。他吸取了斯道达特的教训，虽然穿着神父的法袍，但一见到纳斯鲁拉就高呼了三十声"真主至大"。纳斯鲁拉被逗得哈哈大笑。他问了沃尔夫一些问题，每次都以大笑收场。最终，沃尔夫保住性命，在"天佑女王"的军乐声中，离开布哈拉。

站在城堡的废墟上，可以眺望布哈拉的老城，然而一道铁门拦住了去路。保安走过来，脸上带着微笑。那微笑的潜台词是，他只需要一点贿赂。他接过钞票，塞进制服的口袋，左右看了看，打开大门。

城堡的废墟是布尔什维克的杰作，如今宛如一座荒山。四天的激烈炮轰，摧毁了大部分城堡。末代埃米尔抛下心爱的娈童，流亡阿富汗。两周内，一万四千名布哈拉群众加入了布尔什维克，宣布效忠"新的埃米尔"，卡隆宣礼塔上红旗飘扬。

1959年，中亚的最后一块面纱，在广场上被当众焚烧。但是站在城堡的废墟中，望着城内经学院的穹顶，望着城市土黄色的轮廓，你会感到布哈拉仍然是一座中世纪的东方城市，并且会永远延续下去。

那天晚上，我疲惫地回到旅馆，随即入睡。我梦到自己被埃米尔关进了地牢。突然，外面炮声轰响，墙壁的土块纷纷坠落。我惊醒过来，发现有很多老鼠在房间里乱跑。打开台灯，老鼠的影子消失不见。我松了一口气，这不过是布哈拉留给旅人的阴影。

5

老城池塘的南侧是一片古老的犹太社区，我惊叹于犹太民族竟然离散到了这里。一天傍晚,我漫步在犹太社区的小巷里,心里有一种空荡荡的感觉。毫无修饰的泥墙破败不堪,狭小的木门如同紧紧抿住的嘴巴。几乎没有开在外墙的窗户。即便有,也都以木条封住窗口。很多房子挂着生锈的大锁,门上的出售告示也已被风吹烂。我几乎没看到当地居民——人们要么在悄无声息地生活,要么已经离去,离散到更遥远的地方。

暮色像潮水一般,冲淡小巷仅有的土黄色。一扇门突然吱呀一声,一位拄着拐杖的老人颤颤巍巍地走了出来。他戴着犹太人的小帽,一把胡子全都白了。岁月仿佛刀子一般,在他的脸上刻出纵横交错的皱纹。他看了我一眼,避开我的注视。他的长相和我在布哈拉见到的任何一位老人没有什么区别,但表情带着警觉,仿佛那是历史带给犹太人的一种与生俱来的本能。

他的小孙女也走了出来,穿着红毛衣,卷曲的黑发梳成马尾。她冲我短暂地一笑,露出两颗洁白的门牙。她扶着老人慢慢走向对面的房子。那栋房子的门缝下面,隐约透出温暖的光线。我发现,那是一座犹太教堂。尽管外表和普通民宅无异,但牌子泄露了房子的真正用途。那牌子并不起眼,字迹也已经涣漫,仿佛要刻意隐藏起来。

等女孩从房子里出来,我问她是否能进去。她点点头,又笑了一下,但那笑容的成分里大概更多的是尴尬。她把手指放在唇边,示意我要小声。我告诉她,我会的,然后轻手轻脚地推开门,走了进去。

院子给人一种成年累月积淀下来的印象。墙边堆放着椅子,墙上挂着大大小小的相框。有耶稣和摩西的图片,有各个时代的圣人,也有不少黑白老照片,里面的人物穿着埃米尔时代的服装,大概是生活在布哈拉的犹太教拉比们。

透过窗子,我看到房间里聚集了二十多个布哈拉犹太人。他们有的坐在椅子上,有的站在墙边,全都戴着犹太人的帽子,正在相互交谈。大部分人的相貌和普通布哈拉人无异,但有几个人的肤色更加苍白。房间的一角,有一把小小的椅子,上面垂着红色的绸带,那是男孩接受割礼用的。房间中央的桌子上,摆着一本摊开的祈祷书。我后来发现,虽然祈祷文用希伯来语写成,却以西里尔字母注音。布哈拉的犹太人早已不会说希伯来语,他们的母语是塔吉克语和俄语。

一个多世纪前,布哈拉有四千多名犹太人,掌控着这里的冷染行业。只有他们懂得如何冷染出布哈拉地毯上与众不同的颜色。他们炙烤桑树上的一种虫子,将其碾碎,获得那种特别的深红色——这种深红色是布哈拉手工地毯的灵魂。

然而,犹太人经济上的富足从未转化成政治和社会上的影响力。在伊斯兰教主导下的布哈拉,犹太人必须戴上皮毛制成的方帽,表明自己的身份。他们还要在腰间围上一条布带,表明他们明白,作为犹太人,他们在任何时候都可能被处以吊刑。犹太人在城墙内不能骑马,甚至布哈拉第一位有钱购买汽车的犹太富商,也得将汽车停在城门之外。

在一位拉比的带领下,房间里的犹太人开始祷告。他们双手捧在胸前,像是在阅读一本没有形状的圣书。天色已经完全黑下来,这间亮着灯光的屋子,仿佛浩瀚宇宙中的一座避难所——或许真的如此,对这些布哈拉的犹太人来说。

祈祷结束后，房间里沉静几秒钟，然后人们恢复了交谈。我与一个走到门口的犹太人聊了起来。他四十多岁，个子不高，穿着精致的意式西装，打着领带。他告诉我，他以前住在这里，八年前移民去了美国。这一次，他特意回到布哈拉，看看自己曾经生活过的地方，见见尚在的老朋友。他告诉我，今天是犹太教的"住棚节"，所以人们聚在一起祈祷。布哈拉所有的犹太人，包括那些只是偶然造访的犹太裔游客，都会来到这里。他指着房间里的一对夫妇说，他们是从以色列过来旅游的。

我问起他在美国的生活。

"开始很艰苦，"他说，"去美国之前，我几乎不会说英语。"

他说，苏联解体后，布哈拉的犹太人陆续离开了这里。大部分人移民以色列。如今，依旧生活在布哈拉的犹太人不到两百人。

"你为什么不去以色列？"我问。

"我的儿子今年十八岁。在以色列的话，他必须去服兵役。那是以色列法律的规定。但我不想让他上战场，不想让他经历危险和战争……"他停顿了一下，思考着如何措辞，接着说道，"我们生活在布哈拉的犹太人已经与穆斯林共处了几百年。你看到了，我们住在这里，再往那边走几步就是穆斯林社区。我们最清楚，战争永远不会让两个宗教或民族和解，永远不会。"

我走出犹太家庭教堂，想回到老城池塘，但在昏暗的小巷中，很快迷失了方向。我经过另一座犹太教堂，它看起来更正式，也更像一座教堂。然而当我走进去，却发现里面空无一人。教堂里有一个为住棚节而搭建的棚子，挂着塑料瓜果。一位年老的犹太拉比独自坐在募款箱前，身后的墙上全是外国政要来这里参观的留影，其中包括美国前任国务卿奥尔布赖特和希拉里·克林顿。

老拉比面无表情地站起来，带我走进房间。他以一种背诵文件似的官方口吻，开始向我讲述布哈拉犹太人的历史：他们的祖先来自伊朗的设拉子和土库曼斯坦的梅尔夫。他们是被帖木儿迁徙到布哈拉的。苏联时代，他们受到诸多迫害，很多人移民国外。现在，政府倡导宗教平等，情况有了很大改善。人们不再移民国外，还有五千多犹太人生活在布哈拉。

"可为什么我看到很多犹太人在出售房子？"我问。

"那些房子太老旧了。"

"苏联时代允许移民？"

老拉比没有回答。他转而向我介绍来过这里的名人。他自己也在那些照片中，看上去比现在年轻得多。然后，他告诉我，讲解到此结束，我可以随意捐款了。

在这样重大的节日里，竟没有一个犹太人来这里，似乎已经说明了一切。我一边把钱塞进募捐箱，一边回望这座空荡荡的教堂。老拉比坐回椅子上，闭上眼睛，像是累坏了，又像是在回忆往事。

他坐在那儿，等待下班时间的到来。

困守咸海的人

1

离开布哈拉,绿色渐渐稀薄,我很快置身于克孜勒库姆沙漠。孤独的公路箭一般地射向西方,距离下一片绿洲——花剌子模,还有将近五百公里。

面包车里响着欢快的乌兹别克音乐,然而窗外的景色却无法令人欢欣。我望着那片淡粉色的荒漠,想起克孜勒库姆的本意就是"红色沙漠"。它铺展着,蔓延着,如同毫无节制的病毒,最终在目光所及之处,化作一片空蒙的天际线。

在天际线的另一边,在更遥远的地方,阿姆河正在静静流淌。它像一把利刃将"红色沙漠"与"黑色沙漠"(卡拉库姆沙漠)分开,也顺便划分了乌兹别克斯坦和土库曼斯坦。经过花剌子模后,阿姆河将转头向北,奔向咸海。

然而,为了灌溉棉田,苏联时代的引水工程已令阿姆河气竭。

它还未及注入咸海，就在荒漠中蒸发殆尽。咸海的面积逐年缩减。按照现在的速度，很快就会从地球表面上消失。

我的计划是先前往花剌子模，然后北上咸海。我不知道一路上会遇到什么，但旅途会变得更加艰险。我闭上眼睛，听着风沙打在玻璃上的嗒嗒声。六年前，我也走过这条公路，那次的运气更差，几乎一直穿行在褐色的沙尘暴中。后来，我们终于找到一家路边餐厅。电路已经被大风损毁，阴暗的屋内冷得令人瑟瑟发抖。每个人，包括司机，都点了伏特加。

窗外出现了一些工业定居点的痕迹——那是加兹利，一座苏联时代的天然气城市。然而，司机告诉我，天然气已经枯竭，整座城市正在沙漠中日趋枯萎。面包车停下来，要在这里午餐。餐厅看上去颇为粗野。葡萄架下摆着两张木榻，铺着花花绿绿的坐毯。几个当地男人正斜倚在那里喝伏特加。他们的脸色黑黄，带着边地之人的凶悍。一个人斜着眼睛看了我一眼，然后拿出牙签，张开嘴巴，露出几颗亮闪闪的金牙。

午餐吃了烤肉和馕，蔬菜只有番茄和洋葱，井水泡出的茶有股很重的咸味。但是在沙漠深处，这已是最好的招待。即便在今天，克孜勒库姆沙漠依然给人与世隔绝之感。我试图思考，一个多世纪前，那些大博弈的玩家们，面对的是怎样的景象？

实际上，能活着到达花剌子模的人已属幸运。1839年冬天，俄国将军佩罗夫斯基率领着五千名士兵和一万匹骆驼，进军花剌子模的中心城市——希瓦。当时，克孜勒库姆沙漠的积雪厚达一米，骆驼以每天一百只的速度死去。成群的饿狼像阴影一样尾随着队伍，觊觎着那些冻僵倒下的尸体。结果，俄国人连打出一颗子弹的机会都没有，就已溃不成军。

很难想象，在这样的荒漠深处，会突然出现一条宽阔的大河。两个多小时后，我透过车窗看到了阿姆河——这条中亚的神圣河流正在一片不毛之地中金灿灿地流淌。面包车停了下来，我穿过公路，向阿姆河走去。乌兹别克司机让我小心行事，因为这里是乌土边境，很可能会有士兵。

河水的流量显然比以前小了，我走在过去阿姆河的河床上。河对岸是土库曼斯坦，显得无名无姓，只是另一片无边无际的荒漠。出乎我的意料，河水非常清凉，甚至清澈。放眼望去，它流过的土地没有任何景观——不仅河上没有桥梁或船只，也看不到一点人类的痕迹，只有一些枯树倒毙在岸边。俄国人曾经天真地希望，阿姆河最终能把他们带往印度，这也是他们急于控制希瓦的原因。但是阿姆河发源于帕米尔高原，担当不起这样的重任。灌溉花剌子模的棉田，已经令它不堪重负。

一个穿着迷彩服，扛着冲锋枪的士兵，突然出现在我身后，喝令我必须马上回去。

"这里是边界地区，不准逗留。"他硬邦邦地说。

可是对面除了沙漠，什么都没有！除非是疯子，没有人会从这里越境。更别说，对岸还是谜一样的土库曼斯坦。

在士兵的武装押送下，我回到车上，继续向希瓦进发。

2

希瓦是一座露天博物馆。它孤立地保存在荒野中,几乎定格在百年前的模样。越过黄土城墙,我看到伊斯兰·霍甲宣礼塔直戳大漠的天空,宛如海上的灯塔。我想象着那些穿越沙漠的疲惫旅人。他们看到地平线上出现一座绿洲城市时,会是何种心情?然而,长久以来,希瓦却以奴隶贸易和盘剥过路商旅而闻名。这是一座强盗城市。来到这样的地方,你要么把命运交给上天,要么紧紧地攥在自己手上。

苏联时代,希瓦的原住民被彻底迁出,这里成为一座仅供游人观赏的空城。太阳落山后,人们大都乘车回到三十公里外的新城乌尔根奇。除了几家餐馆,店铺纷纷关门。沙漠的气温也随之骤降,冷风几近刺骨。我回到冰凉的旅馆,看到奴隶贩子一样的老板。他的面容中有一种愤然的神情,好像有人来这里投宿,是对他莫大的侮辱。

第二天一早,我在冰窖一样的餐厅用餐。窗边的桌子上有一台咖啡机,上面写着"禁止操作,请联系服务员"。我问老板,是否可以来一杯热咖啡。老板诧异地看了我一眼,惊讶于自己遇见一个如此多事的客人。不过他还是点点头,在咖啡机旁鼓捣起来。我坐下来,一边吃着凉透的煎蛋,一边等待咖啡。然而,咖啡一直没有出现。

我回头查看,发现老板正以一种凝视深渊的姿态盯着咖啡机。这样僵持了五分钟(我看了下表),咖啡机终于发出隆隆的轰鸣,接着便像油井一样,不断喷出咖啡。

一杯,两杯,三杯……老板不得不一次次拿出空杯,以便接住泉水一样奔涌的黑色液体。小桌上很快摆了将近十杯咖啡,直到咖啡机像被榨干了一样,精疲力竭地熄火。

"每次都这样,做一杯,就会出来十杯!"老板抱怨道。

我愧疚地喝完咖啡,然后迎着朝阳,爬上希瓦的城墙。伊钦·卡拉城内没有炊烟,没有祈祷声,甚至看不到几个路人。清真寺和经学院的马赛克拱门,从一片低矮的黄土房中生长出来,色彩斑斓地统治着天际线,却已被剥夺了功能。想象这座古城,我必须自行在头脑中添加人类定居的噪音、污秽和温度。现在,一切都过于安静和清洁,甚至充满了诗意。

到了中午,稀疏的游客开始流入老城。街道上冒出了一些贩卖纪念品的小贩。最有特色的是土库曼人的羊皮帽子。那种帽子酷似美国黑人的爆炸头,即便是炎炎夏日,土库曼人也不会摘掉。

希瓦距离土库曼斯坦只有咫尺之遥。土库曼人曾把大批诱捕到的波斯和俄国奴隶带到这里贩卖。奴隶的脖子上拴着铁链,只给极少的食物,防止他们有力气逃跑。

奴隶的价格随着供给量波动。一旦有战事发生,奴隶的需求就会激增。一般来说,手工匠人的价格是普通劳动者的两倍。波斯女人远比俄国女人受欢迎。俄国男人是最值钱的货物,价格大约相当于四匹纯种骆驼。很少有人选择那些被割掉过鼻子或是耳朵的奴隶,因为那表明他们以前逃跑过。

鼎盛时期,希瓦有五千名俄国奴隶,比现在这里的俄国人还多。如今,我只能在个别希瓦人的脸上,捕捉到一丝斯拉夫人种的痕迹。集市里,一个卖手机充值卡的小贩,长得和南俄地区的俄国人几乎一样,但他不会说俄语。苏联解体后,俄语在希瓦的影响力似乎比在其他地方消退得更快。或许希瓦原本就更封闭、更隔离。即便在黄金时代，希瓦的统治者也只能自己撰写家谱，因为没有一个大臣的文化水平足以胜任这项工作。

1717年，贝科维奇·切尔卡斯基王子奉彼得大帝之命，率领四千人来到希瓦城。他的目的是调查花刺子模传说中的黄金，并勘查阿姆河前往印度的可能性。数年之前，希瓦的可汗曾经致信沙皇，希望与俄国结盟，共同对抗布哈拉汗国。然而，事过境迁。等贝科维奇来到希瓦时，可汗早就改了主意。

他杀牛宰羊，热情款待俄国人，然后将他们分散安排在绿洲上的各个村镇中。夜深人静后，大屠杀开始了。四千人被杀戮殆尽，只剩下约四十名士兵被俘，沦为开沟挖渠的苦工。贝科维奇被剥皮，制成了一面鼓，他的头颅被送到敌对的布哈拉可汗面前，提醒后者与希瓦为敌的下场。

在与世隔绝的花刺子模，就连复仇也要推迟一个半世纪。1873年5月29日，俄军从四个方向一起抵达希瓦。士兵们看到希瓦人站在街道两侧，穿着脏兮兮的长袍。他们摘下帽子，顺从地低头致意，不清楚自己是否会遭到屠杀。他们惊愕地看着那些俄国士兵，不敢相信他们竟然穿越了六百英里的沙漠。在当地人看来，沙漠原本是不可逾越的屏障。

1920年4月27日，花刺子模苏维埃人民共和国成立。希瓦的最后一任可汗被迫退位，随后死在苏联的监狱里。四年后，花刺子模被归入新成立的乌兹别克斯坦共和国——一个以贩卖奴隶起家的城市，就这样突然迈入了社会主义。

我四处游荡，偶然走进胡多博甘·德文诺夫的故居。他是希瓦历史上的第一位摄影师，1903年就开始拍摄希瓦。故居里陈列着当年的黑白照片：希瓦人坐在城墙边晒太阳；希瓦人在地里修水渠；第一台拖拉机；俄化的希瓦贵族家庭……那些照片捕捉了世纪之交希瓦逐渐变迁的过程。我惊讶于那场席卷世界的资产阶级风暴也吹到了希瓦。

希瓦人不会料到，更大的风暴还在后面。1936年，斯大林发起"大清洗"运动。远在帝国角落的德文诺夫竟也被打成了"反革命"，四年后死于流放之中。

3

北上咸海，沿途经过的最后一座城市是卡拉卡尔帕克斯坦共和国①的首府努库斯。在这座被人遗忘的苏联边城，我找了一辆看起来最坚固的三菱四驱车和一位长相硬邦邦的卡拉卡尔帕克司机。司机留着两撇小胡子，镶着金牙，讲一口卡拉卡尔帕克方言。与乌兹别克语相比，倒是更接近哈萨克语。

卡拉卡尔帕克斯坦位于乌兹别克斯坦的最西部，大部分土地荒无人烟，显示在地图上的定居点少得可怜。离开花剌子模绿洲后，阿姆河进入卡拉卡尔帕克斯坦。它像地图上的一条裂纹，蜿蜒向北，最终消失不见。我发现，从阿姆河消失的地方一直到咸海的大片土地，在地图上是一块干净的空白。我很想知道，在真实的世界里，那片空白究竟意味着什么？

---

① 卡拉卡尔帕克斯坦共和国是乌兹别克斯坦境内的自治共和国，位于乌兹别克西部，曾为苏联自治共和国，后归入乌兹别克版图。

从费尔干纳山谷来到这里，我几乎已经穿越了整个中亚腹地。然而，在努库斯，我却感到一种前所未有的紧张。当三菱车驶出努库斯时，我的目光无法离开那些苏联时代的住宅楼和街巷。那意味着我所熟悉的一套美学和生活方式，正被渐渐地甩在身后，即将化为乌有。等我缓过神来，我已经进入空旷的公路，两边是中亚的最后一片棉田。

两个小时后，道路在不知不觉中消失。三菱车驶入一片荒漠草原。黄褐色的平坦大地漫天铺展，除了干枯的荆棘丛，没有任何遮挡，也不知道通向何方。我突然意识到，我正行驶在曾经的湖床上。几百年前，这里是一片湖泊，如今已经干涸，退化成荒漠。天空是泛白的淡蓝色，在目光的尽头处，与荒原连成一条淡白的细缝。

顺着汽车轧过的车辙，我经过一排土坯房和两个毡房。它们散落在荒野上，如同遗落的棋子。不远处，一位卡拉卡尔帕克牧民正赶着羊群转场。羊群由一头毛驴引导着，由一只牧羊犬殿后。它们向着三菱车来时的方向走去，身后腾起一串尘烟。经过牧民身边时，他咧嘴笑了，脸上带着泥土。在后视镜中，我的目光追随着他的背影，直到那背影变成一枚面值越来越小的硬币。烟尘柱也越来越矮，最终隐没在微微隆起的地平线上。大地就像大海，瞬间又恢复了它的荒凉与寂静。此后的一百公里，我再也没有见到任何人迹。

三菱车的后备箱里载着几只塑料大桶，最初我以为里面装的是汽油。随着车轮的颠簸，塑料桶中的液体随之摇晃，发出哗啦啦的响声，让我感到致命的危险随时可能会降临。然而，那里面装的不是汽油，而是淡水——司机后来告诉我。

我们经过一片无名无姓的湖泊，岸边长着近三米高的芦苇丛。

三菱车拐进湖滩,停在岸边的一座土坯房前。房子看上去歪歪扭扭,已经被遗弃的样子,然而听到汽车的声音,一对父子推门走了出来。

父亲的脸上布满刀刻般的皱纹,把眼睛挤成了一条缝。儿子的面孔已被太阳晒得黑红。他们和司机打了声招呼,就开始面无表情地把塑料桶抬进屋里。司机告诉我,父子俩是他老婆那边的亲戚,在这里养殖鲤鱼。几年前,湖边还有几户渔民聚居。如今人们差不多都走光了,他们是留下来的最后一户。

司机掀开冰柜,想拿走几条鱼。突然,他的手像触电一样地缩了回来。

"有蛇!"他干燥地喊了一声。

老渔民赶了过来。我也凑近观看。只见在冰柜黑乎乎的角落里,一条小青蛇正盘踞在那里,半仰着脑袋。没人知道它是怎么钻进去的。老渔民抄起一根木棍,嘴里一边发出嘶嘶的声音,一边把蛇挑了出来。那蛇已经冻僵了,几乎无法动弹。老渔民用棍子,把它甩到了阳光底下。

"它暖和过来就会溜走了。"老渔民说。然后,他和司机聊起了家常。

我向着房子走去。透过洞开的木板门,看到老渔民的儿子正把塑料桶里的淡水注入一只大水缸。墙上挂着旧棉袄,垂下来半掩着一双沾满泥巴的胶鞋。另一侧的墙角堆着一袋土豆,脸盆里放着几根胡萝卜。一只又瘦又小的黄猫从卧室里走出来。即便是它,表情中也透着一丝坚毅。

渔民父子为什么要留在这里?我很难理解。司机后来告诉我,每隔半个月,他会过来送一次水,顺便拿走一些鱼。渔民父子从夏天开始在这里养鱼,过了秋天就回到努库斯。此刻,他们站在阳光下,用卡拉卡尔帕克语聊着天。我注视着眼前的湖泊,发现水面平静得如同一面灰色的镜子。从暴露的湖床看,这片湖水的面积也在日益缩减。大概,用不了多久,这对渔民父子最终也将离开这里。

离开湖泊,三菱车爬上一望无际的荒漠高原。我从未见过如此浩瀚的地表。没有树木,没有山脉,只有一成不变的大地,向着四面八方蔓延。一度,我试图记住我们走过的道路,但仅仅几分钟后就失去了方向感。放眼望去,这里没有任何参照物,更没有所谓的"路"。

三菱车以八十公里的时速奔驰,但是无论怎么开,周围的景色都看不出任何变化。那感觉不像是在陆上开车,而更像是在海上行船。然而,司机就是在这样的情况下,不时调整方向,转弯,斜穿过去,明确地选择这条"路",而不是那条"路"。

我不知道他是怎么做到的。他的方向感来自何方?那大概是游牧民族与生俱来的天赋。昔日,游牧民族的大军,不正是从这里南下袭击花剌子模的绿洲吗?

前方,几只棕色的鸟正在地上啄食。它们的一生中大概很少见到汽车这样巨大的钢铁机器,所以还来不及飞走,就被卷进了车轮。司机嗑着牙花子嘟囔了一声,朝后视镜看了一眼。那块死亡墓场被迅速抛在了身后,大地上只是徒增了几具尸体。我看了看手机,它早已丧失信号,而车上也没有卫星电话。这意味着一旦陷车,我们将被困在方圆百里之内的无人区,像那些死鸟一样无人问津。我的手心渐渐渗出了汗珠。

这样行驶了一个多小时,尽头处隐隐出现了几棵树,在地平线上流水般地波动着。最初，我以为那是海市蜃楼，但是二十分钟后，树木的形象变得更加清晰。那的确是一排树。在这样的荒漠，意味着地下有井水，有人家。司机告诉我，那是乌兹别克最远的一个村子。

又花了半个小时，我们才真正进入这座与世隔绝的村子。村里种着杨树，几排砖石房子看上去非常整洁。村子里静悄悄的，看不到一个人，听不到一点噪音。司机轻车熟路地开到一户人家的院子前。他关闭引擎，跳下车，像回到自己家一样，推开院门。

这是一户三代同堂的卡拉卡尔帕克人家。男主人又高又瘦，女主人穿着粉色的连衣裙。他们的父亲穿着粗针毛衣，一口牙全都掉光了，然而身板依然硬朗。

房间里像毡房一样铺着地毯，暖气烧得很足。我们围着小桌，席地而坐。女主人端上可乐瓶装的乳白色饮料。那是自酿的骆驼奶酒，有着游牧民族喜欢的口感——非常酸，带着轻微的酒精度。

我一边喝着骆驼奶酒，一边听司机和老者聊天。电视打开着，正在播放俄语的 MTV。一个漂亮的俄罗斯女孩坐在酒吧里，正因失恋买醉。老者的小孙子，躲在帘子后面，始终盯着电视屏幕，仿佛入魔一般。

"我的儿媳有哈萨克人、乌兹别克人和卡拉卡尔帕克人，"老者看着电视，哈哈大笑，"还没有俄罗斯人！"

他们是最强悍的一批卡拉卡尔帕克牧民，在逐水草而居的路上，慢慢定居在这里。我走出房门，看到院子里种着杏树，树下还有一个露天浴缸。夏季时，一家人可以坐在树下吃饭，沐浴，然后看着银河。这里的银河一定无比灿烂，就像地球另一侧，那些大城市的灯火。

现在是午后，天上没有一丝云。阳光洒在庭院里，洒在墙上，摇曳着树影，有一种普世感的光辉。我深深呼吸了一口清冽、干燥、带着点牛屎味的空气。

咸海，还在更远的地方。

4

两个小时后，太阳终于开始变得有心无力。在失焦一般的日光中，三菱车冲下高原，进入一片高低起伏的丘陵地带。细软的沙地上，散落着破碎的贝壳，植被全都干枯了，仿佛远古时代的遗骸。这里曾经是咸海，如今已经干涸，却依然保留着海底的样貌，有一种令人畏惧的荒凉感。日复一日，咸海缩减着自己的疆域。现在，它终于出现在了丘陵的尽头处。

司机停下车，指着远处的咸海。尽管距离海边尚有一段距离，但汽车已经无法开过去。我跳下车，徒步走向海边。阳光明亮，但气温极低。天空是一片混沌的白。海风吹在脸上，有一种咸咸的黏稠感。

海面是灰黑色的，平静得仿佛静止住了，就连海浪也如同电影中的慢镜头，能够分辨出波动的褶皱和线条。我的目光无法看到更远的地方，因为远处的海面被一团雾气弥漫的虚空吞噬，仿佛刻意想隐藏什么。

出乎我的意料，我发现远处的海边有几个人影在晃动。我踩着泥沙走过去，渐渐看出那是几个正在挖泥的工人。他们穿着防风大衣，戴着棉帽子，围巾围在脸上，只露出眼睛，脚下踩着沾满湿泥的雨鞋。一共四个工人，看样子都是卡拉卡尔帕克人，其中一个明显是巨人。他的阴影很长，正在徒手把一袋湿泥搬走。

看到我后，他们的眼中露出短暂的惊讶之色，全都停下了手头的工作。我问他们在干什么。他们说，正在收集泥中的一种虫卵。然而，我根本没有看到什么虫卵，只有成群的蚊子，在紧贴地面的空气中滚动。

巨人突然开口，用的是蹩脚的中文："我们的老板，中国人，他住在这里。"

"你们老板是中国人？"

他伸出一只巨手，指了指不远处的一个简易帐篷。此时，太阳已经涣散成一片刺眼的白光，仿佛给大地蒙上了一层迷雾。透过那层淡淡的雾霭，我看到一个男人站在帐篷前，正望着大海。

"他的名字，王。"巨人说。

咸海王戴着一副茶色眼镜，牙齿已经被烟草熏黑。他身材消瘦，有点驼背，说话有山东口音。后来他告诉我，他是山东滨州人。

"听工人们说，你在收集一种虫卵？"寒暄过后，我问。

"那其实是一种微生物。这种微生物经过深加工后，可以作为虾的饲料。"他说。

为了开采这种虫卵，咸海王已经在荒无人烟的咸海边生活了七年。每年有将近大半年的时间，他独自住在身后的帐篷里。

走进帐篷的那一刻，我就知道他在这里没有女人，因为帐篷里有一种单身已久的混乱。墙角堆放着中国运来的食品箱子，案板上躺着菜刀。一只觅食的小猫，正小心翼翼地穿过锅碗瓢盆，四处吸着鼻子。帐篷的大部分空间被一张堆满杂物的木板床占据。床脚处支着一张小矮桌，上面垂下一只油腻的灯泡。一个中国北方农村的小煤炉，把帐篷里烤得又干又热。这几乎就是帐篷里的全部家当，有一种建筑工地里临时住处的感觉，而不是一个人长达七年的居所。

我们围着炉子坐下来。已经很久没见到中国人的咸海王，提出泡点中国茶。他抓了把茶叶，把熏得乌黑的水壶放在炉子上。我忍不住问他，为什么住在这么简陋的帐篷里。他说，他曾经让工人搭了个毡房，但是一场罕见的风暴把毡房的龙骨都吹弯了，于是他决定改住这种便于修理的帐篷。

这里没有手机信号，没有网络，离最近的 Wi-Fi 也有一百六十公里。那是厂房的所在地，原来是苏联的鱼罐头厂。所有的补给，包括淡水，都要从厂房运过来。他两个月去一次厂房，收发邮件，向中国总部汇报工作，再驾车返回这里。

一个工人走进来，用简单的俄语交谈几句后，又转身走了。但依然能看出，工人对他非常尊重。咸海王讲起他的治理之道。他时常对工人们说，来到这里，只有一个目的，那就是一门心思地挣钱。他禁止工人喝酒，但也知道，私下里人人都会喝。只要不闹出事来，就应该"睁一只眼闭一只眼"。他管这叫"中国人的智慧"。

白天的时间过得特别快，夜晚则无比漫长。去海边转转，看看虫卵的情况，检查一下工人的工作，白天就这么过去了。到了晚上，他会简单做点饭。因为吃不惯工人做的菜，他从来都自己做饭。他兴奋地告诉我，前几天弄到了一点大白菜，还没吃完。那种口气，仿佛谈论的不是大白菜，而是大闸蟹。

长时间的与世隔绝，令他的烟瘾大增。谈话中，他几乎一刻不停地抽烟。"天黑以后，还要有酒，没有酒是很难熬的。"他吐了口烟说。

有时候，感到实在太寂寞，他会叫上一个工人，到帐篷里陪他喝酒。中国带来的白酒很快喝完，现在他喝更容易弄到的伏特加。尽管如此，每到一个临界点，他还是会濒临崩溃。

"在这种地方待久了，都会有崩溃的时候。"他把烟狠狠地咽进肺里又吐出来。"怎么形容这种感觉呢？心慌得难受，坐也不是，站也不是。不瞒你说，昨天我就差点崩溃。"

于是，他骑上四轮摩托，在无人的丘陵上狂奔。冲上高原，再冲下来，让飙升的肾上腺素麻痹自己。路上，他与一只母狼狭路相逢。他们互相看着对方，仿佛也在看着自己。然后他突然加大油门，冲向母狼。母狼吓得转身逃跑，发出凄厉的嚎叫。这样折腾了一个多小时，脸已被风吹得麻木，心里才终于好受一些。

夜幕降临了。我们走出帐篷，发现一轮弯月正挂在波光粼粼的海面上。

在我们聊天时，三菱车的司机已经在附近搭好毡房，并拿出从努库斯带来的羊肉、土豆和胡萝卜。他在寒风中生起火，用带来的铁锅做起卡拉卡尔帕克乱炖。木柴噼噼啪啪地响着，溅起的火星好像闪烁的萤火虫。

我邀请咸海王一起到毡房里晚餐。他带上了伏特加和珍贵的炒白菜。我们一边吃着白菜和乱炖，一边喝着伏特加。

他向我讲起以前来过这里的人，不时掏出手机，给我看当时的照片。几年前的往事，他依然记得清清楚楚，仿佛在谈论昨天的事。对他来说，每一次来客都像是节日。

"去年是两个马来西亚人,前年是两个香港人。欧美人有,但很少。内地来的人少之又少,"他想了想,继而纠正道,"完全没有。"

除了旅行者,这里也来过荷枪实弹的边防士兵,意欲索贿的政府官员,考察咸海沙漠化的联合国官员——两男一女。

"他们打算在这里种树,后来发现实在太过荒凉。晚上,他们在我这里喝酒,喝得酩酊大醉,之后竟然……"他笑起来,"哎,这个可不能说!"

那天晚上,我们喝光了一瓶伏特加。他几次说要走,却总是主动挑起新的话题。他说,几年前,他的帐篷就在海边,如今距离海边已有一百多米。这只是短短几年的事情。他说,咸海中有一座小岛,传说中有恶龙守护着宝藏。实际上,那是苏联进行秘密生化试验的地方。小岛原本沉没在海底,但因为咸海消退,已经浮出水面。

"这些没人说过,"他在香烟的烟雾中眯缝着眼睛,"但我都知道。"

后来,他终于踉跄地走了。我钻进睡袋,却感到无比清醒。我听着毡房外的风声,呼啸着,刮过海面,好像某种生命的哀鸣。

不知为什么,我想起了约瑟夫·康拉德的小说《黑暗的心》。那里面写了一个名叫库尔兹的白人。他独自生活在刚果的热带雨林中,为大英帝国搜罗了不计其数的钻石和象牙。刚果河流域的每一个人,都听说过他的威名,甚至谈其而色变。然而,当小说的主人公最终找到库尔兹时,发现他只是一个风烛残年的老人,生活在一个破败不堪的小木屋里。

咸海王当然与库尔兹不同,但是他们都甘愿生活在某种极端的环境里。他们的生命中一定有什么特别的东西,即便是如此恶劣的环境,也无法摧毁它的内核。

5

第二天一早,我离开了咸海。当我和咸海王告别时,我们只能相约中国再见。透过后视镜中飞舞的尘土,我看到他一直站在那里,直到汽车爬上高原,他才从镜中消失不见。

返回努库斯的路上,我去了咸海王厂房的所在地——一个叫作穆伊纳克的小镇。穆伊纳克曾是咸海最大的港口,典型的鱼米之乡。1921年,苏联发生饥荒,列宁还向穆伊纳克请求帮助。短短数日之内,两万一千吨的咸海鱼罐头便抵达伏尔加河流域,拯救了数以万计的生命。

然而,经过四个小时的颠簸,当三菱车驶入穆伊纳克时,我看到的却是一个贫瘠而荒凉的小镇。到处是黄土和荒地,灰尘扑扑的石头房子,人们的脸上带着困居已久的木讷神色。

由于咸海的消退,这座港口距离海边已经超过一百六十公里。咸海水量减少后,盐分是过去的十几倍,鱼类已经无法生存。穆伊纳克的一万名渔民,因此失去了工作。这一切,只发生在短短一代人的时间里,成为环境灾难最令人震撼的注脚。

我来到曾经的码头,发现这里早已没有一滴水。干涸的海床一望无际,上面还搁浅着一排生锈的渔船。我顺着台阶,下到海床,走到渔船跟前。锈迹斑斑的船身上,依然能够分辨出当年的喷涂。船舱里,散落着酒瓶子和旧报纸,还有破碎的渔网。

海洋的痕迹已经荡然无存,渔船四周长出一丛丛耐旱的荆棘。

曾经，我的眼前遍布着渔船，如今大部分渔船都已被失业的渔民当作废铁变卖。剩下的这十几条，成为沧海桑田的唯一证据。

我摸了一下船身。在红色铁锈之下，那些钢铁的肌理似乎仍在喘息。置身于这样的场景里，我不能不感到哑口无言。从费尔干纳山谷到卡拉卡尔帕克共和国，我一路上看到了那么多的棉田。它们养育着这个国度，却也让生态环境不堪重负。由于咸海的荒漠化，那些沉积在土壤表层的有毒盐性物质，可以顺风吹遍整个乌兹别克斯坦、哈萨克斯坦，甚至远至格鲁吉亚和俄罗斯。

早在苏联时代，政府就曾考虑从西伯利亚引水，救助咸海。但那是苏联时代的末期，庞大的帝国已经无力支撑如此宏大的工程。计划最终在1987年正式搁浅。

1994年，五个中亚共和国的领导人达成协议，每年动用百分之一的政府预算治理咸海。但是，没有哪个国家愿意主动削减棉花产量，承受由此带来的阵痛。那意味着让本已脆弱的国民经济雪上加霜。治理实际上沦为空谈，不了了之。

与此同时，咸海的面积仍在加速缩减。1987年，咸海断流为南北两部分。2003年，乌兹别克境内的南咸海，又断流为东西两部分。也许，用不了多久，世界三大内陆海之一的咸海，就会从地球表面上彻底消失。

我站在港口旁的展示牌前，看着咸海近百年的变化图，回想着我在地图上所看到的那片巨大的空白。周围荒无人烟，只有被遗弃的房子。很多人已经举家搬迁，只有很少一部分人还留在这里。

卡拉卡尔帕克司机告诉我，他原来就是穆伊纳克的渔民。十几年前，他咬牙变卖了渔船和家当，搬到努库斯，重新开始，后来才成为一名司机。他总结着自己的一生，一辈子经历过两次巨变：第一次是苏联解体，那意味着国家和身份的转变；第二次则是咸海的消失，那意味着过去几代人的生活方式不得不就此终结。

那天中午，他带我去当年的邻居家吃饭。戴着头巾的女主人端出饭菜，然后悄悄退出房间。她的丈夫也离开了这里，在别的城市打工挣钱。

午饭后，我们一起走到庭院。那是秋天最后的时光，一排排西伯利亚大雁，正在空中变换着队列，准备飞往南方过冬。我们静静地看着大雁，想象着它们一路的飞行。然后，我们都不约而同地掏出手机，开始对着天空拍照。

因为，在这里，如此生机勃勃的场景并不多见。

第四部
土库曼斯坦

土库曼的礼物

1

从乌兹别克斯坦回国后翌年,我终于决定前往土库曼斯坦。五个中亚斯坦国中,土库曼斯坦最为神秘,也最难去。土库曼人不欢迎外国人来访,为此设置了层层障碍。关于这个国家,我找不到太多有价值的信息,仅有的一些文本也只是让我徒增困惑。

我找到一本半自传体哲学作品《鲁赫纳玛》。作者是土库曼前总统尼亚佐夫。他在书中宣称:"这本书是土库曼人敞开的心灵,是对生活的目的和价值的启示……每个土库曼人读过《鲁赫纳玛》之后就会了解自己,那些不了解土库曼人的人则会了解他们。"

我就是抱着了解一下土库曼人这个朴素的愿望阅读的。结果,我发现这本书光怪陆离到了令人咋舌叹息的地步。苏联解体后,尼亚佐夫统治土库曼斯坦二十一年。他在全国范围内竖立自己的雕像,自封为"土库曼巴什"——全体土库曼人的领袖。他认为舞蹈、戏剧和广播不利于土库曼人的成长,于是加以禁止。他规定男性不得蓄须,镶金牙也属违法。他还把一年中的十二个月重新命名,其中一月以他自己的名字命名,还有几个月分别以他家人的名字命名。

"我的主要哲学信条就是完整性。如果没有完整性,也就不可能有民族。即使有了民族,没有完整性它也不会长久存在。"他在《鲁赫纳玛》中写道。可是这本书最缺乏的就是完整性,乃至逻辑性,读起来常给人脑袋上挨一棒的感觉。不过,当我快速翻完这本奇书,倒也发现几处说得通的地方:

"土库曼人是世界上古老的民族之一……但令人吃惊的是,在这浩瀚的书海中竟寻觅不到土库曼人的完整形象。

"我国人民在历史上曾有过辉煌,但近七八个世纪出现了衰落……土库曼人对人类生活的形成、世界科学和生产的发展做出了巨大贡献,而贡献的具体数量还有待进一步研究。

"根据全面相互结算的结果,土库曼斯坦从苏联独立出去后,苏联欠土库曼斯坦三点八亿美元债务。俄罗斯联邦作为苏联的法定继承人应把这笔钱偿还给我们。鉴于俄罗斯经济困难,我认为不向他们索要这笔债务乃明智之举,因为对我们来说友好地分手比什么都重要。

"最后我做出这样的决定:把全世界土库曼人所具有的一切美好的东西收集在一起,使之体现在一本书中。这样就诞生了《鲁赫纳玛》。让《鲁赫纳玛》来填补我们失去的所有书籍造成的空白,使之成为继《古兰经》之后的土库曼人的主要书籍。"

……

想去土库曼斯坦的唯一办法,是找一家当地旅行社报团。旅游团价格也像《鲁赫纳玛》的行文一样膨胀。可是花了这么多钱，你也注定享受不到相应的舒适。你的行程会受到监视：从入境一刻起，导游就与你形影不离。

我联系了阿什哈巴德的一家国营旅行社。他家的"七日游"报价相对合理，比别的旅行社要低。可即便如此，也足够在东京奢游七日了。我提供了护照扫描件、电子版照片，又填了一个只有六七个问题的简单表格。我听说只要肯花大价钱参团，拿到邀请函只是走走官僚程序。旅行社的经理也是这么说的。他还说，有了邀请函，我就可以在任何口岸办理落地签。

行程很快确定下来。我计划先到乌兹别克斯坦的努库斯，从附近的边境口岸入境土库曼斯坦（导游会在口岸等我）。我们将参观花剌子模的绿洲城市库尼亚－乌尔根奇——古称玉龙杰赤。随后的一天晚上，我还要在卡拉库姆沙漠中央的"地狱之门"露营。那天正巧是我的生日，这是我为自己准备的生日礼物。

2

我先飞到哈萨克斯坦的首都阿斯塔纳——今天的努尔苏丹。10月中旬，阿斯塔纳就已大雪纷飞，气温接近零度。1997年，纳扎尔巴耶夫将哈萨克斯坦首都从阿拉木图搬到阿斯塔纳。当时，阿斯塔纳只是一个中等规模的北方城市，以严酷的冬季闻名。

阿斯塔纳原名"阿克莫拉"，在哈萨克语中意为"白色坟墓"。索尔仁尼琴在附近的劳改营服过苦役。赫鲁晓夫时代，阿克莫拉成为"垦荒计划"的中心,更名为"切利诺格勒",意为"垦荒城"。这一时期,大批移民来到阿斯塔纳,大多数是俄罗斯人。

苏联解体后,俄罗斯的政治家一度希望将哈萨克斯坦变成俄罗斯的卫星国。索尔仁尼琴在1990年发表的著名书信中,也主张吞并哈萨克斯坦北部。到了1992年,格鲁吉亚、摩尔多瓦、阿塞拜疆和邻近的塔吉克斯坦相继爆发内战。哈萨克斯坦似乎也处在岌岌可危的地位上。

如果说迁都的决定令外人费解,那是因为哈萨克人有着自己的算计。纳扎尔巴耶夫声称,迁都是由于阿斯塔纳比阿拉木图更靠近国家的中心,与俄罗斯的交通联系更好。其实,他更在意的是阻止哈萨克北部的分裂情绪。如今,哈萨克斯坦成为中亚地区最繁荣和稳定的国家。人们普遍认为,这在很大程度上归功于纳扎尔巴耶夫当年的决定。

纳扎尔巴耶夫决意将阿斯塔纳打造成一座21世纪的首都,一系列壮观的新建筑拔地而起。这片中亚的荒原成了国际建筑师的乐园,充斥着不同风格的建筑。当我从机场乘车进城时——我有数小时的转机时间——感觉就像进入了一个巨型外景地,包括我在内的路人都成了行走其间的演员。

我们经过和平与和解宫,那是积雪荒原上的一座白色金字塔,由英国建筑师诺曼·福斯特[①]设计。我们又经过一个美国白宫式的建筑,只是上面多了一个蓝色穹顶。司机说,那是总统府。然后是"生命之树",其形状犹如一棵白杨树托起一颗金蛋。哈萨克人坚称,他

---

① 诺曼·福斯特(Norman Foster),知名建筑师,代表作包括北京首都国际机场三号航站楼、美国苹果公司园区等。

们的祖先就诞生于一颗金蛋中。

我们经过意大利建筑师曼弗雷迪·尼科莱蒂设计的中央音乐厅，它看起来像是层层包裹的塑料花。然后，我们经过凯旋公寓大楼，其风格不免让人想起二战后莫斯科建起的"七姐妹"[①]。接着，司机指着一座外形酷似北京西站的建筑说，那是中国风格的，叫北京大厦。

最后，司机带我来到一顶倾斜的巨型帐篷前。这是世界上最大的帐篷，里面实际上是一个大型购物中心。司机告诉我，帐篷共有六层，顶层还有一个空中沙滩俱乐部，里面的沙子真的是从马尔代夫进口的。

后来，我从新闻中得知，这座大帐篷也是诺曼·福斯特事务所设计，耗资四亿美元。负责施工的是一家土耳其公司，大部分建筑材料也都从土耳其运来。从土耳其到哈萨克斯坦，最便捷的路线是经过伊朗北部和土库曼斯坦，但卡车司机不喜欢经过土库曼斯坦："那地方有很多规定，但毫无规则。"

车外的天空阴沉沉的，飘着雪花，路人裹着冬衣在泥泞中艰难行走。阿斯塔纳不是一座旅游城市，但你能做的也就是坐车游览一番。车里一直放着音乐，可只是伴奏带。我终于问司机为什么要放伴奏。他说他喜欢唱歌。没客人的时候，他会在车里独自练习。

我说："没关系，你现在也可以唱。"

没想到他真的就唱了，声音非常动听。即便听不懂哈萨克语歌词，我依然被打动了。

---

① "七姐妹"是指二战后在莫斯科建成后的七座社会主义风格摩天大楼，分别为莫斯科大学、列宁格勒饭店、劳动模范公寓、重工业部大楼、乌克兰饭店、文化人公寓、外交部大楼。

一曲唱完，我发现自己鼓起掌来。司机躲在帽衫里面，腼腆地笑了。他叫赛力克，二十一岁，奇姆肯特人。那是哈萨克斯坦最南方的城市，与塔什干只有咫尺之遥。他说，他来阿斯塔纳是为了追逐音乐梦想。

"你知道迪玛希吗？"我问，"我觉得你唱得比他好。"

他知道迪玛希。他也知道迪玛希在中国很受欢迎。迪玛希在中央音乐厅举办过演唱会——那也是他的梦想。他告诉我，他算是迪玛希的师弟。他的意思是，他们拜过同一位老师，或者在同一家培训机构待过。

"你能再唱一首吗？"我问。

"再唱多少首都没问题。"

他换了一首伴奏，前奏结束前深吸一口气，然后唱起来。他开着车，穿行在灰白色的城市里，周围是令他陌生的新奇建筑，但是他的脸上瞬间有了感情，他的声音有了感情，甚至他换挡的动作也有了感情。

一曲结束后，他手按胸口，点头致谢，仿佛不是在这辆小车里，而是像迪玛希一样，在那座塑料花般的音乐厅里，面对着万千观众。

"希望有一天能在电视上看到你唱歌。"我发自内心地说，然后让他把我送回机场。

3

在阿拉木图转机，飞到塔什干。再从塔什干换乘乌兹别克国内航班，抵达努库斯。刚落地，我就收到了阿什哈巴德旅行社的邮件。和以往的邮件一样，这封邮件也写得言简意赅，语气中甚至带点幸灾乐祸："亲爱的 L 先生，你的邀请函申请被拒了。"

此外，再无任何说明，也没告诉我该怎么办。

我在城里的一家小旅馆住下，然后马上回信，问是什么情况。

第二天，旅行社经理回复说，土库曼移民局也没给任何理由。

"你以前碰到过这种情况吗？"

"这种事我们从没遇到过。"

"现在怎么办？我都已经到努库斯了。"

"我们可以重新尝试申请，不过至少需要十个工作日。你的意见呢？"

我回复道："马上办。"

然后我下楼，把我不幸滞留的坏消息告诉旅馆老板。对他来说，或许是个好消息——他又能多赚几天房费了。开始，我以为我在努库斯只会逗留两天，所以只订了一间狭小的单人房。现在，我说服老板把我免费升级到一个大号房间。他同意了。反正大部分房间都空着。他还大度地表示，给我开一个"看得见风景"的房间。

我有一种不祥之感。很难相信有了如此黯淡的开头，后面还会有什么好结果。果不其然，等我拉开窗帘，才发现老板口中的"风景"就是门前那条灰扑扑的街道。街边种着几棵发蔫的小树，对面是一家倒闭的店铺。之前，在没有风景的单人房，我看不到这些情况，还能试着说服自己乖乖忍受。现在，眼前的"风景"反而更让我意识到自己被迫滞留的现实。不知道在这样一个呆板、荒谬的小城里，该如何消磨接下来无所事事的半个月。

我去了萨维茨基博物馆——连着去了三天。除此之外，实在想不出还能做什么。萨维茨基是苏联的考古学家、画家和收藏家。斯大林时期，他冒着巨大的危险，把一大批苏联超现实主义绘画偷运到努库斯，最终保留下来。

我发现萨维茨基是一个值得玩味的人物。1950年，他跟随考古队来到卡拉卡尔帕克斯坦，在这里一待七年，收集草原上的文物和民间艺术品。后来，他干脆卖掉莫斯科的时髦公寓，迁居荒蛮的努库斯。给我的感觉是，努库斯之于萨维茨基，就如同波利尼西亚之于高更。

当时，斯大林的清洗政策如火如荼，很多艺术家都被打上了"人民公敌"的标签，他们的作品岌岌可危。萨维茨基担心，一代俄罗斯文化就将由此消失。他开始收集那些被禁艺术家的作品，将它们运到努库斯保存。

在将近十五年的时间里，萨维茨基收集了大量俄罗斯前卫艺术作品。他为之付出了难以想象的艰辛。斯大林逝世后，苏联进入"解冻"时期，努库斯蔚为壮观的收藏震惊了世人。

三天时间里，整个博物馆几乎只有我一个人。我逐一欣赏那些画作，时光就这样悄悄流逝。黄昏时分，我走出博物馆。我得知萨维茨基死后就安葬在努库斯的俄罗斯公墓，它就在努库斯机场后面。我打了一辆黑车前往墓地，里面格外寂静。墓碑上方是一个吹笛天使的雕像，黑色花岗岩上的铭文已经磨损，但仍可辨认："伊戈尔·萨维茨基。他是一位天才，他把美留给了感恩的后人。"

第四天，我没有再去博物馆，而是在城里闲逛。努库斯黄沙遍地，到处是丑陋的平房和受困的神色。在这里待久了，人们脸上的表情似乎也变得空洞。我觉得自己步履沉重，但还是走向一片人流集中的区域。那是阿姆河畔的一个露天市场，基调是土黄色的。我仿佛走进了一张旧照片里。

市场里贩卖各种杂货、生鲜，但全都给人一种落满灰尘的印象。路面已经破碎不堪，缝隙中积着尘土的硬块，街边堆着垃圾，与市场融为一体。在这个不怎么下雨的地方，市场注定无法得到彻底清洗。污渍只会越积越重，成为生活的一部分。

人们在忙着一些小事，手里提着东西，四处逡巡，或是讨价还价。小餐馆外刚刚架起烤炉，一个留小胡子的男人在用纸板扇火。餐馆黑乎乎的角落里，坐着几个发呆的男人。我经过卖鱼的摊位，鱼就摆在案上，感觉死了好久，已经变质，上面飞舞着一团苍蝇，还有几只老鹰在低矮的屋顶上盘旋。

我感到脚步愈发沉重，决定返回旅馆。我经过一座带棚顶的市场，里面都是卖调料和酱菜的小贩。一个女人突然叫住我，我发现她是中亚的朝鲜人。斯大林时代，她的祖先从鸭绿江畔流落到阿姆河畔。如今，她还以卖泡菜为生。那些泡菜就堆在几个开口的白色塑料桶里，看上去白花花的一片——中亚人不吃辣，朝鲜人的泡菜上只有星星点点的辣椒。

她冲我笑了，露出嘴里的金牙。她从塑料桶里捞出一片辣白菜给我，然后用俄语问我是不是从韩国来的。我用朝鲜语回答："不是，我是中国人。"但她已经听不懂朝鲜语。我又用俄语重复了一遍。她笑着点点头，依然目不转睛地看着我。

我把辣白菜放进嘴里——味道并不好。没有辣椒的辣白菜，就像丢了灵魂的人，只剩下一股奇怪的咸味。不过我还是竖起大拇指，向她表示感谢。我的确很钦佩这些朝鲜人。他们来到这片陌生之地时一无所有，语言不通。老弱的妇孺很快死去，但剩下的人顽强地活了下来，繁衍至今。

我回到旅馆，在餐厅喝了两瓶啤酒。那天晚上，在房间里，我突然感到头晕、恶心，肚子发出邪恶的咕咕声。整个晚上，我几乎每隔半小时就要去一趟厕所。早晨依然感到身体虚弱、四肢酸痛。我又昏睡过去，醒来时发现房间里空空荡荡。我泡了杯热茶，喝下去，然后用手机查询航班。那天晚上有一架班机飞往塔什干——我不想滞留在努库斯了。在这里，我看不到任何希望。

在塔什干的米诺地铁站附近，我找了一家民宿，在屋里一连躺了几天。我的生日也在养病中默默度过了。按照计划，我原本应该在"地狱之门"露营，一边望着熊熊地火，一边喝我装进小扁瓶的白兰地。10月下旬，塔什干已经来了暖气，可是那几天的气温高达三十五度。我躺在床上，汗流浃背地过了生日。

几天后，我等来土库曼移民局的第二封拒信——同样没有理由。这一次，我连旅行社经理的邮件都懒得再回复了。

4

离开塔什干之前，我与阿扎玛取得联系。上一次，我和他在塔什干的一家酒吧相遇。为了让我见识真正的乌兹别克斯坦，他带我去了一家脱衣舞俱乐部。他后来喝醉了酒，絮絮不止。我们在午夜的塔什干挥手告别。

我看出他喜欢吹牛，说一些耸人听闻的大话。但对我而言，这些都无伤大雅。没有当地人带路，我只是一名普通的旅行者，只能看到普通的风景。有了阿扎玛这样的朋友，我才有机会进入当地人的世界，看到原本不太可能看到的东西。

我们约好晚上六点半见面。结果阿扎玛到了我住的地方时，迟到了半小时。天色已晚，塔什干阴沉灰暗，阿扎玛却显得神清气爽，好像刚刚起床。他看起来胖了不少。肚子像皮球一样，又鼓胀了一圈。我发现，他的胡子刮得十分精细，头发也抹了发胶，依然是一副精明生意人的模样。

我告诉阿扎玛我没去成土库曼斯坦。他说，土库曼人的脑子清奇得很，连他也理解不了。我又说我在努库斯滞留数日，他大为吃惊。他没去过努库斯，但听说过那里的闭塞。他说，努库斯没有女人，没有生活，他去了那里笃定会疯掉。

我们先打黑车前往一个汽车站。在那里，还有黑车开往更偏远的郊区。阿扎玛与一个麻脸司机用乌兹别克语谈好价格，我们上了那辆黑车，在夜色中驶出塔什干。

阿扎玛说，这回他要带我见识一个叫"金炳华"的朝鲜村子。村里有餐厅，有桑拿，还有陪酒的朝鲜小姐，是个"法外之地"。他对那里的情况"了如指掌"。

苏联时代，金炳华是北极星集体农场所在地。金炳华本人是劳动模范，获得过列宁勋章，还写过《论棉花高产》和《丰收之路》两本著作。集体农场取消后，"金炳华"就成了这个村的名字。村里住的全是中亚朝鲜人。他们自成一体，就连乌兹别克警察也不大敢管。

"你是怎么知道那里的？"我问。

"五年前,一个中亚朝鲜朋友带我去过金炳华。"阿扎玛说,"当时,我就被那里的生活深深吸引。"

"一个以劳模名字命名的村子,现在成了法外之地,听起来是不是有点讽刺?"

"我才不管,"阿扎玛说,"这就是真实的乌兹别克斯坦。"

说话之间,我们已经离开塔什干。窗外的公路看上去似曾相识。我突然意识到,这就是我去费尔干纳山谷时走过的那条路。两侧都是大片的棉花地,看上去朦朦胧胧。不久,我们拐下大路,开上一条小路,又走了一段距离,进入了一个村子。我看到一些亮着灯的院子,男人在昏暗的街上走动。路上到处是碎石和砂砾,但没有路灯。

"金炳华到了。"阿扎玛说。

我们在一家饭店门口下车。那是一个有几间平房的大院子,狗肉就在外面的锅里炖着。在一间包房里,有朝鲜式的矮桌和坐垫,擦拭得很干净。阿扎玛算是穆斯林,可他没有忌口。我们点了一锅狗肉汤。按照朝鲜习俗,送了很多小菜。一个朝鲜小伙计把小碟小碗端上来,摆满了一桌。阿扎玛对此赞叹不已。他又点了两瓶啤酒——波罗的海7号。

我们喝酒吃菜。阿扎玛使不惯筷子,依旧用叉子吃饭。后来,他意犹未尽,又到外面叫朝鲜小伙计再送几碟小菜。看到小菜可以源源不断地补充,还不要钱,阿扎玛再次表示赞叹。

等他回来后,我问道:"朝鲜人会说乌兹别克语吗?"

阿扎玛说:"肯定会说,但他们跟我只说俄语。"

"难道他们瞧不起乌兹别克人?"

"我才不在乎。我是俄罗斯人。"

"我一直以为你是乌兹别克人。"

"我父亲是乌兹别克人,母亲是俄罗斯人。我认为自己是俄罗斯人。"

"但你会说乌兹别克语。"

"当然,"阿扎玛说,"如果你在这里只会说俄语,生活当然没问题,出去享受也没问题,做生意可不行。在这里做生意,一定要会说乌兹别克语。很多机会和关系,只留给那些能说乌兹别克语的人。"

我问阿扎玛,最近在做什么生意。

他说,他刚买了一辆70年代的雪佛兰老爷车。一个美国人告诉他,这车在美国能卖出五倍的价格。"问题只在于怎么把车运到美国。"

此外,阿扎玛还有几个商业计划:利用"一带一路"的契机,把乌兹别克的水果销往中国;从淘宝购买窗帘,拿到乌克兰销售——他在那里认识朋友;把中国游客带到塔什干,租下一个别墅,开"动物派对",让他们见识真正的乌兹别克美女。

显然,酒精让阿扎玛膨胀起来。他说得头头是道,好像这些事全都有了眉目,但其实都是八字没一撇。自始至终,包间里只有我们两个人。传说中的朝鲜陪酒女郎没有出现。阿扎玛解释说,可能因为我们是外人,他们还不放心。

吃过饭,阿扎玛拧开水龙头洗手,再用沾水的手指梳理头发。随后,我们走进昏昏欲睡的小巷,去找阿扎玛所说的桑拿。

我们走到一个没招牌的铁门前。阿扎玛环顾四周说:"就是这里。"他开始吭吭地敲门,过了半天才有一个中年朝鲜女人出来。她身后的院子静悄悄的,只挂着一盏白色灯泡,透出一种乡野小店的气质。如果这里会有朝鲜小姐,那对我来说真是难以想象。阿扎玛说起俄语,中年朝鲜女人面露诧异之色。最后，阿扎玛对我说，把桑拿烧起来要等两个小时。这里也没有朝鲜小姐。

"五年了，"阿扎玛感叹，"一切都变了。"

我们又回到吃饭的地方。阿扎玛开始审问那个朝鲜小伙计，但没榨出什么结果。载我们过来的麻脸司机还没走。这会儿，他缓缓开过来，放下车窗，探头打听我们要去哪儿。司机说，他知道另一家桑拿，在距此二十公里外的一个村子里。他确定，那里能找到朝鲜小姐。

阿扎玛问："怎么样？"我说："回塔什干。"他大失所望。

我们坐上麻脸司机的车。阿扎玛还对朝鲜小姐念念不忘。对他来说，朝鲜小姐代表了异国风情，而且不受传统约束。可是对我而言，她们是离散的族群，是被侮辱与被损害的人。我来金炳华原本就是出于好奇，如今那点好奇也已荡然无存。我觉得，在那样破败的桑拿房里，就算真有朝鲜小姐，我也一定会手足无措。和阿扎玛不一样，我对享乐的看法已经改变。

回到塔什干，阿扎玛问我有什么打算。我说我要回去休息。他握着我的手，让我不要忘了把中国客人带到塔什干，剩下的事全包在他身上。我笑着说好，除此之外，真不知道该说什么。

对我来说，这是一次失败的旅程，没去成土库曼，什么事都没干成。第二天，我将离开塔什干，带着土库曼的"礼物"，返回老窝。

第五部
哈萨克斯坦

突厥斯坦的小人物

1

中亚漫游的日子里，我先后四次经过阿拉木图。旅途中，这座城市始终扮演着驿站的角色。在这里，我可以短暂地安顿下来，整理旅行的头绪，完善笔记的细节，顺便光顾几个美妙的小餐馆。

我看到的大部分中亚依然是一个深陷历史与宗教传统，囿于地缘政治和民族主义，面对全球化裹足不前的地方。那样的中亚至今存在，因此值得不辞辛劳地前往。除了主要景点之外，旅行都很困难。你需要面对层出不穷的意外。很多时候，舒适又能负担得起的旅馆难得一见。在一些地方，即便是提供最基本设施的干净房间，也算得上奢侈。阿拉木图的情形却不大一样。旅馆和餐厅全都干干净净，甚至富有情调。在这里，我多少对中亚的未来有了些概念。

我在阿拉木图待了一个星期，安排接下来在哈萨克斯坦的旅行，申请必要的许可证。我买好了火车票，打算一路前往突厥斯坦。火车在午夜出发,因此晚餐时我去了一家格鲁吉亚餐馆。

我点了哈恰普里和烤羊肉,喝了一杯卡赫季产区的葡萄酒,又喝了一杯产自天山山麓的葡萄酒,接着打车到火车站,找到我的车厢,爬上摇摇晃晃的卧铺,醒来已置身大草原之中。

这个时节的草原,红灿灿的郁金香遍地开放,偶尔可见奔跑的马群。包厢内响着下铺女人轻微的鼾声,好像穴居动物的小巢穴。车站上停着运送木材的货车,光线洒在瓦楞铁皮斜屋顶上,空气中有新雨的味道。

我走出包厢,经过餐车的厨房。一个系着围裙的哈萨克大妈,正支着油锅,奋力炸馅饼,额头上渗出汗珠,臂膀上的赘肉上下颤动。我又回到包厢,一边用海顿的小号协奏曲抵抗鼾声,一边等待早餐。火车在铁轨上晃,走廊上终于传来大妈俄语的叫卖声。我买了一个热乎乎的油炸馅饼,迫不及待地咬了一口,发现竟然没馅儿,多少有些失望。

我想起在南俄草原的火车上吃到的炸馅饼——乘务员大妈做的。羊肉和洋葱细细切碎,拌上香料,填入面团中油炸。从这里到南俄草原是一个条状带,几乎没有任何地理上的阻隔。那也是历史上游牧民族如潮水一般征服与迁徙的传统道路。在通往南俄草原的路上,可以遇到几个历史上的重要名称,塔拉兹便是其中之一。我在这里下车,是因为一段几乎已被遗忘的历史。

塔拉兹,在中国典籍中称为"怛罗斯"。公元 751 年,当时世界上最强大的东西两大帝国——阿拉伯与唐朝——在这里发生了一场军事冲突。唐军大败,后经安史之乱大伤元气,自此退出中亚舞台。阿拉伯人的圆月弯刀和宣礼塔,则又用了数个世纪,将中亚永久地打造成伊斯兰的世界。

据《新唐书》和《资治通鉴》记载，怛罗斯战役的起因是西域藩国石国（首都位于塔什干）"无番臣礼"。安西节度使高仙芝领兵征讨。在石国请降的情况下，高仙芝依然血洗石国，掠夺财物，并将国王带回长安斩首。侥幸逃脱的石国王子遂向阿拉伯的阿拔斯王朝求救。

《大唐西域记》成书后不到十年，唐朝就歼灭西突厥汗国。此后，唐朝逐步在西突厥故地设置行政机构，确立起对西域的统治。那些原来臣服于西突厥的中亚诸胡转而臣服唐朝，大多数中亚地区都被纳入唐朝的版图。

与此同时，阿拉伯（大食）在中亚的势力也在迅速扩张。波斯萨珊王朝原本是阿拉伯帝国和大唐之间的屏障，然而651年被阿拉伯人吞并，使得两大帝国的疆域直接接触。怛罗斯战役，正是唐朝遏制大食与大食对外扩张之间的矛盾爆发。

阿拉伯一方的将领是杰出的军事家艾布·穆斯林，中国史书中称为并波悉林。他是奴隶出身，后来举起反抗倭马亚王朝的大旗，攻占呼罗珊、伊朗、伊拉克、叙利亚，最终在库法拥立阿拔斯家族的阿布·阿拔斯为哈里发，开启阿拔斯王朝时代。唐朝一方的高仙芝同样是一代名将，统领着整个西域的军队。他率领大唐联军长途奔袭七百余里，最后在怛罗斯与大食军队相遇。当时唐朝军队中有许多葛逻禄（维吾尔人的祖先）和拔汗那国（位于费尔干纳山谷）的军卒，唐兵只占三分之二。

怛罗斯战役持续了五日。唐军开始稍占上风，但由于大唐联军中的葛逻禄部突然叛变，唐军遭到两面夹击，最终溃不成军。高仙芝收拢残部，逃往安西方向，途中恰逢拔汗那兵也溃逃至此。副将李嗣业唯恐大食追兵将至，杀死百余名拔汗那军士才得以率先通过。唐军几乎全军覆没，只有少数侥幸逃脱。

怛罗斯之战只是两大帝国边陲上发生的一段插曲。然而，由于怛罗斯之战的失利，大批唐朝士兵成为俘虏，被押往阿拉伯统治的地区。这些军士中有不少能工巧匠，据说其中就包括造纸工匠。阿拉伯人组织他们在撒马尔罕设厂造纸。随着阿拉伯人的征伐，造纸术由中亚传入西亚、北非和欧洲。

塔拉兹确实很古老，然而唐朝的影响即便在考古遗址中也难觅踪影。如今，那里只留下两座伊斯兰早期建筑——喀喇汗王朝的遗迹，还有成吉思汗走后的一片瓦砾。

天下着小雨，我是唯一来访的客人。售票处里那个长得挺有个性的女孩，挥挥手就放我进去了。我徘徊在考古遗址中间，不免感到塔拉兹的历史其实很单纯。大部分的时间里是一片空白，只有几个如流星般闪过的"决定性瞬间"。

征服者来了又走，疆界不断变换。存亡年代，王朝更替，势力范围，全都难以记住。即便在书中翻找，也只能得到一些干枯的基本数据。在漫长的历史中，塔拉兹没什么成就可言。除了我这个为"怛罗斯之战"而来的好事之徒，我也没有再见到第二个旅行者。

苏联重建了塔拉兹，称之为"江布尔"，但它依旧只是帝国边陲上的小镇，是失意落寞者的流放地。在塔拉兹博物馆里，有一间展室专门献给画家李奥尼德·布雷默。他是出生在乌克兰的德国人，长年在克里米亚工作。"二战"时，德军入侵克里米亚，斯大林将那些"不可靠"的族群，统统发配到遥远的中亚，其中就包括克里米亚的德国人、希腊人和鞑靼人。

人生最后的三十年，布雷默在塔拉兹度过。他在塔拉兹的生活，没有留下文字记录。但他大概不怎么画画了，因为陈列室中留下的画作大多完成于克里米亚时期。在塔拉兹，在这个远离大海的内亚小镇，雅尔塔的海滨风光看上去像是对一场旧梦的描述。

最后，我终于找到一幅塔拉兹的风景画：仿佛是春天，高大的杨树如毛笔一般耸立，淡绿的枝叶在风中抖动。我留意了一下画作的时间——1954年。前一年，斯大林刚刚去世，苏联进入"解冻"时期。已经在塔拉兹待了十三年的布雷默，想必也感受到一丝春意——你甚至能在他的画笔中看到一种有意克制的轻松。

布雷默不是多么声名显赫的画家，也没有足以流传后世的杰作。在塔拉兹，我看到的是一段历史的破碎脚注，是那些与布雷默分享着相同命运之人的缩影。

2

在塔什干养病时，我遇到过一个叫卡琳·柯特的姑娘。她是美国人，容貌端庄，在奇姆肯特的一家哈萨克女子足球俱乐部踢球。那时，赛季刚刚结束，她背上行囊，跳上小巴，穿越边境，来到几十公里外的乌兹别克斯坦旅行。她计划住在一个可以为她提供沙发的当地人家里，却与沙发主失去了联系。她的哈萨克手机卡没有信号，而塔什干的咖啡馆也很少把提供 Wi-Fi 作为必要服务。

我让她用我的热点，当时我正坐在咖啡馆外吃番茄意面。看着我吃饭,她也饿了,于是用英语问服务员有没有素食。我想不到她还是严格的素食主义者——不吃肉奶蛋,也不用任何动物产品。这让她在一个游牧国家的足球之路,看上去如同一场行为艺术。

卡琳大概告诉过我为什么选择奇姆肯特,只是我没记在心上。当我在塔拉兹坐上火车,前往下一站奇姆肯特时,我想到了卡琳,同时开始在头脑中勾勒奇姆肯特的形象。

火车上有很多刚入伍的新兵,车厢像咸鱼罐头一样拥挤。坐在我对面的女人穿着一件蓝毛衣,用乌兹别克语和我搭话。站台上,送兵的妇女随着火车小跑起来。透过刮花的窗玻璃,我看到一张张模糊的面孔,一颗颗闪光的金牙。

奇姆肯特位于哈萨克斯坦与乌兹别克斯坦边境,距离塔什干只有两小时车程,与阿拉木图却相隔七百公里。这里有数量庞大的乌兹别克人口,周围几乎全是乌兹别克村庄。历史上,奇姆肯特是丝绸之路的重要贸易站,如今又有时髦的女子足球俱乐部和卡琳这样的外籍球员——我想象中的奇姆肯特,应该是一座融汇古今的城市。

可是,城里没有半点古迹。唯一值得一去的是一座荒草萋萋的公园,里面什么都没有,只有几个闲来无事的少年和推着婴儿车的妇女。我在奇姆肯特最好也最贵的酒店吃了顿晚餐。酒店是欧洲城堡风格,却意想不到的冷清,好像一家快要经营不下去的主题乐园。餐厅主打"泛亚"菜式,菜单从中亚、西亚,到东亚、东南亚,无所不有,可主厨只有两个韩国人,客人也只有两位。侍者照常为你摊开餐巾,上菜撤碟,然后理直气壮地在账单上追加百分之十的服务费。

奇姆肯特的郊外,有一个叫塞兰的小镇。玄奘大师在《大唐西域记》中称之为"白水城"。发现在奇姆肯特无所事事后,我去那里走了一遭。起先，我以为能在那里逛上半天，可到了之后才发现自己过于乐观了。塞兰曾经是一座丝绸之路上的古镇，如今借以闻名的一切已经消失，只剩下一幅闭塞、滞闷的景象。

穿过那座纪念塞兰建城三千年历史的拱门，我进入的小镇普通得令人称奇。丑陋的钢筋水泥建筑已经蔓延到每个角落，看上去都是近年才建的。镇中心有一个二层的小商场，有一座不老不新的清真寺，还有两座古代圣人的陵寝，但显然也是后建的。

天上下起了雨，道路变得泥泞，我也就愈加不知道该去哪里。我发现路边有一个黑洞洞的现代茶馆，就走进去坐了下来。茶馆地方不小，装潢敷衍草率。旁边有几个女人围坐一桌，正在分享一大块蛋糕。其中一个小女孩也就十二三岁，竟然已经戴上了头巾。

服务员是一个胖乎乎的姑娘，不太喜欢外国人添乱。我用俄语问她有没有菜单，她立刻露出惊恐的神色。后来她几次从我身边经过，也把我当成空气对待。我慢慢地醒悟过来：在这样没落的小镇，在这样质朴的茶馆，根本就不会有菜单这类煞有介事的玩意。于是我一把抓住她的围裙，用不标准的乌兹别克语问："抓饭有吗？茶有吗？"

她听懂了，很快把饭菜端了上来。

3

我想尽早离开奇姆肯特，谁知旅程却在这里搁浅。我吃惊地发现，突厥斯坦的所有酒店和小旅馆（只有四五家）全都没有房间，最早的空房也在半个月之后。

突厥斯坦曾是哈萨克汗国的首都，也是艾哈迈德·亚萨维的安息之所。亚萨维是伊斯兰圣徒，生于塞兰。他最早用突厥语传教，帮助突厥民族完成了信仰的伊斯兰化。在我看来，他的地位大致相当于达摩祖师之于中国禅宗。这位大人物的圣陵就在突厥斯坦，是去世两百多年后由帖木儿勒令修建的——那里被称为突厥人的"耶路撒冷"。

我辗转找到一个出租民宿的人——整个突厥斯坦只有这么一个人。简介上写着，他是乌兹别克人，名叫巴布尔，会说英、法、俄、德、中等数国语言。他与母亲一起生活，住在一个传统的乌兹别克庭院里。简介上没有照片，但我估计巴布尔可能是大学生，颇具语言天赋。

奇姆肯特的汽车站看上去秩序井然，可是明亮的售票大厅并不售票，你得走到停车场和"趴活儿"的司机讨价还价。到了哈萨克斯坦，我才深切感受到乌兹别克人多会做生意。他直接开出一个包车的价格，暗示我可以马上出发。于是我就信了，乖乖交出钞票，他也就真的只载了我一个人走了。可是通往城外的公路上不时有人招手叫停，大包小包堆在脚下。每次遇到招手的人，他就把车停下来。很快，小巴塞得满满当当，我的包车服务才享受了不到二十分钟。

窗外是平坦无树、适合耕种的土地，只有少数被开垦出来，如同大地上的补丁。褐色的地块上停着大型拖拉机，让人联想到北美的农场。这样的土地的确适宜大规模的机械化耕种。

"在苏联时代，这里都是农田，"司机告诉我，"但现在荒废了。"和我同车的乘客们，在沿途凋敝的村镇下车，踏着土路，向更偏僻的地方走去。司机说，他们不再务农，而是每天通勤，前往奇姆肯特的工厂工作。

巴布尔说好在汽车站接我，可是不见踪影，电话也打不通。我像逗哏的相声演员一个人跑上了台，一时间茫然无措。我等了十几分钟，一个满脸胡茬的老人走了过来，叫了声我的名字。我想象中的巴布尔应该是个年轻人，可是眼前这位至少五十多岁了。巴布尔应该会说多国语言，可这个人只会说俄语和乌兹别克语。

"你是巴布尔的父亲吗？"

"不，我是巴布尔！巴布尔！"

他穿着一件黑色夹克，领口大敞，开一辆老式欧宝汽车，已经有日子没洗了。

"你饿了吗？"他做了个吃饭的手势。我们钻进汽车，拐进一片被挖土机刨得千疮百孔的空地。汽车开不过去，我们就下了车，连蹦带跳地越过几个壕沟，来到一家乌兹别克饭馆前。

虽然是饭点，可餐厅空无一人——没有像我们这样翻过壕沟来吃饭的人。我们点了两份汤和一个馕。巴布尔掰着馕，用勺子喝着汤，然后不胜爱怜地捞起碗里的那块带骨羊肉。他看起来很疲惫，额头布满皱纹，胡子拉碴的瘦脸因为用力咀嚼而颤抖。

我们艰难地交流着。

我问巴布尔多大年纪了。

他说，四十六岁。

他真的和母亲住在一起？

是的，他和妻子分居了。她的精神有问题。他们的感情破裂了。

他靠什么谋生？

开出租车，他是司机。

就是这辆欧宝吗？

对，这是他自己的车。

他有几个孩子？

两个女儿。大女儿已经结婚，小女儿在奇姆肯特上大学。为女儿筹备嫁妆要花掉一大笔钱。

他喝完汤，一边小口吃着馕，一边啃着免费的方糖。他倒了一杯绿茶，又放进四块方糖。他把方糖当作宝贝，不知道这东西最终会毁了他。

"下午有何打算？"他问我。

我说，我想先去讹答剌，再回来看艾哈迈德·亚萨维的圣陵。

他说，你至少应该在突厥斯坦待两天。第一天去讹答剌，第二天看圣陵。

我没有告诉他，我原本打算待三天，无奈旅馆客满。

我问巴布尔包车多少钱——讹答剌离突厥斯坦五十公里，在一片荒野上，没有公共交通。他说了一个价格，比我刚在汽车站打听的贵了一倍。即便对于住在家里的客人，他也没有手软。

我说："有点贵了。"

他好像早已料到，马上说："我们不妨各退一步。"

他拿出手机，先按出他的价格，归零；再按出我的价格，归零；最后按出"各退一步"的价格——那个数字介于两者之间，但依然比正常价格贵出三成。

他早有准备，说不定在家排练过。那张消瘦的胡茬脸，配合抑扬顿挫的口气，外加耸动的眉骨，活脱脱地展现了一个乌兹别克人的"交易的艺术"，体现了哈萨克人心目中"萨尔特人"的狡黠。我一时间钦佩不已，于是没再还价，就点头同意了。

我们买了单，走出餐厅。巴布尔把剩下的半块馕用餐巾纸包起来，塞进夹克里。我们再次钻进欧宝，开往讹答剌。

4

整个中亚的噩梦都始于讹答剌。

1217年，花剌子模帝国守将亦纳勒术贪图财货，擅自处死成吉思汗派遣的穆斯林商队，只剩下一位驼伕逃回蒙古。成吉思汗要求赔偿不果，引发第一次蒙古西征。讹答剌的抵抗持续了一百八十九天，最终在1220年2月城破。亦纳勒术被熔化的银液灌入耳朵和眼睛处死。

波斯史学家志费尼记载了这段历史。志费尼出身于波斯贵族家庭，祖父是花剌子模大臣，父亲则投效蒙古。志费尼本人担任过蒙古阿姆河行省长官阿儿浑的书记官，数次随阿儿浑赴哈拉和林朝见大汗。

在《世界征服者史》中，志费尼写到了讹答剌之战的象征性意义：它不仅摧毁了一座城池，更推倒了世界演进的"多米诺骨牌"。讹答剌毁灭之后，成吉思汗决定开始他的征伐之路。每来到一座城市，蒙古骑兵就摧枯拉朽，将其彻底摧毁：撒马尔罕、布哈拉、希瓦、苦盏……那些我到过的中亚古城全都在劫难逃。他的儿孙更是沿着无遮无挡的草原，一路打到中东和欧洲，压垮每一座清真寺，推倒基辅罗斯的教堂，随后又奴役俄罗斯人两个半世纪。

去讹答剌的路上几乎看不到车辆。大部分时间里，我们行驶在一片平坦的荒原上。锡尔河在几十公里外的地方流淌，可是看不到它的身影。按理说，讹答剌应该在锡尔河畔，那也是这个地方会出现一座城市的原因。然而，时过境迁，锡尔河已经改道，讹答剌也变成了荒原上的废墟。

我们经过一片墓地。巴布尔突然举起双手，做出礼拜的手势。到了讹答剌后，他又说十几公里外的村里有一座清真寺，那天是主麻日，他得去做礼拜。他早就做好了决定，并不是在征求我的意见。他说了句一小时后回来接我，随即扬长而去。

我独自在讹答剌的废墟间游荡，难以想象这里曾有过一座城市。土丘之间有考古遗址牌，上面写着：在鼎盛时期，讹答剌的面积几乎是现在的十倍。考古学家发现了一座重建的堡垒、一段城墙、清真寺的残柱、宫殿的矮墙、几处住宅的断壁以及一个澡堂。现在这些残迹就在眼前，可要分辨出当年是什么，着实需要一番脑力。站在一片土丘上，四下茫茫然，视野所及之处全是荒野。远处的天空阴云密布，灰色的雨柱将乌云与大地连在一起，好像大平原上的龙卷风。那里正在下雨，可是这里只能感受到带着雨味的冷风。

遗址外面有一座土黄色的城门，好像迪士尼的城堡，崭新得出乎意料。细看之后才知道，那不过是几年前修的，为的是让参观者能够想象当年的盛景。我不免想到亦纳勒术站在城门上，望见蒙古军队时的惊骇——当时，那种惊骇还很新鲜，不为世人所知。不会有人料到，这场蒙古风暴会席卷更广阔的世界。但是，正如历史已然昭示的，亦纳勒术的惊骇会像点燃的烽火一样传播，甚至在遥远的匈牙利南部，我也见到过被蒙古人摧毁的城墙——讹答剌是一切开始的地方。

蒙古屠城后，讹答剌并没有马上湮灭，而是残喘将近两百年之久。

我眼前的一些断壁残垣，其实是屠城之后重修的。随后，另一位疯狂的历史人物来到这里。1404年冬天，帖木儿带领二十万大军远征明朝。那年的天气异常寒冷，很多士兵和战马冻死在路上。在行经讹答剌时，帖木儿身染风寒。他的阿拉伯传记作者写道："汤药和冰袋让他的口鼻喷出泡沫，好像一只猛然被拽住缰绳的骆驼。"

1405年2月，帖木儿死在讹答剌。他生前曾发誓将伊斯兰的火种播撒到中华大地，这个梦想就在讹答剌化为乌有。士兵们将他的尸体运回撒马尔罕安葬，讹答剌终于渐渐荒废，沦为一座鬼城。

巴布尔提前回来了，他的心灵已经得到抚慰，看起来意气风发。他说，如果我还想看艾哈迈德·亚萨维的圣陵，那么现在就得赶回突厥斯坦。

我们坐上欧宝，将讹答剌的废墟抛在身后。那道如龙卷风一般的雨柱已经移了过来，大滴雨点从天上狠狠砸下，在挡风玻璃上劈啪作响。

路上，巴布尔接了一个电话。他拿起来听了一会儿，然后一言不发地把手机放在仪表盘上。我听见手机里传来一个女人歇斯底里的咆哮。

"你妻子？"

"一个疯女人。"

5

回到突厥斯坦，巴布尔把我放在艾哈迈德·亚萨维圣陵的停车场。

他又说自己有事要办，然后匆匆离去，好像真有什么事要忙。我怀疑他要忙的事与刚才接到的电话有关。

我随着人群走向亚萨维的圣陵，突厥斯坦客房爆满的情况终于有了解释——朝圣者络绎不绝，有些人显然是从遥远的地方赶来。在陵墓前方的玫瑰花园里，我看到两个老妇人穿着卡拉卡尔帕克斯坦的传统服饰——像某种中世纪的斗篷——如同刚刚走出《一千零一夜》的人物。

和撒马尔罕的雷吉斯坦一样，亚萨维的圣陵同样由帖木儿兴建。亚萨维是一个倡导离群苦修的苏菲派圣人，可建造这样的庞然大物往往劳民伤财，真正的目的不过是为了展示统治者的权势。在这一点上，亚萨维的圣陵比雷吉斯坦更加不辱使命。因为帖木儿死后，工程就烂尾了。圣陵的正面至今还是毛坯房一般的土墙，没有装饰，没有瓷砖，而已然完工的背面却光彩夺目，像撒马尔罕的那些建筑一样辉煌。

我绕着圣陵走了一周，感到帖木儿是一个被高估的英雄人物。他没有为帝国创造出一个生生不息的文化，只是留下一些建筑，供人凭吊而已。一旦他的个人意志退潮，帝国也就随之烂尾。这些建筑——无论是对于宗教，还是人民——意义都非常有限。

我回到停车场，等着巴布尔来接我。当他的欧宝终于涉过一片水坑出现时，后座上多出了一个年轻女子和两个小孩。巴布尔告诉我，这是他的大女儿和外孙。没想到，巴布尔已经当爷爷了。

年轻女子显得很不耐烦，喋喋不休地说着乌兹别克语。巴布尔一言不发，不时讪笑，像一个被老师训话的学生。我夹在中间，正巧目睹这出大戏。

我们先送母子三人回家，然后才来到巴布尔的住处。巴布尔的家位于郊外一条泥土巷道里，巷子坑坑洼洼，在干燥的夏天全是尘土，雨后就变成一汪汪泥潭，有车轮压过的扭曲花纹。每家每户都大门深锁，一只白色脏猫蜷缩在一洼水旁。

在一扇锈迹斑斑的铁门前，巴布尔停下车，说到家了。所谓的乌兹别克庭院里藤架倾倒，种菜的土地无人打理。倚着后墙搭建的小砖屋中堆满杂物，房梁上有生锈的钢筋露出。巴布尔告诉我，厕所在院子远端的一扇木门后。后来我发现，那是一个旱厕，只用木头垫起两块下脚处。他没提浴室，看样子也没有，于是我打消了晚上洗漱的念头。

进屋前，巴布尔让我先脱掉鞋，可是那块磨破边的地毯并不比外面干净。小小的灶台是冷的，有段日子没开火了。炉子上放着一只烧黑的水壶，案板上有半颗蔫头耷脑的洋葱。

巴布尔说，平时都是他母亲做饭，现在她去塔什干串亲戚了。

巴布尔带我走进一个房间，说是我的。房间里铺着地毯，摆着一张沙发榻。这张沙发榻可是至关重要，如果没有它，房间里也就没有其他家具了。一面墙上挂了一张挂毯，让房间多少有了些家的感觉，也流露出一点点乌兹别克风情。不过，我还是有一种被囚禁的感觉，迫不及待地想要出去。

巴布尔表示，他要去清真寺做晚礼拜，我可以自由安排。我觉得他并不想一起吃饭，于是独自离开。我在附近的小超市买了些面包和奶酪，坐在马路边，在暮色中吃着自己的晚餐。马路对面的庭院突然亮起灯，映着淡蓝色的院墙。巷子里传来一阵激烈的狗吠声，先是一群狗凶恶的咆哮，然后是一只狗落败的哀嚎。我看了看手机上的地图：沿着这条路一直走下去就是突厥斯坦火车站——沙皇尼古拉时代的建筑。有一瞬间，我很想跳上一辆火车离开这里，回到令人舒心的阿拉木图。

走回巴布尔家时，院子里一片漆黑，客厅里也不见人影。接着，巴布尔从房间里出现了。他已经换了一身睡觉穿的休闲裤，光着脚，昏黄的灯光照着他满是胡茬的脸。他请我进来坐坐。

房间里有两张沙发榻，一张沙发榻上堆着杂物，另一张沙发榻就是他的床。五斗柜上搁着一台小小的电视机，正放着足球比赛。在巴布尔的邀请下，我就坐在他睡觉的沙发榻上。想到他目前的孤独生活，看着这个不像个家的栖身之所，我试着问起他的一生。

他上过大学，一所工业技术学校，但是没赶上苏联分配工作的好日子。年轻时，他干过各种行当，后来才成了出租车司机。

他的婚姻是父母包办的。妻子从乌兹别克斯坦嫁过来，是他母亲那边的远房亲戚。他们很快生了孩子，但他从未感到过满足——无论是生理上，还是生活上。

"为什么不离婚呢？"

"为什么？让我怎么回答呢？真主不赞成离婚。穆斯林应该小心此事。"

"你是从什么时候开始变得虔诚的？"

"十年前。"他说。那时他在生活上碰到了很大的麻烦。他开始去清真寺，向真主祈祷，最后那场危机终于解除。为此，他一直心存感激。

我点点头，说了句"真主至大"。窗台前，漆成白色的暖气片积满陈年的污垢和锈迹，发黄的墙壁斑斑点点。沙发榻前有一个玻璃茶几，上面摆着糖果、水杯、遥控器和几把铝箔纸板的药片。这些东西杂乱地堆在一起，在灯光下显得老旧沉默——我能感受到其中的凄凉。

我说："你是穆斯林，我不知道该不该请你一起喝酒。"

他说："我偶尔也喝酒。"

我走回房间，拿出一瓶在奇姆肯特买的亚美尼亚白兰地——亚拉拉特牌。亚拉拉特是亚美尼亚的一座圣山，也是《圣经·创世记》中诺亚方舟在大洪水后停靠的地方。

我握着酒瓶，回到巴布尔的房间。他坐在沙发榻上，上身微微前倾。小小的电视机荧荧闪动，传递着另一个世界的讯息，也将巴布尔的侧脸映得空洞。

草原核爆

1

早上,巴布尔开车将我送到突厥斯坦火车站。他昨晚喝得不少,可此刻却显得神清气爽。我则睡得很不好,天亮时才勉强睡着,可很快又被黎明的寒气冻醒。

房间里冷得如同冰窖。我穿上衣服,躺在沙发榻上捱时间。后来干脆塞上耳机,听鲍罗丁的《在中亚细亚草原上》——叶甫根尼·斯维特兰诺夫指挥苏联国立交响乐团。我闭目倾听单簧管和圆号奏出俄罗斯民歌的旋律,然后等待英国管吹出忧郁的东方小调。两种旋律彼此交错,直到隔壁传来巴布尔起床后的咳嗽声。

回到阿拉木图,我琢磨着接下来的行程。我决定深入哈萨克大草原,前往北部小城塞米伊。塞米伊是陀思妥耶夫斯基的流放地,也暗藏着苏联时代的秘密核试验场。1949年,苏联的第一颗原子弹在草原深处爆破成功。在随后的四十一年里,那里又进行了四百五十五场核试验,让哈萨克斯坦成为遭受核爆最多的国家。

我不知道自己能看到什么。去核试验场需要申请特别通行证,而且手续繁琐。我只好委托塞米伊的一家旅行社代办。在中亚旅行时,钱能解决很多问题,但有时候也要看运气。我都已经坐上北上的火车了,旅行社的姑娘才发来邮件,告诉我通行证还没着落:"我们希望明天能拿到。"

因此,前往塞米伊时,我怀着忐忑不安的心情。

我的忐忑自有原因。哈萨克斯坦幅员辽阔,是世界上面积第九大的国家。从阿拉木图到塞米伊,将是一趟穿越南北、长达一千多公里的火车之旅。我毅然跑到这里,把所有钱投入旅行中。如果旅途不顺利,事情可就惨了。

我买了一张二等车票。包厢里,将与我共度良宵的是一位单亲妈妈,带着一个还没上学的女儿。她们是哈萨克人,住在离俄国不远的小城巴甫洛达尔,是来阿拉木图旅游的。因此,她问我去塞米伊做什么时,我也就实言相告了:"旅行。"

"就你一个人?"

"是的。"

"塞米伊有什么?"

"陀思妥耶夫斯基故居、苏联的秘密核试验场。"

她若有所思地点点头,没有被打动,反而更加疑惑。后来我终于明白,要是哈萨克人问你来哈萨克干什么,你可最好别说"一个人旅行"——那会让你显得不太可靠。

发现包厢里有个不太可靠的人后,单亲妈妈变得谨慎了一些,只是出于礼貌,掩饰得很好。那个小女孩年纪尚小,则以一种防卫的眼神看着我。我想在她俩的下铺坐一会儿的计划,变得越来越难以实施。于是,我干脆去了餐车。令我有点意外的是,餐车里窗明几净,视野颇佳,而且不像可怕的俄国餐车——这里没有酒鬼。

此时,我已置身于哈萨克大草原。"草原"这个词,容易让人想到水草丰美之地。可是实际上,哈萨克大草原是干草原。更确切地说,是荒原。不仅十分贫瘠,甚至残破不堪。窗外,偶尔出现一片龟裂的丘陵,偶尔出现一排起伏的山岩,某些地方有小河流淌,闪着鳞片般的金光。在这片大草原上,你会感到火车其实是入侵者——入侵了桀骜不驯的风景。

黄昏时分,火车在一个小站停靠。站牌上写着"乌什托别"。

我猛然想起,以前看过一部叫作《中亚高丽人:不可靠的人》的纪录片:1937年,斯大林将二十万远东朝俄边境的朝鲜人流放到中亚,其中有三四千人就留在乌什托别——这里成了一座朝鲜小镇。

火车停靠二十分钟,我赶紧下了车。站台上有推着小车卖啤酒、熏鱼的小贩,长着一张张朝鲜女人的脸。和哈萨克人不一样,这些女人全都化着妆,穿着也更精致。即便放到韩国乡下,感觉也不会有什么违和感。

三三两两的乘客,穿着背心短裤,下车抽烟,也有人跟朝鲜女人买些下酒小菜。他们说俄语——这些流放朝鲜人的后裔早已不会说朝鲜语。

后来,回到北京,我又翻出那部纪录片重看一遍。里面有这样一段对话令我印象深刻:

"你们的祖国是哪里?"

"你用什么语言思考,你的祖国就是哪里。"

"我们说俄语,可我们生活在哈萨克斯坦。"

"我们不属于俄国,不属于哈萨克斯坦,更不属于朝鲜或韩国。"

"我们是什么人?"

……

列车员吆喝着让乘客上车。火车渐渐加速,掠过站台,掠过平房和铁皮屋顶,掠过杂乱伸展的天线,很快就把乌什托别甩在身后。暮色降临,草原愈显荒凉。我要了一碗红菜汤、一篮子面包、一杯啤酒,然后又要了一杯伏特加。我慢慢地吃喝,看着餐车里的人。

从乌什托别上来一个朝鲜潮男,戴着一顶时髦的毛线帽,正吃着蛋糕。一个穿着跨栏背心的小伙子会说英语,却告诉我他是一名矿工,去阿拉木图看女友。他后来喝多了,喋喋不休地自说自话,最后趴在桌上睡着了。要是在俄国火车上,乘警会把他拎去醒酒,就算他只是一个无害的失恋青年。

我回到包厢,母女二人已经睡去。火车在深夜时分继续穿越草原。等我早上醒来时,车窗外依旧是草原,仿佛没有尽头。乘客们拿着自带的茶杯,纷纷走到车厢连接处,在俄式茶炉前接水泡茶。我问列车员有没有茶杯提供,他开始说没有,后来看我是外国人就给我找来一个。可是,那个茶杯大概是谁用过的,里面还残存着喝剩的可乐。

火车跨过额尔齐斯河上的大桥,横平竖直的街道上点缀着古老的木屋,停着拉达汽车,有流浪狗对着火车吠叫,俨然是一座西伯利亚小镇的景致。接着,窗外出现了工厂和灰黄色的公寓楼,街上有了行人和车辆,扬起路边的尘土。这便是塞米伊市区外围一带的样子。在陀思妥耶夫斯基的时代,俄国人称这里为"魔鬼的粪箱"。

包厢里的母女跟我说再见,我下车登上塞米伊车站的站台,她们也跟着下来,到站台上透气。我这才注意到,原来小女孩的一条腿有点残疾,似乎是小儿麻痹症。她穿着白色芭蕾裤,在站台上一瘸一拐地跛行。

还没出火车站,就有两个警察拦住我,问我来这里干什么。我警惕地说,做生意。这么说倒也没错——如果他们查我的护照,会发现我办的是商务签证。

"会说俄语吗?"

"一点点。"

"箱子里有什么?"

"衣服。"

"打开看看。"

我扒掉行李套,拨开密码锁,打开行李箱。

"这是什么?"

"雨伞。"

他们点点头,示意我可以走了。

"谢谢,祝你们拥有愉快的一天!"

我走出火车站,对出租车司机说:"去游牧人酒店。"

2

游牧人酒店是一家老派酒店,在待客之道上做足了文章。不仅前台略懂几句英文,西装革履的门童还会帮你把行李提到房间。这里不接受网站预订,只能写邮件或者打电话。虽然没几个客人,可是提前两小时入住还是要收取半天房费。

只可惜酒店的设施处处陈旧。电梯间死气沉沉,走廊又长又暗,还铺着歪歪扭扭的地毯。房间形同囚室,只能打开一扇小窗,电源插头更是遍寻不着。你要是想一边充电一边玩手机,就得拔掉浴室的吹风机,坐在马桶上。可是浴室的设计偏偏又那么巧妙,能够有效地屏蔽手机信号。于是,你只好呆坐在天鹅绒面的椅子上(上面有若干不明污渍),呆望着窗外的一片苏联小区,听着铁轨上传来的火车声。

二楼餐厅供应早餐,可是早餐的品种有着游牧生活的单调。水果只有遭到虫蛀的苹果,蔬菜只有番茄和黄瓜。我在这里吃了三天早餐,番茄和黄瓜也一日比一日蔫萎,好似目睹一位不思进取的名媛,日日走着下坡路。唯一的安慰是那个俄式大茶炉,煮出的红茶又浓又苦,还带着一股红枣味儿。

旅行社的姑娘叫阿纳斯塔西娅,她答应来游牧人酒店接我,给我带来一个好消息和一个坏消息。她说,好消息是通行证终于到手;坏消息是我马上会发现,我们"无法沟通"。其实她的意思是,她不会讲英语。

可是我们之前一直沟通顺畅。无论是邮件还是短信,她都回复及时,英文看上去也没什么问题。

她说,那是因为她用了翻译软件。不过没关系,旅行社经理拉马扎诺夫先生会说英语,还会说中文,"他多次去过中国"。

阿纳斯塔西娅是一个身材丰满的年轻姑娘,有一头栗色长发。看到我后,她面露微笑,却誓不开口。很难想象,我们刚才还热火朝天地聊短信来着。我们沿着胜利公园走去旅行社办公室的路上，她一言不发，目视前方，一副坚信我们无法沟通的表情。不过，她人很善良，始终走在我的外侧，帮我挡住呼啸而过的汽车和掀起的尘土，就像一只松鸡，小心翼翼地领着小鸡渡过湍急的溪流。

到了旅行社，我立刻就被引见到拉马扎诺夫先生的办公室。拉马扎诺夫先生正坐在一台笔记本电脑后面假装工作。办公室的墙上挂着一张他在海南三亚培训时的照片，还有两张参加乌鲁木齐"一带一路"活动的结业证书。可是拉马扎诺夫先生不会说英语，也不会说中文，他的语言天赋只是办公室的美丽传说。他用笔记本上的翻译软件和我沟通。

他写道："司机和翻译都已安排妥当，明早八点从酒店准时出发。"

他穿着花纹时尚的外套，浓眉大眼，颇为英俊。他接着写道："你一个人来这里，我们都很担心。如果遇到任何问题，随时与我联络。"

他递上一张名片，我塞进裤兜。然后，他拿起电话，吩咐了一句，我就被领去交费了。

3

从旅行社出来，我松了口气，还有大半天时间可以在塞米伊闲逛。我去了陀思妥耶夫斯基故居。如今，故居藏身在一片苏联住宅区里，仿佛时光错乱，把它遗忘在那里。那是一栋西伯利亚式木屋，旁边还有一座小型博物馆。

博物馆是苏联时代的建筑，采光不畅。阴影中坐着一位苏联时代的大妈，她摊开本子，让你登记，仿佛要签下死亡契约。博物馆有英文讲解员，可是那位姑娘说她现在很忙，要等四个小时。四个小时后博物馆就该关门了，于是我决定自己参观。

负责登记的大妈摇身变成管理员。她拿着好大一串钥匙，打开门上的锁。头顶的白炽灯像暖气片走水一样，一阵咕噜乱响，出现在我面前的是陈年的照片、笔记和书籍。

我沿着指引观看。每看完一部分，大妈就把那部分的照明关掉。虽说博物馆有政府补贴，也收门票，但看来还是资金紧张，不得不省钱度日。

1854年，陀思妥耶夫斯基结束在鄂木斯克的苦役，来到塞米伊充军。他说自己穿上了士兵的外套，但和过去一样是个囚犯。当时的塞米伊是一个"半城半乡"的地方，伸展在一个古代蒙古小镇的废墟中间，位于额尔齐斯河的西岸。多数房子是一层木结构，有一座东正教堂和七座清真寺。当时，俄国尚未征服整个中亚，塞米伊还是哈萨克草原边的边境地带，经常受到游牧民族的入侵。和现在一样，小镇缺少树木，到处灰蒙蒙的，布满浮尘扬沙。

最初几个月，陀思妥耶夫斯基住在军营里，后来才获准在镇上独自生活。他租了一个单间木屋，房主是一个年老的孀妇，家务由这家的大女儿打理。她二十一岁，却已成寡妇。陀思妥耶夫斯基三十三岁，已经度过了四年的劳役生活。他真能抵挡得住身边女性的魅力吗？今天，我们知道，他对寄宿的家庭表现出强烈的兴趣。他曾试图说服那位母亲，不要让她那个非常迷人的十七岁小女儿，偶尔在兵营卖身来补贴家用。

在塞米伊，受过教育的人极为稀少。陀思妥耶夫斯基被找去当家庭教师,从而结识了一位军官。这位军官的兴趣是纸牌和美色,基本都是从手下士兵的妻子和女儿中间挑来挑去。他喜欢让陀思妥耶夫斯基到家里为他读报,正是在那里,陀思妥耶夫斯基认识了有夫之妇玛丽娅·德米特里耶夫娜——他的初恋和日后的第一任妻子。

玛丽娅的丈夫是一个无可救药的酒鬼,她本人则患有结核病,还有一个七岁大的儿子。但这一切并没有阻挡陀思妥耶夫斯基陷入燃烧的恋情。他们之间的关系充满焦虑和嫉妒,两人撕心裂肺,又互相折磨。陀思妥耶夫斯基不时发作的癫痫病,更是令一切雪上加霜。即便只是作为传记读者,我也感到疲惫不堪。

后来,他们终于结婚,在塞米伊租了一套房子。博物馆的大妈领我参观了这套房子。房间里有书桌、茶炉、摇椅,桌上摆着稿纸和水笔。陈设简单,但是实用。以当年的标准视之,或许还称得上舒适。然而,苦苦追求的婚姻却被证明是一个错误:他们仍对彼此心怀怨恨。陀思妥耶夫斯基还背负着养家的重担,省吃俭用,可还是入不敷出。

婚后一年,他已在信中表达出失望和厌世。他的写作也不顺畅,期望获得的声名仍然遥遥无期。他写了一些《死屋手记》的草稿,构思了两部短篇小说,但都没有完成。他唯一完成的作品是一首颂诗,献给沙皇尼古拉一世的遗孀。正是这位沙皇将陀思妥耶夫斯基发配边疆的。

在诗中,陀思妥耶夫斯基作为一个放逐之人,试图去安慰一个高贵女人的丧夫之痛。他想要回答一个问题,也是他日后所有小说想要回答的问题:世间的苦难是不是有它们的意义?

在塞米伊,陀思妥耶夫斯基开始将自己的不幸视为天命。苦难让他流下"赎罪的泪水",也让他可以"再度成为一个俄罗斯人,甚至成为一个人"。他在塞米伊生活了六年,完成了人生最艰难的淬炼。

一座城市会被一个伟大的人物照亮,但那只是刹那的光亮。1860年,陀思妥耶夫斯基终于获准离开塞米伊,这座城市再度一蹶不振。它没有得到眷顾,自生自灭。直到今天,依然如此。

4

为了去核试验场,我花了一笔可观的费用,谁知排场也相应增大。第二天一早,我走出游牧人酒店,发现竟有三个人伴我同行。除了司机和翻译,还有拉马扎诺夫先生本人。

翻译是个叫艾达的年轻人,对于去核试验场这件事,显得比我还兴奋。他后来告诉我,他并非专业翻译,而是培训学校的英语老师。虽然苏联解体后他才出生,但对那段历史一直颇感兴趣。因此拉马扎诺夫先生一找到他,他就痛快地答应了,连报酬都不曾索要。

我本想告诉他,兴趣和工作最好分清。但转念一想,此等人生经验,我也是走了弯路后才无师自通的。要是当时有人这么教导我,恐怕我还会觉得人家倚老卖老。再说,省下的翻译费想必已经进了拉马扎诺夫先生的腰包。他大概需要钱置办行头。他昨天穿的那件条纹西装是意大利货,今天更是穿了一套专业的游猎装。英俊的脸上神采奕奕,抹了发油的头发严丝合缝,好像要去东非大草原来一场野奢之旅。

"拉马扎诺夫先生,你是不是去过非洲游猎?"

"没有，没有，公司的业务还有没拓展到非洲。"

"可是这身衣服很专业。"

"哈，哈哈，哈萨克斯坦也有国家公园，也可以打猎。"

"打什么？"

"大角鹿、棕熊，还有大雕。"

大雕？我估计艾达翻译错了，但没去追问。因为拉马扎诺夫先生打开了后备箱，给我看他带的一大捆口罩和防护服。他告诉我，核试验场里的辐射量依旧十倍超标，必须换上防护服才能进入。翻译这段话时，艾达的表情难掩激动。

我们开车西行，穿过塞米伊，近郊是一些快要倒闭的工厂。过了这里，我们就进入了真正的草原。遍眼望去，一片枯黄。公路的起伏极为柔缓，如同一条狭长的带子，伸向无遮无挡的远方。公路大致与额尔齐斯河平行，但中间相隔着草原，只是偶尔可以看到草木混生的河岸，瞥见奔流不息的河水。

"你能想象吗？俄国人就是沿着这条河入侵我们国家的。"拉马扎诺夫先生说，"他们沿着这条河逆流而上，每隔一段距离就建起堡垒，塞米伊就是由这样的军事据点演变来的。"

"叶尔马克死在这条河上。"我说，"我有一个问题：俄国人把叶尔马克当作征服西伯利亚的民族英雄，哈萨克人也会这么认为吗？"

"不会。"拉马扎诺夫先生语气坚定地说。

司机也加入进来，与艾达和拉马扎诺夫先生一阵讨论。三个人中间，司机的五官最像地道的哈萨克人：脸膛黝黑，眉眼细长，留着小胡子。三个人中间，也只有司机还会说哈萨克语。拉马扎诺夫先生只说俄语。艾达则宣称，他的英语比哈萨克语好上十倍。

"你是做什么职业的？为什么会想去核试验场呢？"拉马扎诺夫先生问我。

"这个嘛……"

我心中暗忖，说我是作家和记者最符合实际情况，但有误导之嫌，让他们以为我想刺探情报，对我谈话就会多有顾忌。说我是自由职业者，虽然也说得通，但会让他们感到不解。如果只是笼统地说我是做生意的，他们肯定会继续追问，我做的是哪门子生意。最好的办法是说出一个职业，既能合理地解释我去核试验场的原因，也令他们不敢怠慢。

"我是向导，平时会带客人旅行，"我说。接着，又觉得把自己说得太低了，于是补充了一句，"我自己开了一家旅行社。"

拉马扎诺夫先生恍然大悟："原来我们还是同行！"接着，他向我讲起自己去乌鲁木齐培训的事。那是他第一次去中国，待了两个星期，见了很多同行。一个叫米娜的中国姑娘还帮他把公司手册翻译成了中文。

"中国女孩好可爱！"拉马扎诺夫先生说。

"米娜这个名字听起来像是中国的维吾尔族。"

"是吗？真的吗？"拉马扎诺夫先生瞪着我，帅气的面孔突然变得茫然。

核试验场位于塞米伊以西一百六十公里，哈萨克大草原的深处，隶属于库尔恰托夫市。苏联时代，那是一座没有标注在地图上的秘密城市，是苏联的核武器研究中心所在地。冷战时期，多达四万余名科学家和军事人员驻扎在库尔恰托夫。苏联解体后，核试验场随之废弃。如今，库尔恰托夫成了一座濒临死亡的鬼城。

草原上有一条岔路伸向库尔恰托夫。破碎的道路两侧开始出现废弃的住宅。墙面空洞,像被酷刑挖去了眼鼻。交叉路口处,还有一个花坛,可是同样已经荒废,周围是翻出的泥土和倾倒的树木。

拉马扎诺夫先生说,虽然库尔恰托夫不再对外封闭,可人口还是减少了一半以上。现在生活在这里的人,大部分都在镇上的核研究中心工作。他们的主要任务是检测核污染情况,消除核试验的灾难性后果。这项工作已经持续二十几年,至今还未结束。

我们径直开到核研究中心门前。这里有门禁,无法开进去。拉马扎诺夫先生下了车,拿着通行证去和军人交涉。随后,我也下了车,做了登记,过了安检,这才进入核研究中心。

这是一片规模不小的区域,积木般地散落着数座建筑。我们要去的博物馆继承了原来苏联时代的小楼,本是核物理学家库尔恰托夫办公的地方。库尔恰托夫主导了苏联的原子弹计划,这座小镇也以他的名字命名。现在,他的雕像就摆在博物馆的入口处。为了开发原子弹,库尔恰托夫曾蓄须明志,雕像也是一副面带虬髯的形象。

博物馆为我配备了翻译兼讲解员,艾达突然发现自己失业了。这位讲解员的英文扎实,词汇丰富,水平比艾达高出不少,可惜脸上长满粉刺,而且体有异味。他的工作热情也成问题。大多数时候只是蜻蜓点水,只有在不断追问下,才肯透露更多细节。有几处的讲解委实太过敷衍,被路过的馆长听到后教训一顿。可他甚有个性,只是默默接受训斥,既不吭声,也不辩解,过后依旧我行我素。

馆长是一位四十来岁的俄国女人,对我倒是颇为和蔼,还亲自带我看了第一颗原子弹的控制台——和007电影中拍的差不多。控制台上有黑色听筒电话,可以直通克里姆林宫,各种仪表和指示灯用来监视系统数据，中间有一个红色按钮，称为"贝利亚按钮"。当各项准备就绪，按下这个按钮，原子弹就轰然爆炸。

为了检验核爆的效果，苏联军队在试验场内建造了房屋和桥梁，仿制了城市轨道交通系统，还放入一千五百只各类动物，以测试原子弹对不同物种的杀伤力。这些无知的动物散落在试验场的不同区域，兀自在寻找食物、喝水、交配，对即将到来的灾难浑然不觉。如今，被热浪灼伤、遭辐射变异的动物尸体和它们的器官，就用福尔马林药水泡在大大小小的罐子里。与之相比，我看过的任何一部恐怖片都相形见绌。

库尔恰托夫的办公室依旧按照原样保留了下来，书架上摆着一套精装本的《列宁全集》，墙上挂着一幅列宁肖像。讲解员说，我可以坐在库尔恰托夫的椅子上，在留言簿上写下尊姓大名。

我用中文写了两句祝愿世界和平的废话，然后拉马扎诺夫先生和艾达也过来写。艾达写得尤其认真，难掩激动的心情。写完后，拉马扎诺夫先生摆好姿势，让艾达为他拍照。穿着这身游猎装，我觉得他其实更适合站在那些罐子前留影。

讲解员说，1949年第一颗原子弹试验成功后，库尔恰托夫被授予了各项荣誉。他后来也参与过氢弹的研制。只是那时候，他的健康状况已经堪忧，不久即发生中风。萨哈罗夫接替他成为主导氢弹试验的灵魂人物。

当科学家们目睹了核弹的威力，意识到人类已经站在自我毁灭的边缘，而核按钮掌握在政治家手中时，他们都变成了反核人士。晚年，库尔恰托夫反对核试验，萨哈罗夫更是成为苏联的异见人士。他于1989年12月去世，留下一千五百多页的回忆录。在他去世前两个月,核试验场进行了第四百五十六场——也是最后一场核试验。

哈萨克人终于愤怒了。在电视转播中,诗人苏莱曼诺夫没有按原计划朗读自己的诗歌,而是宣读了一份谴责核试验的声明。接着,阿拉木图爆发了声势浩大的反核运动——一百多万人签署了反对核试验的声明。

当时,东欧剧变的大浪已经席卷而来。苏联帝国风雨飘摇。

5

为我讲解时,讲解员不断看表,我以为他有什么急事等着处理。结果,当我们结束参观,赶在饭点之前来到核研究中心的食堂时,发现他已经坐在那里用餐了。

食堂里空空荡荡,有一种苏联式的性冷淡:花岗岩地面、淡绿色的壁纸、铺着白色油布的餐桌、钢管椅。看了那么多被辐射的动物标本,我没什么胃口。拉马扎诺夫先生似乎问题不大。他还多拿了几块蛋糕,装进书包里,说是以防我们到了核试验场缺水少粮。

午饭过后,我们开车去镇上转了转。核研究中心的员工大都回家午休,街上有了些许人气。镇中心只有一条尘土飞扬的主干道,两侧是赫鲁晓夫式的六层住宅楼。这样的楼房在中国北方也很常见,大多是上世纪五六十年代建造的。走在库尔恰托夫镇上,我竟有一种走在北方重工业小镇的感觉。

我们路过一家小超市、一家理发馆、一家美甲店。这差不多就是库尔恰托夫的全部商业活动。

"有饭馆吗?"

"有一家。"司机说。原来他就生活在这里。十六岁那年,他来库尔恰托夫当兵,复员后留了下来,娶了镇上的女子。他有一儿一女:女儿远嫁他方,儿子还在镇上读书。

艾达说,他的表哥也在这里当警察。他是塞米伊人,却主动申请调到这里。

"为什么?"我没想到还有人主动要求调来这里。

"这里的工资水平和塞米伊差不多,但很清闲,基本无事可做。"艾达说,"也有人把这里当作职业跳板,受几年苦,然后晋升他处。"

草原的天气喜怒无常,突然下起了小雨。天上乌云滚滚,小镇就更显破败。返回核研究中心之前,我们经过一座东正教堂。讽刺的是,教堂以前是杀人如麻的贝利亚的别墅。如今,教堂濒临荒废,周围杂草丛生。拉马扎诺夫先生不由得感叹:在这样没有生活的地方,他最多只能坚持半天。

我们等着上午的讲解员一起去核试验场。谁知随他一起来的,还有一位硬邦邦的军人。讲解员说,核试验场有近两万平方公里,而设施遗迹散落各处。如果没有军方人士带路,我们只会像没头苍蝇,到处乱撞。

这倒也解释得通。只是这样的话,车里的座位就少了一个。艾达显然也意识到了这点。他一定感到万分沮丧,但没有表现得太过明显。他说,他不去了。他一会儿到表哥家坐坐,等我们回来。

为了去核试验场,艾达连报酬都没拿,可是面对眼前的情况,我们也只有把他牺牲掉。不过,这次之后,想必他就学会把兴趣和工作分清了。我跳下车,拍了拍艾达的肩膀,表示安慰。等回到车里,我才猛然意识到，艾达是幸运的。

问题出在那个体有异味的讲解员身上。在博物馆时，空气较为流通，异味还不明显，只是袅袅缭绕，可是一旦关进狭小的密闭空间里，那气味就像暖烘烘的羊膻气，阵阵袭来。开始时，我还能打开一道窗缝，然后对着那道窗缝呼吸。可是进入核试验场的地界后，军人就明确指示："关闭所有车窗。"

相比吹进带有辐射的沙尘，还是乖乖忍受异味更好。不过，老实说，我也不知道哪种死法更令人愉快。

军人穿着迷彩装，细看之下才发现是能扎紧裤腿和手腕的防护服。他还拿着一个盖革计数器，不时探测周围的辐射值。在这片一万八千平方公里的区域里，进行过四百五十六场核试验，这对于环境和当地居民的影响可想而知。讲解员告诉我，如果要残留的核物质完全清除，至少需要上千年的时间。若以人的生命为量度，那几乎与永远无异。

车窗外是漫无止境的枯黄草原，汽车上下颠簸，仿佛在大海上冲浪。坐在车里，我的确有一种在茫茫大海上追踪鲸鲨的感觉，只不过我们要追踪的是掩藏在荒野深处的核遗迹。

军人不时指点方向，明确发出指令。对于这片在我看来毫无变化的草原，他像对自家后院一样熟悉。讲解员说得没错：如果没有军人带路，我们只会迷失在这里，就算有一位在镇上生活了几十年的老司机也无济于事。

视野前方，突然出现一片大型混凝土遗迹。它们伫立在草原中间，俨然一座座钢铁要塞，也像是伸出水面的巨型鲸鱼鳍。讲解员说，那是为了获得核爆数据而建造的掩体。当核爆发生时，测量仪器就放在掩体内部。为了抗受冲击波，钢筋混凝土浇筑得格外厚实，可即便如此——当我们随军人走近查看——墙体经过核爆后烧成了黑色，混凝土之外的东西全都毁了：扭曲的钢筋、仪器的碎片，密密麻麻，满地都是。

附近还有一个地下防空洞，是模拟地铁系统而建。我们徒步走到防空洞前，俯身钻进去。里面漆黑一团，空气如井底一般冰冷。讲解员打开手电筒，四下探照。内部的建筑结构依旧完整，只是经年累月的遗弃后，到处布满尘土和碎石。显然有动物在这里安家了，我们的出现惊扰了它们，防空洞深处传来一阵怪响。讲解员说，测试表明地铁系统具有一定的抗核打击能力。这就是为什么在莫斯科乃至北京，都有精巧复杂、四通八达的地下系统。

"你还要往里走吗？"他问我，"我觉得里面不太稳固。"

我们钻出防空洞，像土拨鼠又回到草原。讲解员说，这些设施全部建于二战结束后不久。当时苏联经济困难、人员不足，要在荒野上建造如此复杂的设施，难度之大可想而知。拉马扎诺夫先生亦啧啧称赞。他还像顽童一样，捡起一块石头，扔进洞里，假装倾听回响。

我们回到汽车上，前往1949年第一颗原子弹爆炸的弹坑。军人要我们一会儿穿上防护服，戴上口罩，套上鞋套，因为那里的辐射比其他地方又高出不少。汽车又开了一小时，随后远远停下来，司机不想再往前多开了。我们下车换上防护服，戴上口罩，徒步走向弹坑。

四周是凄凄荒草，草尖随风摆动，看不出有什么异常，但是军人手中的盖革计数器开始上升。弹坑掩藏在一片荒草后，已经形成一片湖水，就像草原上的小湖一样。湖面泛起圈圈涟漪，有鸟儿振翅掠过，四周几乎有一种田园牧歌式的宁静，让人很想坐下来，静静发呆。讲解员说，湖里有鱼，附近的牧民会来这里垂钓。经过多年治理，湖水已在安全阈值内，鱼可以食用。

"那为什么还要穿防护服呢？"

"因为你们是游客。"讲解员说。虽然他此刻也戴着口罩，穿着防护服，只是肚腩太大，把拉链撑开了一道口。他接着说道："穿防护服主要是为了避免带有辐射的尘埃吹到身上。"

其实，讲解员的话可以换个角度理解：游客在意的事情，对于天天生活在这里的当地人，实在没办法事事介怀，否则生活如何继续下去？我在资料中看到，核试验对几十万哈萨克人产生了影响。试验场周边地区的婴儿死亡率是其他地区的五倍，许多当地人罹患癌症。尽管如今生活在这里的人，已是核试验后的第三代，但他们仍在忍受不同程度的后遗症。

军人用鞋尖拨弄着地上的土壤。他发现一颗焦化的泥粒。那东西就像一颗黑色的鼻屎，混杂在正常颜色的土壤中。他将盖革计数器凑近，数值陡然飙升，瞬间发出警报的啸叫。他告诉我，这就是核爆烧焦的泥土。虽然大部分的地表土壤已经被置换过，但还是有这样的泥粒残存下来。

"这东西具有极强的辐射性，一定要避免粘到身上。"他用鞋尖将这颗泥粒掩埋，然后带着我们离去。

从弹坑走出来，找到司机和汽车，脱掉防护服，摘掉口罩。等我们都坐进车里后，却发现汽车无法启动了。

司机嘬着牙花子咒骂，而我的心情已经麻木。虽然有认路的军人，但要步行走到有人或有信号的地方，至少也得几个小时。在这样辐射超标的地方再待上几个小时无异于慢性自杀，而和体有异味的讲解员闷在不能开窗的车里也同样令人绝望。

在司机的号召下，我、讲解员、拉马扎诺夫先生、军人一起下来推车。司机依旧气定神闲地坐在方向盘后面。如此这般地推了几十米，汽车突然发动起来。拉马扎诺夫先生居然"耶"的一声跳了起来，要和我拍手相庆。

所有人都兴高采烈，车厢里洋溢着喜悦的气氛。要不是我花了一笔巨款，让车里的每个人都满意，他们可是没人想来这里一日游的。现在，工作已经结束，只剩返程。

回库尔恰托夫的路上，我问核研究中心的主要工作是什么。讲解员说，苏联解体后，哈萨克斯坦不情愿地发现自己成了世界上第四大核国家，仅排在美国、俄罗斯和乌克兰之后。包括钚在内的大量裂变材料，仍旧留在核试验场的隧道和钻孔中，几乎没有任何防护。美国人担心，这些材料会落入"恐怖分子"和"流氓国家"手中——这被认为是苏联解体后最大的核安全威胁之一。

为了获取西方投资，不被孤立，新生的哈萨克斯坦只有主动弃核。核研究中心的主要工作，就是将特殊混凝土浇注到试验孔中，以结合废钚。这项获得美国资助的秘密工作耗时十七年，直到2012年才基本完成。

我问讲解员："库尔恰托夫过去拥有那么多科学家，那么多知性活力，可现在人口锐减，日渐衰落。你怎么看待这种状况？"

没想到讲解员立刻翻脸反驳："谁告诉你库尔恰托夫日渐衰落了？政府会确保这里一直繁荣下去。"

这之后,他没再跟我说一句话。显然,我的问题触动了他的敏感神经,连带体臭都散发得更浓了。

讲解员的反唇相讥不过是一句伤心话罢了。库尔恰托夫原本就是一座因核而生、因苏联而活的城市,现在两者都不存在了。它的辉煌已成往昔,活力也已消散,只有苏联的幽灵还会偶尔闪现在鬼影幢幢的街道上。

回到核研究中心,讲解员既没有与我们告别,也没有一言半语,自己转身走了。拉马扎诺夫先生打电话给艾达,然后我们开车去接他。他在表哥家里无所事事地闷了四个小时。其中有三个半小时,表哥还不在家。

6

回塞米伊的路上,我们经过了一座真正的鬼城——查干。苏联时代,查干也是一座地图上没有的城市。如今,它真的没有了。

查干原来是一座空军小镇。苏联曾将第79重型轰炸机师部署在这里。拉马扎诺夫先生说,它位于库尔恰托夫附近并非偶然——投下第一颗原子弹的轰炸机就是从查干起飞的。这座城市的独特之处在于,在领导人的意志下,它在很短时间内建成。苏联解体后,它又迅速遭到遗弃。你会发现,一旦国家的意志退潮,人们就会自然地用脚投票。科学家和军人带着家眷匆匆离开,短短数月内,查干人去楼空。

我们拐上一条无人的土路,前方渐渐露出一座小城的剪影。从远处望去，好像是一片没了工人的工地。或许是因为气候干燥，加之地处荒野，那些楼房依然好端端地立在那里。墙面虽然剥落，可是下面的"肌体"仍在喘息。荒草长了半人多高，树木从一户人家的客厅里长出来，一直蹿到楼顶。成群的乌鸦在这里筑巢，一等黄昏降临，就会铺天盖地飞回来。

楼房没有窗户，没有大门，没有家具，好像被掏空了内脏。但司机说，当年人们走得匆忙，值钱的东西后来才被附近的牧民搬空。我问司机是怎么知道的。他说，他年轻时常来这里找战友。他们会开上拉达汽车，拿上鱼竿，一起去额尔齐斯河钓鱼。

"你怀念当年的生活吗？"

司机耸耸肩。

"你的战友还在这里吗？"

"苏联解体后，他搬去了鄂木斯克。听说去年死了。他喜欢喝酒。"

说完这句话，司机的表情依旧稳定。他看上去既没有难过，也没有感慨，只是谈论着一件平常往事。他开着车，带我们走在昔日的街道上。即便一切已成废墟，他依然能够"如数家珍"。他不时伸手，指着某幢房子告诉我："这个是商店，那个是桑拿房，那边是芭蕾剧院……"

芭蕾剧院？我无法想象这里竟还有过芭蕾剧院，还有过与之配套的生活。在我眼里，所有房子都像没有面孔的人，张着空洞的嘴巴。

"这里其实并不适宜生活。"司机说，"夏天四五十度，蚊子铺天盖地。冬天大雪覆盖，零下四五十度。"

"那库尔恰托夫呢？"

通过艾达的翻译，司机说："都一样，它们都是国家意志的产物。"

我问艾达，司机是否用了"国家意志"这个词。

艾达说："他没用那个词，但他是那个意思。"

我们经过几座窝棚一样因陋就简的小房子。司机说，这些房子有人居住，所用材料都是就地取材，从查干拆下来的。可是，这些房子看上去并无一点烟火气，更像是鬼城的一部分。

此时，黄昏将至，草原上一轮红日。我突然看见前方有两个金发男孩在骑车追逐。他们玩得正开心，两边是废墟和荒草——那可真像是鬼片中出现的场景。

听到身后有动静，两个男孩停下车，回头张望。就在汽车经过的瞬间，他们突然呲牙咧嘴，向我们竖起中指。两个男孩的五官像是俄国人，但表情十分粗野。司机说，他们其实是哥萨克人。

哥萨克人？中亚的哥萨克曾经四处征战劫掠，为沙皇开疆拓土。他们信奉东正教，但过着游牧生活。我想不到，令人闻风丧胆的哥萨克竟已退缩到世界边缘，守着一座鬼城过活。那些歪歪扭扭的房子，无水无电，仿佛草原上的沉渣碎屑，也像被某种诅咒附体，任由其自生自灭。

我们回到公路，向塞米伊飞驰。此刻，就连那座流放犯人的小城也显得令人愉悦。离开苦役地后，陀思妥耶夫斯基也这么高兴地前往塞米伊。他坐在运草绳的马车上，却从未感到如此美好："头顶是天空，身边是广阔的空间、纯净的空气，还有灵魂的自由。"

到达游牧人酒店时，天已彻底黑透。拉马扎诺夫先生问我要不要去吃饭，他知道一家时髦餐馆，还做鸡尾酒。可我不想再与拉马扎诺夫先生应酬。他不过是一介浮泛之人，却装得比一般群众高明。我倒是挺喜欢温文尔雅的艾达，只是他年纪不大，经历单纯，恐怕说不出太多东西。我最想和司机聊聊，听他讲讲当年钓鱼的故事。然而，司机还要赶回库尔恰托夫，在漆黑一团的草原上，再开三个小时。

我们在酒店门前分手。我看着他们各自走上回家路。我也选了一条路，想找个吃饭的地方——夜色中的塞米伊有一种被遗弃的感觉。在这片文明的边缘地带，国家意志曾如潮水般袭来，终又退却。我想打捞那些残存的东西，放在玻璃罐中观察。

相似的事情总会不断地重演——走在昏黄的路灯下，我甚至能听到自己怦然的心跳声。

七河之地

1

我厌倦了草原,厌倦了一成不变的风景。从塞米伊回到阿拉木图后,我身心俱疲地想找个地方放松。在阿拜芭蕾歌剧院旁,我租了一间公寓。公寓有明亮、崭新的浴室,卧室的床上铺着令人安心的床单。小客厅挨着卧室,有互联网和卫星电视。窗子下面是一张书桌,抬头可以看到积雪覆盖的天山。

白天,日光云影投射在白雪皑皑的山巅,峰峦之间清晰可辨。偶尔飞来一片雨云,山间便挂起一条浅蓝色的带子,表示那里正洒着不易看出的细雨。到了傍晚,云朵凝结成玫瑰色的团块,随后渐渐增加暗度,最后与山融为一体,化为巨人的背影。

我想到以前两次入天山的经历。第一次是与塔季扬娜去大阿拉木图湖。我吃着她做的苏联三明治,听她讲过去的故事:苏联时代,她的丈夫会带着儿子从阿拉木图徒步去吉尔吉斯的伊塞克湖,在天山宿营三晚。苏联解体后,这样的旅行不再可能。

第二次,我去了天山另一侧的吉尔吉斯斯坦。我从卡拉科尔出发,徒步天山,没带向导,结果搞得一身狼狈。

我习惯于高估自己,低估自然。而且我发现当地人口中的"容易",对我来说就是"困难"。他们说单程五小时,我就得走十小时。因此,当阿拉木图的朋友说,我完全可以自己去哈萨克一侧的天山徒步、骑马时,我还是决定找一位向导同行。

况且,我不只想去天山,还想囊括"七河之地"。"七河"是一个历史名称,指的是流向巴尔喀什湖的七条河流及其支流。这是一片广阔的区域,大致包含了今天巴尔喀什湖至新疆伊犁一带,是哈萨克民族的起源之地。

我想先去天山,看两个高山湖泊,然后去探访伊犁河畔的古代石刻,最后转场阿尔金－埃姆尔国家公园。它居于天山山脉的两个分支之间,是中亚仅存的游牧民族居住地。

我找到一个叫谢伊的哈萨克向导,可他的母语是俄语,用他的话说"讲得比俄国人还好"。他也说一口带点美国口音的英语。二十岁刚出头,他参加一个"打工旅行"项目,在美国待了一年。他洗过盘子,当过钳工,抽过大麻,睡过姑娘,也搭便车走遍了美国的边边角角,顺便练出一口街头英语。那段日子也让他变成一个愤世嫉俗的人,外加一个无政府主义者。

第一次来见我时,他开着一辆新买的奥迪。虽然是新买的,但已经破到了一定程度。驾驶员一侧的车门插不进钥匙,只有先按下后备箱里的按钮,然后打开后座车门,再从里面伸手拔出锁芯,才能推开驾驶员车门。这一套流程颇为复杂,但谢伊的动作行云流水,俨然一个偷车惯犯。

他穿着松松垮垮的套头衫,把车开得飞快,显露出某种解放自我的天性,就跟他说话时的意气风发一样。

"对我而言,阿斯塔纳永远是阿斯塔纳,而不是努尔苏丹。"这句话不便拆开解释,但我明白其中的含意。

他还说,如果这个国家爆发革命,他一定参加。

"还有那么大的冲动?"

"当然了!"

我喜欢他这样的反应。

2

我们出发前往萨蒂村,一个哈萨克定居点。高速公路平坦通畅,天山白雪闪耀,宛如一道巨幕屏风。从公路到天山之间分布着些许草原,上面散落着村庄和牛马,看上去远比哈萨克大草原丰美、富庶。

萨蒂村就位于天山脚下,一条小溪穿村而过。村中有一座清真寺、两个小商店,没有餐馆,更无酒吧。得益于从这里进山方便,村里很多家庭兼做民宿。我住的那家有一个院子,进门是一道马圈,树上还拴着两只山羊。女主人以前是历史老师,或许还是附近小有名气的美人。公共客厅的墙上挂着她的巨幅照片。你要是想在沙发上休息,就得顺道欣赏女主人的芳容。

女主人进来问我是否要喝茶,我说可以来点。照片里的她还很年轻,现在仿佛话剧幕间休息后重新登台,时光已倏然飞逝,鬓角染了白霜。过了一会儿,为我上茶的却是一个十三四岁的美貌少女,戴着头巾,眉眼间有女主人的神色。

谢伊悄声告诉我,这是女主人的小女儿,家里只有她戴头巾。这多少令我意外,但也并未到吃惊的程度。在广大的中亚乡村地带,我都目睹了类似情况:相比他们苏联出身的父母,独立后的年轻一代反而更加传统、保守。

与我同住在这家民宿的是两个瑞士女孩。一开始,我没看出她们是瑞士人,因为两人始终在说英语。后来,我才明白个中原因:她们虽然都是瑞士人,但一个来自德语区,一个来自法语区。德语区的能说法语,法语区的也能说德语,可是两人都不愿屈尊讲对方的语言,便以英语沟通。她们一个在迪拜当瑜伽教练,一个在阿姆斯特丹做公司秘书。虽然只有一周假期,却也要来天山徒步受苦。

我想起在吉尔吉斯徒步时遇到的另外两个瑞士人——尼古拉和莫妮卡——不知他们现在身在何处。看来,瑞士人的确喜欢天山。在这里,他们能发现和阿尔卑斯山同样的美景,却没有相应的文明和舒适,而这恰恰是吸引他们的原因,让旅行平添几分古典气息。

喝过茶,谢伊出门找来一辆苏联吉普,我就叫上两个瑞士女孩一起进山看湖。我们要去的是康蒂湖,在十二公里外的山间。绵延进山的道路破碎泥泞,还要不时跨过水坑、落石和倾倒的树木。但是,苏联吉普与哈萨克司机就是为此等道路而生——车结实耐用,人吃苦耐劳。虽然屁股都悬在座椅上方,但司机依然可以用火柴点烟,然后自在吐雾。

"他是怎么做到的?"

谢伊说:"假如你把车当作一匹马,就能掌握其中的诀窍。"

康蒂湖在海拔两千米的壮丽松林之中。一百多年前，一场强烈的地震引发了山体滑坡。落下的山石如天然大坝阻住山谷，随后形成康蒂湖。我下到湖畔，用手试水，湖水冰冷至极。这就是树木在水下依旧保存很好的原因。透过明净的水面，我可以清楚地看到杉树的树干，就像露出水面的潜艇桅杆。

湖边，一家哈萨克人支起帐篷，正在生火野炊。草地上已有一堆木头烧成了木炭。一个年轻女人用铁钳夹起木炭，放在烤架底部。旁边，一块油布盖着满满一盘串在铁扦子上的鸡翅。女人拿起一把鸡翅平铺在烤架上。鸡皮上的脂肪遇到炭火，发出一阵阵嗞嗞声，香气随即扑面而来。戴着一顶鸭舌帽的男主人从帐篷里钻出来，看到我们站在那里不走，就笑着找来塑料杯，为我们满满倒上啤酒，之后还请我们分享烤翅。

啤酒气泡十足，烤翅焦嫩可口。宿营的帐篷、烧烤的炊烟、天山的积雪、碧蓝的湖水，还有冰镇在湖中的大桶啤酒。转念之间，我觉得自己就要拜服在这种生活方式之下。

回到萨蒂村，夕阳已经染红院落和大山。马在山间吃足嫩草，现在回到了马圈，羊也被夕阳染上一层暖意。村里响起清真寺的宣礼之声，我不由得肃然而立。

女主人家的餐食极为清淡，只有一小碗抓饭和一碟卷心菜沙拉。吃完晚餐，两个瑞士女孩回房休息。我与谢伊来到公共客厅，坐在沙发上。

谢伊在房间里也穿着冲锋衣，说可能是在湖边受了风寒。我问他要不要来点亚拉拉特白兰地。他说自己戒酒了，可后来又表示可以喝点。他还管女主人要了几片柠檬。我想起《流动的盛宴》中的一幕：海明威给"大病不起"的菲茨杰拉德调制的就是这种饮料。

两杯酒下肚，谢伊的话多起来。我无意中问到他有没有女朋友，谁知正好戳到他的痛处。他说去年冬天刚和交往四年的俄国女友分手，花了半年时间才走出阴影。他一个人跑到迪拜待了一个月，每天住便宜小旅馆的床位。他想在那里找份工作，但能找到的工作全都工资低廉，形同黑工。迪拜的花花世界也深深刺激了他，他只好回到阿拉木图，重操旧业。

我忍不住问他是否有俄国女友的照片。谢伊开始说他删除了所有照片，后来出于一丝炫耀心理，说他其实还留着一张。他拿出手机，给我看照片。那个金发碧眼的俄国姑娘的确火辣，而照片中的谢伊却像胀大了一圈的皮球，又圆又滚。

"我当时就是一头肥猪。"谢伊说，"这半年瘦了大概三十斤。"

"怎么回事？"

"女友把我喂得可好呢。"谢伊不无得意地说，"还整天给我买各种甜点。"

"你们一点联系都没有了？"

谢伊摇摇头："恐怕她现在已经投入了别人的怀抱。"

我赶紧给谢伊倒了一杯白兰地，看着他一口喝掉。于是，我也干掉我的。

谢伊不无沉痛地说："不要为了博得同情，在女人面前展示你的软弱。她们是感情动物，一旦你展示了软弱，她们就对你失去兴趣。在女人面前，男人只能展示自己强悍的一面，哪怕只是伪装。"

我说："既然你已经学到这么珍贵的一课，说不定日后在交友方面会大有所为。"

谢伊说:"我注册了好几个交友网站呢!我根本不看,每个人都点喜欢。这样获得回点的几率最大。然后,我约她们去咖啡馆。如果真人好看,我们就继续约会;如果一般,那就AA制——这是一种委婉的拒绝方法。"

"战果如何?"

谢伊马上划开手机,给我看被他成功约出来过的女孩。我很快看出了其中的共性:"都是哈萨克女孩啊?"

"这正是我苦恼的地方,"谢伊说,"上这些交友网站的俄国女孩很少,可我只喜欢俄国妞儿。"

3

第二天吃过燕麦粥早餐,我和谢伊打算去柯赛湖。两个瑞士姑娘也要与我们同行。去柯赛湖单程徒步需要四个小时,可想起之前在吉尔吉斯天山的经验,我还是决定骑马并且雇一位带路的马夫。谢伊领着两位瑞士姑娘步行。我们约定在湖畔汇合。

一个自信的哈萨克年轻人快步走上前,自称是我的马夫。他身材不高,罗圈腿,戴着一顶绒线帽,穿着马靴。他骑马走在前面,我紧随其后,还有两只牧羊犬跑前跑后。一路上,他每隔十分钟就回头问我一句:"还好吗?"听完我的回答后嘟囔道:"那就好。"

山路约有半米宽,风嗖嗖穿过松林,溪水声在山谷中回荡。马夫点燃一根土烟,一边吐出烟圈,一边用马鞭轻抽马臀。天气不错,但我还是穿着风衣,戴着围巾。因为随着海拔上升,气温也开始下降,路上开始出现未融的积雪。在一片布满乱石的松林中，我们下马休息。马夫又点燃一根土烟，坐在石头上吸起来。

他说，他每天骑马在山里放牧。养了十来匹马，每匹马大概值两千美元。这差不多就是他的全部家当。他已经结婚，刚生了个儿子。他本人是小儿子，所以和父母一起生活。家里也开了民宿，提供平均水准的膳食。相比放牧，他觉得带我这样的外国佬进山更为轻松。整个夏秋时节，他都会带客人进山。但从秋末开始，山中下起大雪，就不再有人来了。

我们继续上路，道路变得有些泥泞，就连马也不时打滑。泥塘中偶尔出现几个鞋印，说明不久前有人徒步走过。大概是一男一女。从鞋印的深度看，可能是负重行军。我想到，我和谢伊以及两个瑞士姑娘一大早就出发了，而现在他们还在后面。鞋印可能是前一天晚上留下的。

"山里有什么大型动物吗？"我问马夫。

"有山羊和狼，也有熊。"马夫说，"不过很少见了。"

"希望他们一切都好。"

"谁？"

"他们。"我指了指鞋印。

"他们可能在湖边露营了。"

我们一直在向上爬，穿过一片松林，视野突然开阔。眼前出现一座山谷，谷中央就是柯赛湖。绕过几棵倒下的枯木，我们骑马来到湖边。这里有一片平坦的草地，是适合露营的好地方。

马夫用马鞭指了指不远处。顺着那个方向，我看到了一个小型帐篷。帐篷外还有一堆燃尽的篝火。我们骑马走过去。帐篷里一阵蠕动。接着，一个衣衫不整的男人钻了出来。他留着络腮胡，眼睛是蓝色的，身上那件法兰绒衬衫显然刚套上去，扣子还没来得及系上。马夫和他打了声招呼，然后用俄语交谈起来。过了一会儿，他回头告诉我，这个人是从圣彼得堡来的。

圣彼得堡人说，昨晚这里下雪了，他们在帐篷里度过了冰冷的一夜。在这样的大山深处，在这样的雪夜，在小小的帐篷里，靠什么取暖不言自明。那一定是相当奇妙的体验。

圣彼得堡人打了个哈欠，走到篝火的灰烬前，提起那只小烧水壶。趁他去湖边取水的空当，马夫从马背上拿下一块油布，铺在草地上。我坐下来，拿出书包里的便当。剥开塑料袋和锡纸，里面是一小盒奶油意面、一根煎香肠，外加一个苹果。

圣彼得堡人提着水壶回来，生火烧水。昨日的木柴已被雪水打湿，恐怕不易点燃，可他在帐篷里备有存货。他拿出一根干木头，用小刀削成木屑，再用打火石轻易地点燃了。火生起来后，他就把小水壶挂到架子上。他的女朋友也钻出帐篷。她穿着抓绒，头发扎在脑后。她拿出两个搪瓷杯，扔进两个茶包。

我问圣彼得堡人怎么会来这里。

他说，他的父母年轻时来这里旅行过，是他们推荐的。

"他们那时候还可以翻过这座山吧？翻过去就是伊塞克湖了。"

"我明白你的意思。"圣彼得堡人说，"我们问了一些人，他们说现在需要边境证明。所以我们放弃了。我们在这里住一晚上就回阿拉木图，然后坐车去吉尔吉斯。"

这时，谢伊和两个瑞士女孩从树林里冒了出来。两个女孩去湖边拍照。谢伊走过来，和我坐到一起。我说，在这里露营不错，我应该早想到这一点。谢伊说,他带一个英国客人在这儿露过营,可那家伙一定要西式厕所才能解手——这可让谢伊伤透了脑筋。

我们一起吃便当,只有马夫没带。他原本是打算休息片刻就往回走的。现在,他走过来问我何时返程,说他家里还有事情。我对谢伊说:"既然如此,我和马夫先回去。我们晚上再聊。"

我们骑马进入松林,往山下走。下坡路可就没那么有趣了。山石顺着陡坡往下滑,午后的融雪也让道路更加难行。马夫不再问我"还好吗?",他一心往回赶路,我不得不费力跟上他的速度。等回到我们早上出发的地点,我已经累得快要跌下马。马夫将我扶下来,接着就索要小费。这会儿,他像个十足的生意人:那种狡猾,那种侵略性。

到了晚上,我喝着白兰地,再度与谢伊聊起来。这次聊的是他的工作。

谢伊喜欢当向导,也喜欢与人交往。可这个工作有个季节性的问题:很少有人冬天来哈萨克斯坦旅行。于是,冬天时,谢伊开着一辆破面包车,给几家咖啡馆送货。上个冬天,他与女友分手后卖掉了面包车。现在,他正考虑几个月后能干点什么。

"你这么喜欢喝亚拉拉特,我把它卖到中国怎么样?会有市场吗?到时请迪玛希代言。"他说。

"这个品牌太小众了——虽然在雅尔塔会议上,斯大林用它招待过丘吉尔。"我说,"你可以换一个角度,想想有什么东西可以从中国卖到这里?"

"哈萨克人喜欢便宜的小家电,可这生意已经有很多人在做了。"谢伊说,"你去过扎尔肯特吗?很多人从那里的免税区带货。"

"我打算从扎尔肯特回国的。"我说,"就在中国的霍尔果斯对面。"

"除了小家电，还能做什么？"

"想想你当向导认识的人，或许可以从那些资源入手。"

"我跟你说说我当向导认识的人吧。"谢伊突然笑起来，"你可以边听边喝酒。"

"好。"

"我带过一个英国摄影师去恰伦大峡谷。那个摄影师颐指气使，把我当佣人，让我给他扛设备。虽然这不是我的职责，但也只好忍气吞声。他还抱怨我不带他去能拍到好照片的地方。可他才是摄影师，我怎么知道哪里能拍出好照片呢？后来，按照他的要求，我带他去了一个能够俯瞰峡谷全景的地方。谁知站在那里，他吓得双腿发抖。他说自己有恐高症，喘不上气，就要死了。他哭了起来！一个五十多岁的男人哭了起来！最后，我只好把他背了下来。

"还有一个喜欢乱吃零食的加拿大老太太。一路上，她一直在吃各种垃圾食物：薯片、饼干、糖果、冰激凌……最后，她终于闹肚子，拉在了民宿的床上……"

谢伊停顿片刻，仿佛是想让我回味一番。

"她偷偷掩盖了那摊痕迹，没告诉任何人。回国以后，她才通过邮件告诉我，说自己很抱歉，充满了负罪感，所以她偷偷地把自己的金戒指留在了房间里。对了，她住的就是现在两个瑞士女孩的房间。"

我笑了起来："你后来问过历史老师金戒指的事吗？"

"我没问，她也没提。"

"还有一个鞑靼斯坦的富豪，是个做石油生意的寡头，听说与鞑靼斯坦的总统也称兄道弟的。他来阿拉木图休息两天，住最好的酒店，让我带他去最贵的餐厅。你知道富人是怎么点餐吗？他根本不看菜单，而是直接让我把主厨叫过来，告诉他自己想吃什么。他不在乎钱，但只吃烧烤这样最简单的食物，而且每餐必吃大量的生洋葱。到了晚上，他就要招妓……

"第一晚，他让酒店的门童帮他找妓女。他后来告诉我，门童找来的妓女竟然牙都掉了。他严肃地告诉门童，牙是必须要有的。第二晚，他让我帮他找妓女。我给了他一个网站，让他自己在上面挑。"

"后来他给你多少小费？"

"一百美元。不过，作为那个级别的寡头，这点钱根本不算什么。"

"还有一群印度来的客人。我带他们走了好几个城市。他们对历史、建筑全都没有丝毫兴趣，感兴趣的只是女人。无论到了哪个城市，他们都要吃印度菜，然后让我帮他们找妓女。"

"在塔什干的酒吧，我见过有印度人往天上撒钱。"我说。

"美元？"

"不，苏姆。"

"那不是一张才相当于几毛钱？"

"但至少效果达到了。"

"当向导会遇见很多奇人。这是我喜欢这个职业的原因。"谢伊说。

最后的游牧

1

离开萨蒂村,前往伊犁河,路上会经过一座名为卡普恰盖的小城。这里有阿拉木图附近最大的水库,也是哈萨克斯坦乃至中亚地区最大的赌城。

公路边竖着赌场的广告,宣布奖池内的金额已经累积至数百万坚戈。赌场的名字也都充满异域风情:宝莱坞、孟买(用了殖民地时代的写法 Bombay)、阿拉丁……从中不难看出中亚与印度次大陆之间的传统纽带和浪漫想象。

我问谢伊:"很多印度人来这里赌博吗?"

谢伊说:"不光是印度人,还有很多中国人呢!"

"什么样的中国人会来这里?"

"这我可就不知道了,"谢伊说,"大概是在这边做生意的中国人。"

烈日下,卡普恰盖看上去昏睡不醒。每座赌场之间都相隔着一片荒地,街上也是尘土飞扬。虽然这里号称"中亚的拉斯维加斯",但显然是低配版。与拉斯维加斯的共同点,可能仅限于全都地处荒漠之中。我们经过时,赌场大门紧闭,停车场也门可罗雀。或许,夜幕降临后,这里会一变为醉生梦死的天堂。只是我对赌博一窍不通,也就无缘欣赏了。

谢伊告诉我,苏联时代,卡普恰盖还有一些加工厂,后来全都关闭了。如今,小城的支柱产业是赌博业和酒店业。

"当然,拉斯维加斯之说只是噱头。"谢伊懒洋洋地评论道,"我可是去过真正的拉斯维加斯的。"

说话之间,我们已经开出卡普恰盖。没了水库与赌场,四周只是黄土一片。

随后,我们拐下公路,进入一块辽阔的荒地。公路消失不见,只有砂质小路迂回延伸。我此行一心想探访的伊犁河谷,突然感觉非常遥远,像是文明边界上的一处荒凉牧场。

接着,伊犁河出现了,在视野中心缓缓流淌。河谷左岸依旧是一片低矮荒原,难见人迹;右岸的陆地上却搭着不少临时帐篷。有的帐篷前还插着苏联国旗。远离河岸的高地上有几座岩石山,一群攀岩者正在岩壁上练习。谢伊说,河边的帐篷就是这些人的。伊犁河谷现在是攀岩爱好者的秘密据点。

"为什么插着苏联国旗?"

"一种怀旧。"谢伊说,"苏联时代,人们最大的爱好之一就是去荒野露营,然后晚上一起喝酒。"

"现在这些人也做着同样的事。"

"没错。"

与苏联时代并行不悖的,还有古人留下的未解谜团。这也是我们来到伊犁河谷的原因——为了一睹泰姆格里岩刻。

岩刻分布在岩石山下的棕色巨石上,我与谢伊走近查看。一些岩石上刻着象形文字和图案,想必来自远古时代,或许是塞种人留下的;另一些雕刻着菩萨像和经文,显然与佛教有关——这也是我第一次在哈萨克斯坦看到佛教遗迹。

我分辨出一些经文是用藏语写的六字真言——难道西藏喇嘛来过这里?谢伊说,这些岩刻雕刻于何时,雕刻者是谁,考古学家并没有确切答案。他自己对于佛教更是一窍不通。

不过,我倒是有一个猜想:这些佛教岩刻很可能是准噶尔人留下的。

1607年,蒙古准噶尔部落离开中国西北部。在接下来的一个世纪里,他们大举入侵哈萨克人的领地,征服了包括伊犁河谷在内的七河地区。当时,哈萨克分为大玉兹、中玉兹和小玉兹三个部落。其中大玉兹和中玉兹求助于清朝,而小玉兹投靠了俄国。最终,准噶尔汗国被乾隆皇帝歼灭。不过在此之前,他们已经在七河地区生活了一百多年,有足够的时间留下信仰的痕迹。

准噶尔之后,蒙古人再未能掀起任何历史波澜。看来,佛教最终完全征服了蒙古人,让他们变成平静的族群。

2

在七河地区,除了在一些哈萨克人的脸上,蒙古人的影响力早已消失殆尽。然而，从某些地名中，还是可以看出一点昔日霸主的端倪。从伊犁河谷出来，我们必须绕一个大圈子，才能翻越准噶尔阿拉套的余脉，进入阿尔金－埃姆尔国家公园。"阿尔金－埃姆尔"就是蒙古人留下的名字，意为"金色马鞍"。

谢伊给我讲了这样一个故事：成吉思汗进军中亚时经过这里，见到夕阳染红马鞍形的群山。他问手下，此地叫什么名字。手下回复，此地还没有名字。成吉思汗遂将之命名为"阿尔金－埃姆尔"。我喜欢这个故事，也喜欢那个尚未被完全命名的世界。

翻越准噶尔阿拉套时，我们在一处高地停车。在这里，可以将四千六百平方公里的阿尔金－埃姆尔国家公园尽收眼底。那是一片热带稀树草原旱季时的景象：黄色平原上长着荆棘与小树，四周的山峦呈现白色或金色。这里栖息着马可·波罗羊，据说还有九匹濒临灭绝的普尔热瓦尔斯基野马。一只金雕在远处的小山上翱翔，山间有哈萨克牧民的帐篷。

我们要去的村子是公园深处的一小块绿洲。住在村子里的哈萨克牧民大都已经定居下来。即便在这里，游牧作为一种生活方式也已退到边缘。谢伊说，村里的牧民饲养牲畜，但自己不再放牧。他们会共同委托一位牧民，赶着全村的牲口去山间的夏季牧场。在那里，他搭起毡房，独自度过整个夏天。

村里只有一家旅馆，老板娘是哈萨克人，可五官却与中国人如出一辙。此地距中国边境不远，在晚清以前都归清廷管辖。随后的百年时间里，人口迁徙的大戏更是不断上演。老板娘说，他的父母是 1962 年从新疆进入苏联的。他们最初在一家集体农场工作，后来就搬到了这个村子。在更久远的过去，她的家族就一直生活在这里。

旅馆正在施工扩容,看起来生意兴隆。餐厅刚刚装修完毕,有一股还未散尽的油漆味。每张桌子上都摆好了食物和餐具,等待客人入席。白色的阳光透过窗帘打进来,照在印花桌布上。时光仿佛又回到苏联时代,让我想到伊塞克湖畔苏联疗养院的食堂。

吃过午饭,我们驱车前往国家公园最南端的鸣沙洲,在荒蛮的大地上开了将近两个小时。鸣沙洲是一座长约三公里的沙丘,位于大小卡尔坎山脉之间,距伊犁河只有几公里之遥。沙山由纯净的细沙构成,刮风时会发出管风琴般的吟唱。如果遇到沙尘暴,那声音听起来就像鼓声。

爬上沙丘,可以看到伊犁河谷的狭长地带。然而,此刻日光明亮刺眼,天气炎热难当,让我打起了退堂鼓。谢伊也在一旁敲边鼓:"如果你想上去,我会跟着你一起。"他真实的意思是,在这样的天气里,我们最好都不要上去。

鸣沙洲脚下,几根石柱撑起一个简陋的凉亭,制造出一小片戈壁滩上的阴凉。一个穿着迷彩服的哈萨克人坐在长凳上,旁边还有一个乌兹别克长相的男人。

哈萨克人是公园守卫,年纪不大,容貌俊朗,只是嘴唇干裂惨白。片刻之后我才想到,此时已是斋月,守卫大概在封斋。在这等炎热干燥之地,一整天不吃不喝,的确是一种宗教苦行。我和谢伊在他身边坐下,顺势与他攀谈起来。

守卫二十五岁,住在绿洲村里。他说,大部分年轻人都去外面打工,只有不到五分之一的人留下来。他就是其中之一。他的确在封斋:日出前吃一顿粥水,再次喝水进食就要等到太阳落山后了。他在这里坐上一整天,傍晚开着国家公园的吉普车回家。

他喜欢这份工作，部分原因是他讨厌大城市的生活，部分原因则是他的祖辈一直生活在这里。通过谢伊的翻译，他着重强调了后面这点。不过他又说，自己可能有点"中国血统"。上世纪20年代，他的祖辈曾经逃难至中国，在乌鲁木齐附近的村子里生活了十五年，之后才返回这里。

上世纪20年代，正是中亚的"巴斯玛奇"运动时期。大批哈萨克人为了逃离布尔什维克的统治，进入中国避难。到了30年代，新疆的军阀统治又让这些人逃难回去。

我换了一个话题，问他作为国家公园的守卫，主要职责是什么。

他说，他的工作主要是防止盗猎。他会开着吉普车在公园内巡逻。

"阿尔金－埃姆尔国家公园曾经允许狩猎黄羊和马可·波罗羊。那时，常有欧洲人来这里打猎。一千欧元的许可证，然后再雇用我们当向导——只有我们熟悉动物出没的地方。现在，国家公园内已经禁猎。我们的收入自然也少了。"

"你觉得以前更好？"

"不，我认为现在更好。一千欧元的许可证原本只允许狩猎一只羊，可实际上没人遵守。一场狩猎之旅，会打死很多只动物。那些欧洲人只要羊角。"

在我们聊天时，旁边那位五官像乌兹别克的男人不时凑过来倾听，并且通过点头与摇头的方式暗示自己也在场。我让谢伊问问这个男人是干什么的。他们讲了好一会儿，然后谢伊对我说："这个人是旅行社的司机，维吾尔人，老家在阿拉木图郊外的一个维吾尔村子。"

维吾尔人点着头，表示认可。我问他在新疆是不是还有亲戚。

不不不，他的祖辈早就定居在这里了。经过几代人的时间，双方连语言都变得不同。他说，他在阿拉木图的绿色大巴扎，第一次听到过新疆维吾尔人的叫卖，一时大为惊讶。他清了清嗓子，惟妙惟肖地学了起来，瞳仁闪着亮光。谢伊和哈萨克守卫都能听出其中的微妙之处，不由得笑了起来。

哈萨克守卫突然问我："你们中国人为什么喜欢狼牙？"

"狼牙？"

"有中国人来我们村里收购狼牙，有多少就要多少。"

"你们的狼牙又是从哪儿来的？"

哈萨克守卫说，尽管国家公园内禁猎，可狼并不在保护范围之内。按照游牧民族的传统，见到狼就必定要杀死。他拿出手机，给我看猎狼的照片。他们开着吉普车，拿着AK-47，追逐一只狼，最后将它击毙。他抱着狼的尸体合影。狼身有半人多高，闭着眼，獠牙外突。

"也有人专门收狼的尸体。"他说，"一百五十美元。"

"你还有狼牙吗？"

"家里有一个，但我是不会卖的。"

此时，天气真称得上流金铄石。鸣沙洲在蒸腾的热空气中呈现出波浪状。游客像一只只蚂蚁，缓慢地沿着斜坡向上攀爬。大地上只有黄沙和荆棘，连蜥蜴也待在灌木丛的阴凉处。

谢伊说："真奇怪，以前每次来这里，都会碰见吸血的蚂蟥，这次却一个都没有。"

维吾尔人再次展现出智慧，这次连我都笑了。他说："蚂蟥也在封斋。"

3

回到绿洲村,我在食堂吃过晚饭,然后出门闲逛。村中的主要道路铺着水泥,有横跨空中的电线。路两旁的农舍围着篱笆,可以看到里面的院子和鸡窝。路旁种着新疆杨树,树干笔直,枝叶聚拢,像一支支倒立的毛笔。在夕阳煦风下,翠绿的树叶簌簌抖动,碎了一地金光。

这里与中国近在咫尺,可语言和文化又是那么不同。不过,和中国的农村一样,传统生活方式正在丧失——即便在七河之地,游牧也即将退出历史舞台。

我去小卖部买了啤酒,在旅馆门外的台阶上坐下来。外面,路灯下,一伙住店客人正在架炉烧烤。我递给谢伊一瓶啤酒。他看了看说:"俄国牌子。"

一个大块头的男人站在我们旁边抽烟。他是个俄国人,穿着夹克衫,头发梳得很整齐。他抽烟的样子很节制,看上去有心事。我让谢伊问问这个人的情况。

谢伊首先解释了我的身份——一位作家。其实他完全不必这样做。

大块头的男人说他叫斯拉瓦。赫鲁晓夫时代,苏联掀起"大垦荒"运动,他的父母响应号召,从西伯利亚搬到了阿拉木图。他在阿拉木图出生、长大。苏联解体时,他正在当兵。

"四年没拿到薪水。"他强调。

斯拉瓦成了一名长途卡车司机,从乌鲁木齐出发,将中国商品运至德国。公路不好走，到处是年久失修的大坑。在哈萨克斯坦和俄国境内，他都遇到过劫匪。有一次，劫匪拦住他，管他要钱。斯拉瓦问劫匪："你也当过兵吧？"劫匪当过兵，也没拿到军饷，于是铤而走险。他没抢斯拉瓦的钱，放他走了。

斯拉瓦生于1972年，但看上去更老，眼角附近布满常年日晒留下的皱纹。他说他娶了一个德国人——他的意思是出生在哈萨克斯坦的德裔。他们生了一儿一女。女儿已经嫁人，儿子就要去莫斯科读大学。他很瘦，有一头淡黄色的头发。我与斯拉瓦说话时，他就站在草坪的阴影里。

路灯下的那伙人放起了音乐。80年代的流行歌曲。谢伊说，他们放的是维克多·崔的歌。斯拉瓦又点了一根烟，但已沉浸在歌声中。

维克多·崔是生于列宁格勒的朝鲜人，后来成为苏联摇滚乐教父。那时巨型国家机器已经难以为继，苏联人迫切要求改革。维克多·崔的歌词大胆激进，直击年轻一代的心灵。

如今，那群昔日的年轻人已经发福、谢顶、浑身赘肉。路灯下，他们轻轻扭动身体，小声跟唱。他们大概不知道，中国也有一位姓崔的朝鲜族摇滚乐手，同样唱出了那个时代的心声。

谢伊告诉我，1990年8月，维克多·崔在拉脱维亚度假，在开车返回宾馆的路上与一辆大巴迎面相撞，死时只有二十八岁。他的死迷雾重重，以至人们怀疑这是一场政治阴谋。但谢伊觉得，那也是一种保全自我的方式。他无法想象维克多·崔面对后来发生的一切：解体，寡头，腐败，还有这个支离破碎的世界。

尾声
扎尔肯特：进步前哨站

1

2010年夏天，我以记者的身份去了一次霍尔果斯。那是中国通往哈萨克斯坦的口岸城市，有一种边境地带特有的繁忙和混杂。在国门附近，我看到等待通关的货运卡车排起长龙，远方横亘着冰雪覆盖的天山。

我问一个中国司机，他的目的地是哪里。他说，阿拉木图。他的口气让我感到中亚是一个遥远的地方，一个必须长途跋涉才能抵达的地方。

当时，我对中亚的全部了解都源于书本，源于那些旧时代的探险纪行。某种程度上，中亚就像一颗神秘的卫星，是我头脑中的幻想。我听说过那些地名，但无法想象它们的样子。我知道它们与中国历史上的联系，但那更像是对帝国盛世的回望。站在霍尔果斯口岸，中亚就在国门的另一侧，天山像一道不可逾越的屏障。我的内心充满向往,但更多的是畏怯。

我不知道如何开始,没有先例供我遵循,就连签证都非常棘手。然而,几乎没有太多犹豫,我上路了。2011年深秋,我第一次抵达塔什干,立刻就被中亚的"呼愁"吸引。接下来的几年里,我开始持续探索这片土地。九年倏忽而逝,我几乎去到了我在中亚可以去到的所有地方。我看着自己当年的冲动渐渐变成了一张真实的履历,一张标满记号的地图。

与此同时,我的人生也在悄然变化:我辞去工作,成为作家。我像游牧者一样,从世界的一个地方到另一个地方,用自己的方式旅行,日复一日地写作。原先不知如何面对的问题,渐渐有了答案,渐渐变得清晰。

如今,我在中亚的旅行终于接近尾声。我来到阿拉木图汽车站,准备搭车前往扎尔肯特,从霍尔果斯口岸回国。这是我的返乡之旅,也是一场小小的仪式。当中亚之旅尘埃落定时,我也将回到旅程最初开始的地方。

去扎尔肯特的大巴已经开走,我在停车场找了一辆合乘出租。司机是几个"趴活儿"司机中的一个,他很高兴我一下就选中了他。我们开出阿拉木图,驶上一条新开通不久的高速路。这条高速路由中国修建,是"西欧-中国西部国际公路运输走廊"的一部分,东起连云港,西至圣彼得堡,总长八千四百四十五公里。

司机说,他每天在阿拉木图与扎尔肯特之间接送客人。这条高速公路开通后,他的通行时间从六个小时减至三个多小时。而且,这条高速路是免费的:一路上,我没看到收费亭,也没看到休息区或加油站。

火球般的太阳高悬天空,草原一片炽白。司机开着辆旧奥迪,以一百四十公里的时速飞奔,感觉像是在飘。很容易想象的,在漫长的历史中,这里一直是空旷草原的一部分,是游牧民族的纵马之地。现在,一条高速公路豁然出现,目光所及,没有任何地标,如同科幻电影中的场景。

扎尔肯特是丝绸之路上的古老驿站,一进城我就看到骆驼商队的壁画。中央广场上矗立着一座白色清真寺,还有一个中式宝塔的尖顶。清真寺旁边是扎尔肯特的巴扎。和我在穆尔加布看到的一样,也是用拆开的集装箱改建而成。我到的时候,巴扎快收摊了,只有一些无所事事的维吾尔人在街边打扑克。

扎尔肯特距离霍尔果斯口岸不过二十九公里,是中国进入哈萨克斯坦后的第一座城市。出乎意料的是,这里并没有大多数边境城市的鱼龙混杂。我想换点钱,可是找不到换汇的小贩。我也没看到什么往返边境的生意人,更没有为这类人而建的酒吧或旅馆。在美墨边境,很多美国人会开着车来到墨西哥一侧,享受便宜的物价和女人。在扎尔肯特,我没看到中国人,或者外国人。

傍晚,我去了一家维吾尔餐厅——扎尔肯特有大量维吾尔人聚居。在伊斯坦布尔的宰廷布尔努,我也去过一家维吾尔餐厅,结果被赶了出来。这一次倒是没人赶我,可是正值斋月,我也得入乡随俗,等待开斋。

餐厅有一个大庭院,半开放式的厨房里,十几个厨师正忙活不停,烧烤的炭火也已经升起。羊肉、鸡肉、内脏穿成大串,摆在橱窗里。此外,还有韭菜和香菇——这想必是受了中国烧烤文化的影响。

戴头巾的漂亮女服务员严阵以待。桌子上摆好了餐具,盘子中还放了两颗椰枣。离开斋还有半小时，男女老少们陆续入座。接着，暮色降临，清真寺的大喇叭传来晚祷声。人们喃喃祈祷后，晚餐开始。我毫无悬念地点了烤串和拉条子，发现味道已与新疆无异。

2

在"一带一路"的庞大设想下，中哈边境有望成为下一个迪拜。据说，这里将建起自由贸易区，成为中国与欧洲之间的物流转运中心。资金正在涌入，未来即将到来，只是目前在扎尔肯特还隐而未现。

第二天一早，我来到车站，想找人开车把我送到边境。我听说霍尔果斯口岸旁新开了一座国际边境合作中心，是未来拼图的一块。这是一个建在两国领土之上的跨境免税区：中国人和哈萨克人可以免签进入对方的区域，购物休闲、洽谈生意。

我是搭一辆黑车去的。同车的还有两位哈萨克姑娘。她们去免税区买东西，顺便消磨一天时间。其中一个姑娘叫阿德丽，能讲中文，是三亚大学的留学生。哈萨克斯坦是世界上最大的内陆国，距离海洋至少两千五百公里。我想，去三亚留学应该是一个相当浪漫的决定。

阿德丽穿着窄腿牛仔裤和黑色开衫，涂了睫毛膏。她的朋友穿着高腰李维斯和纯白T恤。两个打扮时尚的本地姑娘与一个游手好闲的外国人，挤在一辆日本淘汰的黑车上，司机是镶着金牙的牧民。车外绵延着白雪皑皑的群山，散落着玉米地和苏联时代的遗迹，而前方不远处就是商业全球化的未来——世界上还有哪个地方能给人如此强烈的混搭感？

国际边境合作中心的停车场上，到处是等着拉货的司机。从他们的面容和肤色中不难看出，这些人不久前可能还是附近山里的牧民。我们到得算早，可是已经有一拨购物者大包小包地从栅栏围起的海关出来了。

阿德丽告诉我，这些人是专门负责带货的"骆驼队"。这名字让我想到丝绸之路上穿越草原的商队，可他们的行程要短得多：只需把商品从中国一侧人肉带入哈萨克斯坦。阿德丽说，在国际边境合作中心里，每个人购买免税品的重量是有限制的，所以很多商人会雇用"骆驼队"。这其实是一个灰色地带，但哈萨克的海关人员不会较真。

我们排队进入海关，核验证件。几乎所有中国人都是从中国一侧进入国际边境合作中心，因此哈萨克的海关人员饶有兴致地打量着我。通过海关后，我们坐上一辆官方运营的中巴，穿过目前还是荒地的大片区域。远处的地平线上，高楼大厦闪闪发光。那是中国的霍尔果斯，一座拔地而起的新城。

穿过瞭望塔和岗哨，我们进入了国际边境合作中心开放的部分。中国一侧已经建起几座大型购物中心，还有一座造型前卫的大型建筑即将竣工。与之相比，哈萨克斯坦一侧则要冷清不少。规划中的奢华酒店、会议中心、主题公园，由于某种原因处于停工状态。中巴司机甚至没有费心在哈萨克那边停车，就直接开到了中国一侧。

广场上随处可见运货的"骆驼队"，还有巡逻的中国治安员。我们进了一座购物中心，里面只卖毛皮大衣。色彩鲜艳的条幅，以中俄两种语言写着："质量好、价格低""厂家直销，一件也批"。

每家店面都如出一辙，也都冷冷清清。各类毛皮大衣如大丰收的果实，沉甸甸地挂在一排排衣架上。空调开得很足，空气中泛着皮革的味道。

阿德丽和她的朋友逐一检阅那些店面,不时和认识的店主打招呼,行俄式贴面礼。我终于忍不住问道:"你打算买毛皮大衣吗?"

"不买,"阿德丽说,"三亚穿不上。"

她进一步解释道,在哈萨克斯坦,只有上了年纪的女人才穿毛皮大衣。

"那我们为什么要来这里呢?"

"逛街啊!"阿德丽诧异地看着我。

我突然明白,逛街是不用讲逻辑的,逛街本身就是一种目的。这么一想,我也耐下心来,细看那些毛皮大衣,学习分辨狐狸皮和海狸皮的不同手感。我发现,很多店家是中国的哈萨克族,汉族店主也都会说俄语。

一位店家是黑龙江人,以前在俄罗斯远东经商。我问她哪边生意好做。她以东北人的直爽回答:"到哪旮瘩还不是谋生!"她来霍尔果斯四年了,这是第一年入驻国际边境合作中心。她乐观地表示,天气转冷后,生意就会变好。

从毛皮大世界出来,我又跟着阿德丽去了另一座购物中心。这里有点像义乌小商品市场,贩卖五花八门的商品。我们逛了几家箱包店。阿德丽和女朋友挑来选去,最后买了一只蓝色小皮包——看上去质量挺好,却只要九十块钱。

我夸这包好看,适合她。

"不是我背。"阿德丽说,"是送给我表姐的。"

原来,亲戚朋友都知道阿德丽去了中国,也都托她带货。可从中国带货太麻烦,托运成本又高。所以,阿德丽来这里买东西,当作中国带回来的礼物送给亲友。严格来说,这也的确是从"中国"带回来的。

我们又逛了几家玩具店,逐一比较不同平衡车的价格和质量。最后,阿德丽花了四百块钱买了一辆,送给另一个表姐的孩子。

"都是送人的,你自己不买?"我问。

"我不在这里买。"阿德丽嫣然一笑,"我用淘宝。"

两个小时后,我已经到了逛街的极限,于是和阿德丽挥手告别。

"我们加个微信吧。"我说。

阿德丽拿出手机,准备扫一扫。然而,我们用的还是哈萨克电话卡,而这是中国境内,只有中国信号。

我走出购物中心,穿过广场,经过一座展翅雄鹰的雕塑,回到哈萨克一侧。这边没有大型购物中心,只有一栋两层楼的集合店铺。店主全是中国人,卖的东西包括俄罗斯套娃、格鲁吉亚红酒和高加索蜂蜜。简而言之,与任何一个中俄边境集市上卖的东西差不多。

我问一个店主,有没有亚拉拉特白兰地。

"亚什么?"他根本没听说过这东西。他转而向我推荐一款印有斯大林头像的红酒。酒瓶上已经落了一层细细的灰尘。

他是湖南人,就住在国际边境合作中心里。他说,这里有酒店,也有出租房。来他这儿购物的都是中国旅行团。霍尔果斯的大小旅行社都经营类似的"哈萨克斯坦风情游"。广告语是:"不用签证,即刻出国!"

我回到广场,想到我的问题是怎么"回国"。实际上,我已经在中国了,只是出不了国际边境合作中心。为了给护照盖章,我必须原路返回哈萨克斯坦,再从十几公里外新修的口岸过关。

回哈萨克海关的中巴刚一停车,"骆驼队"就蜂拥而上。两个女人由于带货太多,被管理员撵了下去,爆发了一场激烈的战斗。来时的中巴上只有人,现在除了人,还塞满了货。

回到海关,走出国际边境合作中心,黑车司机围了上来。我找了一辆送我去口岸的黑车,那价格够坐三回的。我们经过一座戈壁上的内陆港,可以远远看到龙门吊车的轮廓。这个内陆港是一个货运物流中心,也是"一带一路"倡议的一部分。有报道说,这里很快会成为全球同类内陆港中最大的一个。它的优势在于,可以在短短半个月之内,把货物从中国运到欧洲——费用比空运低,速度比海运快。

内陆港对面是一大片新建的住宅区,已经有人入住。如果一切顺利,这片住宅区将不断扩大,最后与扎尔肯特连成一片,形成一座大城市。当然,这一光明的前景并不完全凭借真主的意愿,还有赖于边境对面的霍尔果斯。假如有一天,霍尔果斯真成了下一座迪拜,那么眼前的荒漠也将被彻底改变。

新建的小镇,新修的公路,连自动路障也是最新科技。载我的哈萨克老司机实在搞不明白这些属于未来的玩意,困惑地直摊手。

我们总算到了边境口岸。在暴烈的阳光下,口岸荒凉得如同月球基地。司机这时才告诉我,旅行者不能走路过关。他大概所言非虚,因为眼前只有汽车道,没有步行道。除了我和司机,没有一个过关的人。

隔着一片沙漠,我看到了国际边境合作中心和霍尔果斯的老国门。此刻,那些从地表长出来的高楼大厦,好像沙漠中的图腾柱一样虚幻。老司机提议把我送回扎尔肯特,说那里有开往霍尔果斯的国际大巴。我真想质问他，当初为何不早告诉我。不过，转念一想，他要是早告诉了我，就赚不到这份车费了。

3

我与霍尔果斯已经近在咫尺，却找不到那扇门，只好返回二十九公里外的扎尔肯特。汽车站里果然有一辆新疆牌照的大巴。那辆大巴就停在大太阳下面，车上空空如也。老司机说，这辆大巴半小时后准能出发，可我实在不敢相信。

午后的骄阳愈发炽烈，街上尘土飞扬。我无处可去，只好在户外的候车亭坐下。旁边有个男人正枕着挎包呼呼大睡。他听到有人走近，一个鲤鱼打挺坐了起来。他穿着西裤和马球衫，坐姿凸显了开始发福的肚子，粗壮的小腿把裤管绷得紧紧的。

他是个中国人——哈萨克人不戴手串。我们聊起来后，他告诉我，这辆车一小时前就该出发，结果现在还没动静。他已经在这里等了两个小时。

"海关几点下班？"我问。

他看了看手表，自我安慰似的说："这是今天最后一班车，海关的人会等我们的。"

他的口音听上去不像新疆人。

"我老家河南。"他说，"在这边做轮胎生意。"

开始时，河南商人也在国际边境合作中心租了店铺，找"骆驼队"把轮胎运进哈萨克斯坦。然而，最近海关出了新政："骆驼队"

每天只能进出免税区两次。轮胎的体积太大,一个人一次只能运两个,这就让生意变得有点难做。于是,他专门去阿拉木图考察,看能不能与当地人合伙,搞正规轮胎进口。只是这样的话就得缴税,成本提高,利润减少。

"哈萨克人对价格特别敏感,你比别家贵一分钱,他们都不会选你。"河南商人叹气道。他的脸庞黝黑,两侧的头发剃得很光,而头顶留有薄薄一层,脖颈上长着一层赘肉。印象中,他这个年纪的商人大都留这样的发型,也都有这样的赘肉。

他是第一次去阿拉木图,不会说俄语,找了公司的翻译陪同。翻译原本是中国的哈萨克族,后来就留在了哈萨克斯坦。他每月给翻译开两千块工资,这已是阿拉木图的平均水平。

"这边消费还是比较低的。"他说。

考察的一个亮点是和客户一起去天山郊游,在大阿拉木图湖畔烧烤。河南商人说,这边的羊肉便宜,哈萨克人又特别会烤。他们带着烤炉、烤架和木炭,而他带着肚子。湖边的风景优美,他什么都不用做,完全放空了自己。他看着客户烧烤,烤好后就开怀大吃。

"哈萨克人不着急,生活节奏慢,不像我们中国人。"河南商人笑着说,"有时想想,这样其实也挺好。"

我问:"那你会在阿拉木图开公司吗?"

河南商人摇摇头:"不会。"

他算了一笔账,运输费加上关税,还有各种打点,进口轮胎的利润将微乎其微。

这时,大巴司机回到了车上。车下还站着几个已经失去耐心的乘客。河南商人腾地站起来,说他得去买瓶水,还客套地问我要不要。

我说，谢谢，不用了。

我走到大巴前，与另一个中国人聊起来。他说一口新疆普通话，身材高瘦，鼻头上全是爆裂的毛细血管。他在这里做羊毛生意，开了一家工厂。他的父亲就是做羊毛质检的。他从小耳濡目染，成了没有文凭的专家。

我说，我在高加索也碰到过做羊毛生意的中国人。

他摇头说，那边是山羊，羊毛质量不好。

下午四点，大巴终于出发，我又回到了几个小时前旅行受阻的地方。大巴驶入关口，我们鱼贯下车，逐一接受检查。一个哈萨克海关人员用俄语问我们："今天过得怎么样？"河南商人笑着摇手道："听不懂，听不懂。"我们又回到大巴上，驶向一段距离之外的中国海关。河南商人困惑地问我："那个人刚才是不是在向我索贿？"

中国海关是一栋崭新的大楼。九年前，它不在这里。我把行李放上传送带，排队给护照盖章。我的中亚之旅即将结束，我多少感到一丝澎湃的心潮：九年前，当我站在霍尔果斯口岸时，中亚还是一团迷雾。我渴望了解这里，填补我的世界图景——我就是带着这个愿望踏上的旅程。如今，我从边境的另一侧回到了霍尔果斯，回到了旅途最初开始的地方。我还记得自己当初的抱负和一路的辛劳。

与九年前相比，中亚不再陌生，但依旧神秘。我对中亚的热爱也殷切如昔。经历过蒙古入侵、汗国争霸、苏俄重塑以及独立后的混乱和复原，中亚又恢复了长久以来的模样——像一颗卫星，徘徊在不同文明与势力之间，校正着自己的方位。我第一次去中亚时，就有这样的感觉。随着旅行的深入，这种感觉也愈加强烈。

苏俄治下的和平促进了中亚的繁荣，但也埋下分裂的种子。独立后，中亚开始对自己的历史和未来有了新的看法，不同的思潮与想法在这片土地上反复激荡。而今天，中国的崛起将会改变这里的引力，为中亚带来不同的前景。在旅行中，我已经目睹了这个进程的萌芽状态——带着新生事物的生机、慌张和无所畏惧——但随着时间的演进，一切都会变得更加清晰。

我甚至在想，不久的将来，眼前的一切可能会彻底改变，古老的中亚将变得面目全非——期待也好，怀乡也罢，这将是中亚未来的一部分，也将是中国未来的一部分。

我走出海关大楼，穿过空旷的广场，回头眺望天山。

致谢

正如本书结尾所写,当我第一次站在霍尔果斯口岸眺望天山时,我对中亚几乎一无所知。然而,这并没有阻止我踏上旅途去写一本书。对我而言,这既是一种挑战,也是一种诱惑:如果我想获得关于世界的知识和经验,想理解我所身处的现实,还有什么比旅行和写作更好的方式?

2011年,我第一次前往中亚,震撼伴随着那次旅行。可回到家中,我却沮丧地发现,震撼帮不上忙。虽然我有意识地做了笔记,还是写不出一个字。

我面对的是一个极其陌生的世界,有着复杂而悠久的文化和传统。历史上,中亚曾被不同文明和族群征服和塑造,它们都在这里留下独特的印迹。

苏联解体后,中亚像一颗失落的卫星,迷失了方向。它在全球化的边缘与大国的夹缝中校正着自己的轨道。我迷恋这种挣扎、寻觅的失重状态,而这种迷恋最终又转化为理解历史潮流的渴望——

不管愿意与否，我们一直被这种潮流裹挟着前进。

我明白写这样一本书并非易事。这将是一个浩大的工程。我必须慢下来，沉下去，从学习语言、阅读资料、积累知识这样最基础的事情做起。

某种程度上，这本书见证了这个不断求索的过程——我称之为"剥洋葱"——将表皮层层剥离，逐渐接近事物的内核。写这本书时，我更多地将视角聚焦于当下。或者说，苏联解体后的岁月。我写到形形色色的人物，试图通过他们的故事理解这片土地。当然，这并不意味着我忽略了中亚灿烂的历史和文化——它们宛如地平线上的帕米尔高原，是这本书永恒而壮丽的布景。

在调研过程中，我幸运地得到了单向街公益基金会"水手计划"的支持，为此我必须感谢"水手计划"的创办人许知远老师。基金会的慷慨让我得以完成哈萨克斯坦部分的旅行和写作。如你所知（或者不知），哈萨克斯坦是很难进入的国家。仅办签证、找黄牛就需要一笔巨款，更不用说前往核试验场这样偏远难行的地方。我完全可以想象，没有"水手计划"的资助，这本书将面对多少额外的困难。

我想感谢公众号"行李"的主理人黄菊。2017年，在她的邀约下，我再赴乌兹别克斯坦。那次旅行也坚定了我写作本书的决心。经黄菊牵线，我结识了乌兹别克朋友萨卫和印尼作家奥古斯丁，与他们的交流令我获益匪浅。

为了写作本书，我需要查阅大量书籍和资料。有些时候，这些资料在国内不易找到。感谢我的朋友孔小溪，她从巴黎为我带回关于塔吉克斯坦内战的书籍。另一位朋友陈治治从美国为我背回了若干吉尔吉斯斯坦和乌兹别克斯坦的资料。

2019 年，本书的乌兹别克斯坦部分有幸参与全球"真实故事奖"（True Story Award）评选。我必须感谢初选评委吴琦、李海鹏、梁鸿的错爱。他们的赏识让四万字书稿译成英文，并在随后的全球决选中获得"特别关注奖"。初秋的瑞士十分美丽，我要感谢瑞士文化基金会的 Yuxi Lu、Miao Jiang 和《Reportagen》杂志的 Rocío Puntas、Daniel Puntas 为这趟旅程提供的帮助。

本书的部分章节曾在《南方人物周刊》《正午故事》《行李》《孤独星球杂志》《悦游》《旅行家》《蚂蜂窝·寻找旅行家》《南方周末》《中外对话》等媒体发表。我很高兴能跟数位经验丰富的编辑合作：周建平、杨静茹、郭玉洁、黄菊、崔晓丽、王筱祎、贺兰、rollwind、Ag、杨嘉敏和马天杰。

令我难忘的是，当时在《ELLEMEN 睿士》工作的陈晞邀请我为路易威登旅行箱写一篇游记。我想感谢他十分宽容地允许我用一篇与路易威登完全无关的文字交差（本书 97—102 页）。这篇文章的报酬和路易威登旅行箱的价格一样让我感动。

在出版过程中，设计师孙晓曦付出了杰出的劳动。我的前同事、插画师 Nath 在很短的时间内绘制了精美的手绘地图。编辑罗丹妮对部分章节提出宝贵意见。我尤其感谢北京大学历史系教授罗新老师。他拨冗阅读了整部书稿，以史学家的洞鉴和作家的敏锐，提出很多细致入微、深具启发的意见。

我的编辑杨静武、郑科鹏做了大量精细而繁琐的事实核查工作，并提出诸多关键性的修改建议。他们的信心和职业精神让我再次深刻地感到，一本书的诞生绝不仅仅是作家一个人的战斗。

这些年来，我的家人始终默默支持我的工作，容忍我有时长达数月的"失踪"。没有他们的宽容和鼓励，我无法在作家之路上走下去。

旅行中，我有幸与一些中亚人成为朋友。他们面对生活的真诚与坦然，乐观与勇气，展示出中亚人性格中最美好的部分。写作时，这些回忆始终鼓舞和激励着我。我深知，正是一次次偶然相遇成就了这本书。没有人与人的互动，旅行只会沦为空壳。

我由衷感激他们的善意与信任——是他们让中亚不再遥不可及，也让我对苍茫的未来始终怀有一份信心。

附录 一份清单

英国哲学家罗杰·斯克鲁顿爵士写过一本有趣的小书，名曰《我喝故我在：一位哲学家的葡萄酒指南》。在附录里，他列了一篇搭配清单。比如，读亚里士多德宜配加州的长相思，读康德需饮阿根廷的马尔贝克，都是他以个人喜好为准的一家之言。

受此启发，我也列了一份中亚文艺清单。同样是私人化的推荐，不专业也不客观。唯一的标准是：它们激起了我对中亚的兴趣；我从中得到过快乐、滋养、鼓舞和陪伴。

文字

玄奘《大唐西域记》和周连宽《大唐西域记史地研究丛稿》

《大唐西域记》在我看来是最早的旅行文学之一，而周连宽先生对玄奘大师行经之处进行了详尽考证。在中亚旅行时，我有几次与玄奘大师的路线重合。其中最震撼的一段是在瓦罕山谷。我看到了《大唐西域记》中写过的一座佛塔，如今只剩遗迹。那一瞬间感受到的冲击，让眼泪几乎落下。

巴布尔《巴布尔回忆录》

巴布尔是印度莫卧儿王朝的开国皇帝，出生在今天的费尔干纳。在这本书里，他饱含深情地回忆了自己在中亚度过的欢乐时光，特别令他念念不忘的是中亚的干果。每次去中亚，我也会从巴扎买些杏干、葡萄干和巴旦木回来。闲暇的午后，泡一壶大吉岭红茶，佐几颗乌兹别克的杏干、巴旦木，翻两页《巴布尔回忆录》，真是莫大的享受。

艾特玛托夫《崩塌的山岳》《一日长于百年》

我以为艾特玛托夫是一位非常独到、不断进取的作家——看这两本书时冒出的一个想法。另一个冒出的想法是，他比高行健更有资格获得诺贝尔文学奖。

保罗·柯艾略《查希尔》

超级畅销书作家保罗·柯艾略写过一本以哈萨克大草原为背景的小说。在后记中，他感谢了努尔苏丹·纳扎尔巴耶夫总统的盛情款待，还提到自己去大草原时带了一位漂亮的翻译——起初只是他的翻译，不久就成了他的女友！因为这篇不无炫耀的后记，我给这本挺有趣的书减去了一星。

罗新《月亮照在阿姆河上》

这是罗新老师发表在《文汇报》上的一篇长随笔，分为上中下三部分，记录了他在乌兹别克南部考古之余的见闻随感。和《从大都到上都》一样，文风清新好读，又有饱满的细节。说实话，我很少读到中国作家写当代中亚的文章，因此这篇长随笔读得十分珍惜。

彼·彼·谢苗诺夫《天山游记》

这是我在吉尔吉斯天山徒步期间的随身读物。谢苗诺夫的冷静和探索精神对我有一种神奇的愈疗效果——配点白兰地效果更佳。

Philip Shishkin《Restless Valley: Revolution, Murder, and Intrigue in the Heart of Central Asia》

Philip Shishkin曾担任《华尔街日报》的中亚特派记者。这是一本令人钦佩的报道集，提供了大量关于乌兹别克斯坦和吉尔吉斯斯坦的一手资料，特别是"安集延事件"和"郁金香革命"的现场报道。看这本书时，我不时感叹："真想当这样的特派记者。"

Colin Thubron《The Lost Heart of Asia》

Colin Thubron写过两本关于中亚和丝绸之路的旅行文学，《The Lost Heart of Asia》是第一本。苏联解体前夜的夏天，帝国边疆已经出现权力真空。Colin Thubron机警地把握住这个历史契机前往中亚，目睹了变革前的最后一刻。在他身上，你依然能够看到老一辈英国旅行作家的风范。他在我个人喜欢的旅行作家中排名第四。

S. Frederick Starr《Lost Enlightenment: Central Asia's Golden Age from the Arab Conquest to Tamerlane》

一本描述中亚文明黄金时代的皇皇巨著,时间跨度从阿拉伯征服一直到帖木儿时期。作为一本学术著作,这本书的可读性颇强。读后会被中亚灿烂的文明所震撼,也不免为其随后的堕落惋惜。当一个国家或一种文明放弃多元、开放、包容的态度,走向封闭、自大、无知时,它的黄金时代也就必然终结。

影像

NHK《新丝绸之路:动荡的大地纪行》

这是 NHK 拍摄于 2007 年的七集纪录片:沿着丝绸之路一路向西,展现正在发生巨大变化的中亚、南俄和中近东地区的历史和现状。我看这部纪录片时正住在上海的出租屋里,心潮澎湃地在那个闷热的房间里疾走。

Simon Reeve《CBC 访问斯坦》

Simon Reeve 是英国年轻一代的旅行探险类节目主持人,是个蛮有趣的典型"白左"。我很喜欢他的《南北回归线》系列。《CBC 访问斯坦》拍摄于 2006 年。像他的很多纪录片一样,他在这部片子里也遭到了警察跟踪……2011 年,我第一次去乌兹别克斯坦,也在街上被警察拦住,检查相机。

巴克迪亚·库唐纳扎洛夫《谁来为我摘月亮》

中亚版《飞屋环游记》,充满浓郁的中亚风情。第一次看这部电影是 2004 年,在北京大学"电影中的世界文学课"的课堂上。

此后一直念念不忘。

亚历山大·科特《试验》

一部没有对白、摄影很美、女主惊艳的电影。苏联在哈萨克大草原上进行过数百次核试验，这部电影便以第一次核试验为背景。至今记得电影中核爆冲击波袭来时的画面。

谢尔盖·德瓦茨沃伊《小家伙》

这部残酷又真实的电影，有着令人窒息的力量。影片讲述了一位吉尔吉斯女工在俄罗斯打黑工的生活——今天几乎一半以上的吉尔吉斯成年女性都去俄罗斯打工。

音乐

鲍罗丁《在中亚细亚草原上》

在哈萨克斯坦的火车上，我经常戴上耳机，重温这首著名的交响诗。版本非常多，我比较喜欢加尔维指挥哥德堡交响乐团版本，以及我在书中写到的叶甫根尼·斯维特兰诺夫指挥苏联国立交响乐团版本。

维克多·崔《黑色专辑》

苏联摇滚教父的最后一张录音室专辑。在整个前苏联地区，他都是披头士、滚石一般的存在。维克多·崔是我骑自行车时的常备音乐——那种节奏感会让双腿更有力。

绘画

19世纪60年代，画家瓦西里·韦列夏金曾随俄国军队一同前往中亚，创作了一批中亚题材的油画。为了对当时的中亚有点直观的感受，我在特列季亚科夫美术馆的韦列夏金厅度过整整一个下午。

撒马尔罕,雷吉斯坦

塔什干，卖馕的摊主

塔什干，中亚抓饭中心

费尔干纳山谷的馕市场

浩罕小巷内的卖馕少年

浩罕，穿着传统长袍的妇女

费尔干纳山谷,采棉花的女人

前往希瓦的公路上

希瓦，集市里的小贩

布哈拉，刺绣的女人

布哈拉，老城内的居民

通往咸海的道路

卡拉卡尔帕克少年

荒凉的咸海边

生火的卡拉卡尔帕克司机

咸海，采集虫卵的工人

穆伊纳克,搁浅的渔船

阿尔金－埃姆尔国家公园，鸣沙洲

伊犁河畔，宿营的人

塞米伊，苏联核试验的遗迹

图书在版编目（CIP）数据

失落的卫星：深入中亚大陆的旅程 / 刘子超著. ——
上海：文汇出版社，2020.7（2024.11重印）
ISBN 978-7-5496-3145-2

Ⅰ.①失… Ⅱ.①刘… Ⅲ.①游记－作品集－中国－
当代 Ⅳ.①I267.4

中国版本图书馆 CIP 数据核字 (2020) 第 053128 号

失落的卫星：深入中亚大陆的旅程

作　　者 /	刘子超
责任编辑 /	何　璟
特邀编辑 /	郑科鹏
封面设计 /	孙晓曦
内文制作 /	王春雪
折页绘制 /	Nath
出　　版 /	文汇出版社
	上海市威海路 755 号
	（邮政编码 200041）
发　　行 /	新经典发行有限公司
电　　话 /	010-68423599　邮　箱 / editor@readinglife.com
印刷装订 /	河北鹏润印刷有限公司
版　　次 /	2020 年 7 月第 1 版
印　　次 /	2024 年 11 月第 25 次印刷
开　　本 /	850×1168　1/32
字　　数 /	220 千
印　　张 /	13

ISBN 978-7-5496-3145-2
定　　价 /　69.00 元

敬启读者，如发现本书有印装质量问题，请与发行方联系。